Hilos de su trenza

Tanya Zuñiga

Tabla de contenido

EL PRIMER HILO: El peso del pasado. ... 1

Más vale tarde que nunca ... 3

Una de cal por dos de arena ... 11

El que con lobos anda, a aullar se enseña ... 19

Si la vida te da limones ... 27

Dios los cría y ellos se juntan ... 36

No por mucho madrugar... ... 40

Donde hay amor, hay dolor ... 44

El que tiene un amigo, tiene un tesoro ... 50

No hay mal que por bien no venga ... 57

La esperanza muere al último ... 64

No todo lo que brilla es oro ... 70

El leopardo no cambia sus manchas ... 76

Quien no arriesga, no gana ... 81

Después de la tormenta, llega la calma ... 89

Dios aprieta, pero no ahorca ... 96

EL SEGUNDO HILO: Tejiendo nuevos caminos. ... 103

Lo que no mata, fortalece ... 105

El perro viejo no aprende trucos nuevos ... 110

El corazón tiene razones que la razón no entiende ... 114

Al que quiere azul celeste, que le cueste ... 120

Cuando el río suena, agua lleva ... 124

Los trapos sucios se lavan en casa ... 129

A la fuerza ni los zapatos entran ... 132

No hay peor ciego que el que no quiere ver ... 135

Cada amor tiene su canción ... 139

Entre la espada y la pared ... 144

Mientras unos lloran, otros venden pañuelos ... 148

Dar y recibir es de sabios convivir ... 152

No hay fecha que no llegue ni plazo que no se cumpla

161

EL TERCER HILO: Las flores de nuestras raíces. 165

El pasado alcanza hasta al más veloz 167

Más sabe el diablo por viejo que por diablo 170

Donde hay vida, hay esperanza 181

El tiempo es el mejor doctor 183

El que tiene raíces, tiene alas 187

A lo hecho, pecho 193

Cuando una puerta se cierra, otra se abre 200

El tiempo todo lo trae y todo se lo lleva 202

Donde hubo fuego, cenizas quedan 205

La verdad siempre sale a la luz 213

La sangre llama 217

Epílogo 219

Para las mujeres que han trazado el camino,
y para las que vendrán después,
plantando nuevas semillas y floreciendo a lo
largo del camino.
Que todas continuemos reclamando el espacio
que por derecho nos corresponde.

EL PRIMER HILO: El peso del pasado.

MÁS VALE TARDE QUE NUNCA

AURORA

Alguna vez escuché que el alma de una historia vive en su primer respiro. Si ese es el caso, la mía vive dentro de un respiro con aroma a pan dulce flotando bajo un cielo soleado, carga el eco de chisme de pueblo chico, y viste una vieja falda convertida en vestido–no porque mi madre fuera habilidosa, sino porque la vida no le dejó de otra.

Huejosquite era un puntito perdido en Chihuahua. Uno de esos lugares donde los secretos viajan más rápido que el viento y todo mundo se entera de tus asuntos incluso antes que tú. Un lugar donde hasta las gallinas probablemente saben más de ti que tú mismo.

Pero, ¿Mi historia? Para mí, eso sí que era mayormente un misterio.

Los ojos de mi madre se ponían más tristes que una vieja telenovela a la mínima insinuación de una pregunta sobre el pasado, así que yo mejor no preguntaba. Todo lo que sabía era que había una vida antes y otra después de la muerte de mi padre, y las dos difícilmente parecían pertenecer a la misma familia. Era como si alguien hubiera arrancado las páginas de un libro y reorganizado los capítulos sin ponerse a pensar si la historia aún tenía sentido.

Aunque no tuviera todas las respuestas, tenía a mi madre y a mi hermano mayor, Segundo. Por mucho tiempo, ellos fueron todo lo que necesitaba.

Recuerdo muy poco sobre mi padre; solo queda un sentimiento, una calidez que sigue presente en los huecos de mi infancia. Mis memorias más tempranas, más que su presencia, las llena el peso de su ausencia. Los suspiros de mi madre mientras tallaba la ropa, la manera en que titubeaba antes de poner un pie fuera de la puerta, como preparándose para enfrentar las miradas del pueblo, siempre llenas de lástima.

Segundo solía susurrar historias de papá por las noches, tratando de darle forma al hombre que nunca logré ver del todo. Lo escuchaba mientras me aferraba a mi muñeca, Mary, el único lazo físico que me quedaba de mi padre. Mary era el último regalo que había recibido de mi padre. Fue mi regalo de cumpleaños cuando cumplí cinco, el último cumpleaños que pudimos celebrar juntos antes que nos lo arrancaran injustamente por medio de un crimen que a nadie jamás le importó investigar debidamente.

Segundo, a sus escasos ocho años, hizo lo mejor que pudo por mantener viva la memoria de nuestro padre. Me contaba sobre el pequeño taller en nuestro patio donde papá nos dejaba jugar con sus herramientas, sobre la fuerza de sus manos, la forma paciente y amorosa en que construía tantas cosas.

Pero todo lo que me quedaba eran sombras de esos momentos, borrosas y desgastadas por el tiempo.

Cuando papá murió, el mundo nos tragó enteros. No recuerdo haber llorado; no creo haber comprendido lo suficiente para hacerlo. Pero recuerdo la forma en que el cuerpo de mi madre se encogió en sí mismo, como si intentara hacerse desaparecer. El pueblo murmuraba cosas de ella, no siempre de forma cruel, pero nunca de forma amable.

—Rosa debió haber sabido, casándose con un hombre tan prieto– decían.

—Sus papás se lo advirtieron– sus voces destilaban la certeza de quienes jamás han sufrido una pérdida semejante.

—Es una tragedia, pero, ¿qué esperaban? Este país tiene sus mañas.

Y mis abuelos, sus propios padres, la recibieron como si hubiera arrastrado la deshonra por su puerta delantera. Nos recibieron en su casa, pero con mucho resentimiento de por medio. Su casa, aunque era más grande que la que habíamos dejado atrás, se sentía apretada. Al igual que el pueblo en que se encontraba, olía a polvo, juicio y a conversaciones que se detenían el momento en que mi madre entraba al lugar. A adultos tan adentrados en el chisme que jamás se detenían a pensar que yo también tenía oídos. Mi abuela Lupe nunca lo dijo directamente, pero sus ojos sí lo decían; mi madre era una carga, una viuda sin prospectos, sin ninguna otra forma de salir adelante además de la que ellos le habían dado a regañadientes.

Creo que es por eso que mi madre se aferraba a mí con tanta fuerza. Porque en un mundo que le había dado la espalda, yo era una de las pocas cosas que podía llamar suya. Ella me trenzaba el cabello todas las mañanas, sus dedos moviéndose cuidadosamente entre mis rizos con el tipo de ternura capaz de reparar corazones rotos. Por las noches, me tarareaba canciones de cuna, y lo siguió haciendo incluso cuando yo ya era demasiado mayor para ellas. De vez en cuando sostenía mi cara entre sus manos y susurraba –tú y tu hermano son lo único que me queda–

Serlo todo para ella me hacía sentir tan especial cuando era niña. Después, crecí y entendí la responsabilidad que conlleva ser el motivo por el que alguien se aferra a la vida. Después de su muerte, cantarle

"Arrorró mi niño" a mis bebés, y años después a mis nietos, me traía de vuelta a mi madre. Es por eso que también seguí cantando aún cuando eran demasiado mayores.

Mi madre nunca permitió que la viera desmoronarse, pero yo sabía. Lo notaba en la forma que se tensaba cuando la gente la miraba por demasiado rato. En la forma que nunca se permitía descansar, como si detenerse por solo un instante permitiría que la pena la alcanzara.

—¿Crees que papá aún nos cuide desde el cielo? —le pregunté en una ocasión; mis pequeños dedos trazando los patrones de su falda.

Pasó saliva con dificultad y apartó un mechón de cabello detrás de mi oreja. —Él te amaba más que a nada en este mundo. Creo que ese tipo de amor es demasiado fuerte para desaparecer.

Nunca lo dudé. Pero el amor no era suficiente para traerlo de vuelta, y no era suficiente para transformar Huejosquite en un lugar más compasivo.

Aún así, teníamos nuestros momentos de alegría. Nos teníamos el uno al otro, y por mucho tiempo, eso fue todo lo que necesitábamos. Pero como dicen: Cada estación cambia; ni el verano ni el invierno son eternos.

Y es así que me encuentro aquí. Escribiendo. Intentando darle sentido a una vida tejida con lo inesperado, en un cuerpo que ya no se siente mío, y con un plazo límite que jamás pedí. Para ser honesta, nunca pensé que llegaría a esta edad. No porque haya pensado que moriría jóven, aunque pensándolo, algunas de mis decisiones pudieron hacer que eso fuera una posibilidad; sino porque nunca imaginé llegar a *esta* edad. Crecer… siempre creí que las personas como yo nos quedábamos estancadas en el tiempo; corriendo infinitamente del pasado sin llegar jamás al futuro.

Heme aquí. Setenta y tantos, aunque no sé si debería molestarme en seguir contando. No con las palabras del doctor aún retumbando en mis oídos.

—Etapa dos. — Su expresión cuidadosa al pronunciar las palabras. Su tono demasiado suave. —Lo siento, señora Aurora.

A mi edad, el cáncer viene con sus propias complicaciones, así que voy a hacer lo que llevo toda una vida evitando; contaré mi historia. Siempre me dije a mí misma que no valía la pena, que había quedado enterrada en el pasado. Pero ahora, con un cuerpo que no me obedece y un reloj que se niega a ir más lento, reconozco la verdad: no es que no quisiera contarla, es que me aterraba recordarla.

No pretendo transformar esto en una novela trágica. Tampoco busco lástima, solo... honestidad. Porque la verdad es que aunque he cargado con más dolor del que me corresponde, también he hecho cosas... cosas que no puedo deshacer; cosas que aun me despiertan por las noches.

Tal vez, de algún modo, esta es mi oportunidad de encontrar el perdón. Aunque sea solo el perdón a mí misma.

Llevo toda la vida esquivando la verdad, pero ahora, con el tiempo esfumándose como los últimos segundos de un juego que no pedí jugar, es tiempo de enfrentar los hechos. No solo las partes fáciles en las que fui la heroína, hubo varias de esas. Sino las partes revoltosas, dolorosas; las partes donde fui la villana. Es tiempo de dejar caer el telón.

Huejosquite era chiquitito, ¿ya mencioné eso? Pero era chiquito de la forma más escandalosa posible: lleno de gente que hablaba como si tuvieran algo que demostrar, pero que en su mayoría, solo querían saber *todo* sobre ti.

Ahí estaba la mamá de mi amiga Pepi, por ejemplo. Todas las mañanas, sin falta, estaba afuera de su panadería regando la tierra.

No me refiero a que regaba las plantas o las flores. No. Regaba la tierra.

¿Por qué? Quién sabe. Tal vez pensaba que algo podría crecer ahí.

Pero la forma en que lo hacía, con ese movimiento lento, con propósito, era como si no solo cuidara la tierra.

No, nos estaba observando. Observando a quien pasara a su lado.

Casi podía leer sus pensamientos. *Vamos a ver quien pasa hoy por la calle, a ver cuánto puedo descubrir sobre ellos solo por su postura, por la forma en que camina.*

Y, por supuesto, ahí estaba Pepi. Al principio no me cayó bien.

Tenía una mirada en sus ojos el momento en que llegamos al pueblo, una mirada sabionda. Como si a pesar de ser solo un año mayor que yo, en conocimientos me llevara años de ventaja. Llevaba puesto un vestidito amarillo y estaba ahí parada, sin quitarme la vista de encima como si ya me hubiera descifrado.

—Hola, soy Pepi. Tú eres Aurora, verdad? Mi mami dice que tu papá ya no está y que tengo que ser amable contigo.

Por supuesto, la evidencia de que efectivamente, ella sabía todo sobre mí, no era lo primero que quería escuchar. Pero cuando vives en un pueblo tan chico como Huejosquite, o haces amigos, o haces enemigos; eso de no meterte en lo que no te importa no es una opción.

Así que, eventualmente, Pepi y yo nos volvimos inseparables. Uña y mugre, como nos decían todos en el pueblo. Y, claro, siempre alegábamos sobre quién era la uña y quién era la mugre. ¿Quién querría ser la parte sucia? Éramos solo unas niñas, jugando juegos tontos y tratando de descifrar como funciona esta cosa llamada vida.

En ese entonces, las cosas eran más sencillas. Mamá, Segundo y yo ayudábamos en la tienda de abarrotes de mis abuelos. Y con "ayudábamos" me refiero a mi mamá y a Segundo; yo, más que nada estorbaba. Debí haber tenido unos ocho o nueve años cuando mis abuelos empezaron a exigir mi ayuda en los abarrotes. Pepi llegaba seguido y las dos nos parábamos tras el mostrador, fingiendo estar ocupadas, pero en realidad solo robábamos. Bueno, no robábamos exactamente; "tomábamos prestadas" galletas del almacén.

Era nuestro pequeño secreto.

Si es que se le podía llamar secreto en un pueblo donde todos sabían todo de todos.

Los hombres tenían el poder absoluto—padres, esposos, tíos y hermanos—manejaban el mundo como si hubieran nacido con ese derecho:

—Sírveme la comida, y que esté caliente cuando llegue.

—¿Por qué está así el piso? Límpialo antes de que alguien se tropiece.

—Los niños están haciendo ruido otra vez, diles que se callen.

—No te metas en cosas de hombres. Esto no te concierne.

Y sin embargo, había algo en mi abuela que imponía respeto. Los hombres podían ser los que tomaban las decisiones grandes, pero en nuestra casa, la que mandaba era mi Abuela Lupe. No alzaba la voz. No necesitaba moverse rápido. Su poder estaba en la forma silenciosa de sostener el espacio, en la presencia firme que dejaba claro quién era quién.

Mi abuelo era, por supuesto, el que gritaba y daba órdenes. Pero mi abuela... mi abuela dominaba con los gestos más sencillos. Como cuando se tomaba su tiempo en la mesa, y con una sola mirada nos dejaba claro que nadie se podía levantar antes que ella. Tenía sus formas de recordarnos que, aunque los hombres decidieran, ella era quien mantenía todo en su lugar.

Nadie hubiera adivinado que mi abuelo la había sacado de su casa a la fuerza cuando ella apenas tenía quince y él ya pasaba los treinta y cinco. Apuesto que él jamás imaginó que esa diferencia de edad algún día le jugaría en contra.

Para cuando mi abuela llegó a los cuarenta y tantos, y mi abuelo a los setenta, el cambio de poder entre ellos ya era evidente. Pensándolo bien, la única razón por la que mi abuela no se divorció seguramente fue porque el divorcio era mal visto—más aún si lo pedía una mujer— y mi abuela bien pudo haber sido vocera de lo que se consideraba "correcto" socialmente. No creo que la ley de aquel entonces se lo pusiera fácil a las mujeres tampoco. Aún así mi abuela Lupe era la matriarca. Y se encargó de que todos lo supieran.

Recuerdo un momento tenso en la tienda de mis abuelos. Un cliente frecuente llegó mientras yo reacomodaba los refrescos en el refrigerador de la esquina: Don Evaristo.

Traía la camisa abierta hasta el pecho, mostrando los vellos, y apestaba a aguardiente.

—Doña Lupe —balbuceó, apenas pudiendo mantenerse en pie—, ¿me puede fiar la despensa? Usted sabe que soy hombre de palabra, se la pago pronto.

Mi abuelo lo miró desde su silla cerca del mostrador, pero no dijo nada.

Mi abuela no respondió de inmediato. Levantó una ceja y se sirvió una taza de café con toda la calma del mundo. El tiempo se detuvo, como si hasta la tienda contuviera el aliento.

—Evaristo —dijo al fin, con un tono frío y firme que cortó el aire—, la confianza no se gana con palabras, se gana con hechos. Me debe tres meses de despensa, y su esposa pasó ayer por sal porque en su casa ya no quedaba.

Él abrió la boca, pero ella levantó la mano.

—No me interesa lo que tenga que decir. Mi tienda no es banco y yo no soy caridad. —Se levantó y puso la taza sobre el mostrador con mucho cuidado—. Si vuelve por aquí sin el dinero que me debe, le aseguro que no seré tan educada.

Don Evaristo se fue mascullando algo que no alcancé a entender.

En cuanto cerró la puerta, mi abuelo soltó el aire y le dijo a mi abuela:

—Siempre con tus maneras de general.

Ella no respondió, sólo se limitó a sostenerle la mirada, hasta que, eventualmente, él bajó la vista.

Fue en esos primeros días, escondida entre cajas de galletas en la bodega, donde aprendí el arte de fingir. Fingir que todo estaba bien. Fingir que no pasaba nada. Que nada dolía.

Pero si te llenas la boca de galletas y tratas de cantar una canción con la dignidad de una morsa, el fingir no dura mucho. Las migas en la boca caían de mi boca como confesiones diminutas, saliéndose aunque no quiera.

Una vez, Pepi y yo estábamos jugando nuestro juego favorito, "adivina la canción," en la bodega, con la boca tan llena de galletas del Surtido Rico que apenas podíamos hablar.

—Como tu sombra iré... —canté, tratando de entonar la canción de amor. Mis cachete estaban tan llenos que mi voz salía amortiguada por lo dulce en mi boca. Pero no me importaba. Era nuestro juego, nuestro pequeño respiro de libertad.

Pepi se carcajeó, ahogándose de la risa.

—¡Como tu sombra iré...! ¿Verdad? —adivinó entre risas.

—¡Sí! Pero ese no es el título —grité, mientras las migas volaban.

Nos estábamos sacudiendo las manos en los vestidos, intentando disimular el tiradero, cuando escuchamos la voz de mi Abuela Lupe desde el frente de la tienda:

—¡Otro méndigo ratón en la bodega!

Salimos corriendo como si fuéramos ratones de verdad, riéndonos como si hubiéramos cometido exitosamente el crimen más grande de Huejosquite.

Doblamos la esquina y casi chocamos con Segundo y su amigo Paco. Estaban enlelados en una partida de dominó, concentradísimos en el juego.

Pepi había estado enamorada de Segundo desde que aprendió a escribir la palabra "amor".

—Un día me voy a casar con él, vas a ver —me dijo, como si ya estuviera decidido, con la mirada soñadora fija en Segundo, que le enseñaba a Paco como "mezclar las fichas correctamente".

Me reí tanto que me dolieron las costillas.

—¿Tú? ¿Casarte con Segundo? ¡Si te la pasas alegando con él todos los días!

—No todos. Sólo cuando no me da la razón —respondió ella, con las manos en la cintura, muy seria. Luego, con voz más bajita, añadió:

—Pero es tan paciente. No es como los demás.

Un día antes, mientras nos trenzábamos el cabello en mi porche, había suspirado profundo y preguntado:

—Aurora, ¿tú crees que Segundo me ve? O sea, ¿de verdad me ve?

—¡Claro que sí! Vives justo enfrente y da la casualidad que siempre sales cuando él sale. ¿Cómo no te va a ver?

—No me refiero a eso —murmuró, sacudiendo la falda con fingida indiferencia—. Me refiero a si me ve como... ya sabes... alguien que podría gustarle.

Y ahí, parada junto a ella, viendo cómo mordía su labio y se acomodaba el cabello tras la oreja mientras espiaba a Segundo, no pude evitar sonreír.

Yo ya tenía planes de que se casaran algún día. Así, seríamos familia.

Porque en el fondo, ya éramos hermanas.

¿Y yo?

Yo no lo supe hasta ese verano—el verano en que cumplí trece y me bajó por primera vez—que tal vez tenía un pequeño enamoramiento con Paco.

Había crecido. Ya no era sólo el niño de los ojos traviesos y el pelo brillante. Algo en él me hacía sonrojar cada vez que me miraba.

Traté de ignorarlo, pero Pepi no me dejó.

Me dio un codazo y sonrió con picardía.

—¿Te traigo un babero o aguantas? —susurró.

—Estás loca. No sé de qué hablas —respondí, tratando de sonar seria. Pero era la peor mentirosa de Huejosquite. Tal vez la única mala mentirosa del pueblo.

Fue una de las últimas veces que jugamos en esa bodega, riendo hasta que nos dolía el estómago y el corazón se nos hacía ligero, como papel picado en el viento.

En ese entonces, no imaginábamos que todo podía cambiar.

Éramos demasiado jóvenes para saber que los sueños a veces cuestan más de lo que uno puede pagar.

Mi madre hacía lo que podía para sacarnos adelante, con la cara siempre firme y la mirada determinada. Pero incluso entonces, yo ya notaba las grietas. Las partes donde ella se doblaba para mantenernos enteros.

UNA DE CAL POR DOS DE ARENA

PILAR

A menudo me preguntaba cómo se habría visto el rostro de mi madre cuando nos abandonó. ¿Se habrá quebrado como el mío cuando intentaba sonreír a pesar de su ausencia? ¿O llevaba la misma máscara que mi padre me obligaba a llevar puesta? Una de aceptación y silencio.

—¿Alguna vez piensas en mamá? —le pregunté a Meño mientras volteaba distraídamente las tortillas en el comal para la cena.

Sabía que Meño diría lo mismo de siempre, algo práctico. Algo para cerrar la conversación. Pero la pregunta nunca desaparecía. Aunque no podía recordarla, había algo en su ausencia que pesaba más que cualquier recuerdo. Es curioso cómo, después de tantos años, la pregunta seguía sintiéndose como algo que podía meterme en problemas. Pero ahí estaba, escapándose de mí con la misma naturalidad con que escapaba el vapor de las tortillas calientes.

No había pensado realmente en mamá en semanas, tal vez meses. Pero últimamente, todo en la escuela giraba en torno a las quinceañeras. Por supuesto, no había mencionado nada al respecto con mis amigas. Mis dos mejores amigas, Julia y Ofelia, venían de esos hogares perfectos donde las madres eran una presencia permanente. Riendo durante el desayuno, regañándolas por su ropa, abrazándolas sin razón alguna. Así que, bueno, no es como si quisiera hacerme la víctima sacando el tema casualmente, como si nada: "Ah, oye, ni siquiera recuerdo el rostro de mi mamá". Pero había un sentimiento que se aferraba a mí, una vocecita que preguntaba: *¿Cómo sería una quinceañera para mí?* Y cada vez que ese pensamiento aparecía, estaba segura de que las mamás de mis amigas echarían la casa por la ventana. La mía… la mía era solo una esperanza muerta. Era demasiado pequeña cuando se fue como para siquiera llamarla un recuerdo lejano.

Meño, que como siempre estaba en la cocina conmigo, más para hacerme compañía y darme apoyo moral que para ayudar realmente, no titubeó cuando le pregunté.

—¿Qué hay que pensar? —se jaló las mangas de la camisa como si intentara escapar de una trampa invisible—.

—Nos abandonó. Fin de la historia. Yo ni siquiera le haría eso a

Solovino, ¿tú sí?

Lancé una mirada a Solovino, nuestro perro churido, que se había ganado su nombre a pulso por aparecer sin invitación en nuestra casa y que ahora estaba sentado al borde de la cocina, mirándonos como si esperara un bocadillo, algo un poco más emocionante que las sobras que siempre le dábamos.

—Por supuesto que no. Y ese perro encontraría el camino de regreso desde el rincón más lejano del planeta, de todas formas.

Apagué el comal y me apoyé contra el mostrador.

—Pero, ¿nunca te has preguntado por qué? O sea, ¿por qué no volvió? ¿Por qué se fue en primer lugar?

Meño suspiró, frotándose la cara como si intentara borrar un dolor de cabeza más viejo que yo.

—El "por qué" no importa. Estamos aquí, ella no… Y como dice papá, la familia se queda junta pase lo que pase. Pero ya sabes que no me gusta hablar de esto.

"La familia se queda junta pase lo que pase." La frase favorita de mi padre. La repetía cada vez que las cosas se ponían tensas. Como si eso lo eximiera de todo, sin necesidad de más preguntas. Como si fuera un truco de magia que pudiera arreglarlo todo. Pero no lo hacía. Yyo ni siquiera sabía si quería que lo hiciera.

—Siempre dices que no importa —contesté en voz baja, apilando las tortillas dentro de un trapo para que se mantuvieran calientitas—. Pero sí importa. A mí me importa.

Meño apoyó su cuerpo contra el marco de la puerta.

—¿Y qué ganas pensando en eso todo el tiempo, Pilar? Mamá nos dejó. Fin de la historia.

—No. No es el fin de la historia —insistí, volteando para mirarlo de frente—. Siempre dices que hay que seguir adelante, pero, a ver, dime, ¿cómo se supone que debo avanzar si ni siquiera sé cómo llegué hasta aquí?

Meño cruzó los brazos, pero en su expresión vi algo que rara vez mostraba: cansancio.

—Me pregunto lo mismo todos los días —admitió en un susurro apenas audible—, y siempre llego a la misma respuesta: porque así es la vida. Porque no fuimos lo suficientemente importantes para ella.

Me quedé en silencio, digiriendo sus palabras como si fueran migajas mohosas. Finalmente, murmuré:

—Tal vez no es que no le importáramos. Tal vez simplemente no supo cómo quedarse.

—¿De qué están hablando?

La voz de papá cortó el aire de golpe, haciéndome dar un pequeño salto. Apareció de la nada, como siempre lo hacía, y se dirigió a la mesa, sentándose en su lugar de siempre, el que daba hacia la pared con ese cuadro torcido de *La última cena* colgado detrás de él. Ese cuadro había estado allí desde que yo era niña, siempre un poco chueco, pero a nadie le importaba arreglarlo. Tal vez porque nos recordaba algo que no podíamos tener… algo perfecto.

—Nada —murmuré, bajando la mirada al tortillero en mis manos, como si de repente fuera lo más interesante del planeta.

—No estarás sacando temas tarados, ¿verdad? —preguntó papá, entornando los ojos hacia mí, su tono como una campana de advertencia—.

Si supieras mantener la boquita cerrada como una señorita, quizá la cena estaría lista para cuando me siento.

Ya podía escuchar el gruñido en su voz, ese que significaba: *he trabajado todo el día, estoy cansado, no me hagas enojar.*

—Estábamos hablando de alguien de la escuela, papá —intervino rápidamente Meño, cubriéndome como siempre lo hacía. Le lancé una mirada de agradecimiento.

—¿Alguien de la escuela, eh? —murmuró papá, señalando la comida con un movimiento brusco de la cabeza—.

Bueno, pues no dejes que se enfríe como la última vez. No quiero más "incidentes".

Deslicé rápidamente el plato de picadillo y el tortillero frente a él, tratando de parecer lo más ocupada e inocente posible. Papá miró las tortillas con desprecio y, de repente, tomó una y la tiró al suelo con un resoplido de enojo.

—Lo único que pido es llegar a casa y encontrar la comida caliente, pero ni eso puedes hacer, ¿verdad? No es de extrañar que…

Su voz se apagó, pero el peso de lo que no dijo quedó flotando en el aire, más denso que cualquier palabra. Sentí los ojos arderme, las lágrimas amenazando con salir, pero hacía mucho que había aprendido que, en estas situaciones, llorar solo lo empeoraba todo. Así que me contuve.

—Perdón, ahorita caliento otra—mi voz era tan baja que sonó como si estuviera hablando con un desconocido, y no con mi propio padre.

—Ya, déjala —soltó de forma cortante, pero su tono se suavizó, como si intentara sonar amable, aunque no lo logró del todo.

Bastó para que Solovino reuniera el valor suficiente para lanzarse por la tortilla en el suelo y devorarla de un solo bocado.

—Siéntense. Vamos a cenar como la familia que somos.

Nos sentamos. Papá, yo, Solovino echado a mis pies, Meño, y ese cuadro de *La última cena* mirándonos desde detrás de mi padre. Ahí estábamos; dos hijos y un padre, intentando pretender que éramos algo parecido a una familia normal.

—Viejas —murmuró papá, metiéndose comida en la boca, la mirada perdida más allá de nosotros, atrapado en pensamientos que no nos pertenecían—.

Siempre haciendo un escándalo por todo.

Sacudió la cabeza y, con una leve sonrisa, tomó otra tortilla, una que —juro— estaba tan caliente y perfecta como la que había tirado al suelo unos segundos antes.

Esa noche, me acosté sintiendo ese vacío extraño y punzante que siempre me invadía cuando la memoria de mamá se colaba en mi mente. Ese vacío que había sido mi compañía constante, aunque intentara ignorarlo.

Me quedé mirando el techo, mis pensamientos girando como un remolino de polvo.

¿Cómo la habría llamado si estuviera aquí?

¿Mamá? ¿Mami?

Susurré las palabras en la oscuridad, probándolas en mi lengua, sintiéndolas por primera vez. Se sentían extrañas, como ropa que no horma del todo.

Cada vez que las repetía en silencio, el dolor en mi pecho se hacía más profundo.

Mami.

Moví los labios sin emitir sonido.

¿Era el nombre lo que no encajaba? ¿O era el hecho de que ya no había nadie a quien llamar?

Sentí el ardor detrás de mis ojos, pero me negué a dejar que las lágrimas cayeran.

Eso era algo que había aprendido desde pequeña: no llores. Las lágrimas no arreglan nada.

⚏✧⚏✧⚏

A la mañana siguiente, desperté de un sueño en el que estaba en el Zócalo, mirando los escaparates con mamá. Ella me tomaba de la mano, y el sol brillaba con fuerza.

En mis sueños, siempre se veía perfecta; me sonreía con unos ojos que nunca parecían cansados, ni enojados, ni lejanos, como si yo fuera lo más importante en su mundo.

Pero, de repente, dio la vuelta en una esquina y comenzó a alejarse.

Quise gritar, pero mi voz no salió.

Quise alcanzarla, pero mis pies no se movieron.

Estaba atrapada, hundiéndome en el pavimento, como si la ciudad entera me estuviera tragando.

Me desperté con el corazón en la garganta y el rostro empapado en sudor frío. En mañanas como esa, el vacío en mi pecho se sentía más profundo que nunca. Me obligué a levantarme, deslicé mis pies fríos en mis pantuflas azul cielo y caminé de puntillas hasta la cocina, esperando tener el desayuno listo antes de que papá despertara. Con el humor que se cargaba últimamente, era mejor no estar desprevenida.

Sabía que tenía que callarme ciertas cosas, las que me retorcían el estómago. Hablar de mamá era como molestar a un perro dormido: tarde o temprano, te mordería.

Me puse a calentar las tortillas que había preparado la noche anterior. El sonido del comal, de alguna manera extraña, me reconfortaba. Como si el calor que salía de la comida pudiera calmar el frío que sentía por dentro. Mientras el café goteaba en la cafetera, pensé en cómo había sido mi vida sin ella. En todo lo que me había faltado. Y en todo lo que, sin darme cuenta, también me había perdido al no poder preguntarle. No era solo la ausencia de su cuerpo, sino la ausencia de sus palabras. Su guía. Todo ese tiempo había estado necesitando algo sin siquiera saberlo.

El aroma del café llenó la cocina, y una presión se apretó en mi garganta, impidiéndome respirar. Pero la reprimí.

No podía dejar que las lágrimas me dominaran. ¿Y qué ganaría con eso? De todos modos, nadie estaría allí para notarlo si las dejaba caer.

Nadie iba a hacerme sentir mejor.

Con la taza de café en las manos, me dirigí al comedor, sin querer pensar en nada más que en seguir adelante, un paso a la vez.

Para entonces, ya había perdido la esperanza de que algo mejorara. Pero me obligué a continuar. No por mí, sino por los que me rodeaban. Lo único que podía hacer era mantenerme en pie.

❁✧❁✧❁

Escuché los pasos de papá en el pasillo y me sobresalté. Ya estaba despierto.

—Hoy voy a entrar temprano al trabajo —mencionó al entrar en la cocina—. Voy a llegar tarde. Tengo reuniones. Asuntos importantes.

Asuntos importantes. Como esas reuniones en el bar que significaban que volvería borracho y de mal humor, dejándonos a Meño y a mí pretendiendo que no lo escuchábamos tambalearse al entrar a la casa. Pero bueno. Sobreviviría otra noche de eso.

Dejó unos pesos sobre la mesa.

—Toma. Para que tú y Meño vayan al rato por un helado.

Era lo más parecido a una disculpa que solía dar. Y yo siempre la aceptaba. Papá nunca pedía perdón, pero los pesos significaban algo. Aunque nunca había podido descifrar exactamente qué.

Dudé un segundo y luego pregunté:

—Papá, he estado pensando... Cumplo quince en unos meses y, bueno, todas mis amigas están planeando sus fiestas... ¿Crees que podría tener una también?

Mi voz se fue apagando al final, apenas un susurro de esperanza, aferrándose con dificultad a la última palabra.

Al principio no levantó la mirada, concentrado en servirse el café, como si mi pregunta ni siquiera se hubiera registrado en su cabeza. Luego, se detuvo, taza en mano, y me lanzó una mirada de reojo, larga, evaluándome.

—¿Y quién, exactamente, crees que va a hacer todos los preparativos, Pilar? —preguntó, dejando la taza sobre la mesa con un golpe seco.

Sus ojos se entrecerraron, llenándose de esa expresión familiar que siempre me advertía que debía haberme callado antes.

—¿Crees que tengo tiempo para perder en eso? Ese es trabajo de viejas —se burló, sacudiendo la cabeza—. No soy tu madre, y ni de broma voy a desperdiciar mi tiempo en vestidos ridículos y bailecitos.

Sentí el calor subir a mi rostro, la vergüenza recorriéndome la piel, pero me obligué a asentir, a estar de acuerdo.

—Tienes razón —respondí rápido, intentando sonar agradecida—. Gracias por aceptar pagar por el vestido para que pueda ser parte del cortejo de Julia y Ofelia. Sé que es mucho.

—Exacto. Es más que suficiente —murmuró, su mirada fija en un punto invisible del suelo de la cocina.

Casi podía escuchar sus pensamientos enredándose en esa espiral en la que siempre se perdía cuando estaba de humor así.

—Das la mano y te agarran la pata —murmuró, sin importarle que lo escuchara.

Y luego desapareció. Sus pasos pesados resonaron en el pasillo, dejándome ahí, con la respiración atorada en la garganta.

Volví a la sala, parpadeando con fuerza para contener el ardor en mis ojos.

Debí saber que no debía preguntar.

Debí saber que una pregunta tan simple podía poner todo patas arriba.

Que podía convertir la esperanza en algo que se parecía más a la vergüenza.

Siempre era así con él.

Unos cuantos días buenos dispersos entre los malos.

Y luego, como relojito, nos recordaba todo lo que había hecho por nosotros.

—Deberían estar agradecidos —decía, como si alguna vez nos dejara olvidarlo—. Un techo sobre sus cabezas, comida en la mesa y un padre que, seamos honestos, podría haber sido peor.

Se inclinaba, con esa misma mirada de siempre, y agregaba:

—Nunca les he puesto una mano encima, como harían otros padres. Tal vez ese ha sido mi error. Tal vez por eso han crecido tan malagradecidos.

Lo decía como si fuera un orgullo, como si contenerse fuera una medalla al mérito.

—Hay muchos niños que no tienen ni la mitad de lo que ustedes tienen —nos decía, fijando en nosotros una mirada que nos retaba a contradecirlo.

Intenté pensar en los días buenos.

Los días en que nos reíamos en la cena.

Los días en que nos dejaba a Meño y a mí quedarnos despiertos viendo una película.

Esos días ya parecían un sueño, algo suave y lejano.

Tal vez debería haber sido suficiente.

El colegio al que asistía, las amigas que tenía, la colonia donde vivíamos.

Debería haberme sentido afortunada.

Pero cada vez que intentaba repetírmelo, se sentía un poco más como una mentira.

"La familia se queda unida pase lo que pase."

Podía escuchar su voz en mi cabeza, la frase que había usado tantas veces que casi sonaba como una orden.

Y sin embargo, en algún rincón de mi interior, una voz pequeña y callada susurraba que algo no estaba bien.

Que esta vida en la que tenía que caminar de puntillas, medir mis palabras y tragarme mis sueños no era lo que se suponía que significaba *familia*.

¿Cómo podía una familia quedarse unida incondicionalmente, cuando la culpa y la obligación eran el pegamento frágil que nos mantenía juntos?

EL QUE CON LOBOS ANDA, A AULLAR SE ENSEÑA

FER

La familia se queda unida pase lo que pase. Eso dicen, ¿no? Pero nadie te dice cómo se supone que tienes que quedarte cuando lo único que quieres es despegarte, como un curita que ya cumplió su función de cubrir heridas. Cuando la gente que más amas y admiras traiciona a tu familia de formas que te hacen sentir que la única opción es desprenderte de ellos.

La fila avanza de a poquito, unos tenis rechinan contra el piso de linóleo y me acomodo la correa de la mochila en el hombro. Siento un nudo en el estómago mientras volteo a ver la interminable hilera de luces fluorescentes en el techo. No sé si son los nervios o ese brillo artificial que zumba sobre mí lo que hace que el lugar se sienta más frío de lo que debería.

Aquí estoy, formada para que me den mi credencial universitaria. Una credencial que, en teoría, es la prueba física de un logro que mis papás y yo soñamos juntos. Pero en vez de sentirse como una transición feliz, lo único en lo que puedo pensar es que esto se ha vuelto mi forma de no seguir los pasos de mi mamá.

Veo a los otros estudiantes en la fila. La mayoría está platicando con sus papás, amigos o hermanos, gente que vino con ellos a compartir el momento. La pareja justo enfrente de mí trae los brazos entrelazados, susurrando emocionados, como si este fuera su primer paso en su nueva aventura juntos. Unos lugares más adelante, una chica trae puesta una camiseta roja que dice "*Future Legacy*", y la mujer a su lado trae una igual que dice "*Alumni Pride*". La imagen me aprieta el pecho. Hace unas semanas, me imaginaba a mi mamá parada junto a mí, tomándome una cantidad ridícula de fotos, acomodándome el cabello, diciéndome que me enderezara para la foto de la credencial. Pero ahora, aquí estoy, sola y enojada, pensando en todo lo que ha pasado en las últimas semanas.

❈❖❈❖❈

Hasta hace un par de meses, en mi último año de prepa, si me hubieran pedido describirme con una sola palabra, habría dicho *equis*.

O sea, nivel de normalidad total. Nada especial. De esas personas que entran a un salón y nadie te pela, pero tampoco es como que fueras invisible.

Mi prepa estaba llena de alumnos mexicoamericanos, igual que yo. Todos hablábamos inglés con el mismo acento. Ese que se te queda por haber aprendido español primero, el que delata que el inglés llegó después.

No era popular, pero tampoco era de las que comen solas en el baño. Tenía mi grupito decente de amigos y, bueno, chance hasta tuve unos cuantos romances exprés entre segundo y último año. Nada del otro mundo, todos PG-13. Los tres fueron fugaces, pero bueno, también una tiene estándares.

La uni siempre fue la meta. La primera de mi familia en ir y todo eso, así que no es como si el hecho de que mis novios secretos tuvieran prohibido siquiera voltear a ver mi casa fuera un problema. No iba a dejar que un chico me echara a perder los planes. Y como mi papá dejaba clarito con su mirada de siempre:

—Cuando te vayas de esta casa, puedes hacer lo que quieras, pero mientras vivas bajo mi techo, tu única prioridad es la escuela.

Ay, claro, papá. Sin problema. Y la verdad, sí me enfoqué en los libros. La rebeldía nunca fue lo mío, y mi mamá siempre me cubría la espalda cuando quería divertirme tantito más de lo permitido. Una verdadera alcahueta, como dicen, siempre y cuando mis prioridades estuvieran en orden.

Pero las cosas cambiaron cuando llegué al novio secreto número tres (o *Tres*, como ahora le digo de cariño).

Una mañana, habíamos quedado en irnos juntos en el camión escolar, así que me quedé esperando en mi parada de siempre, ansiosa, descarapelando el esmalte de mis uñas recién pintadas mientras checaba la hora. Cuando llegó el camión, le rogué al chofer que esperara solo dos minutos más, que Tres ya venía en camino, pero el señor apenas sacó la cabeza por la puerta y me lanzó una mirada antes de soltar:

—Ya me voy, contigo o sin ti.

Vi el reloj. Mi papá no se iba a trabajar hasta dentro de una hora y me había visto salir con tiempo de sobra, así que, impulsivamente, decidí dejar pasar el camión y quedarme a esperarlo. Seguro ya venía.

Pero nel.

Quince minutos más tarde y sin la menor disculpa, Tres apareció.

Caminamos hasta un *diner* cercano para matar el tiempo hasta que pudiera regresar a casa, interceptar la llamada de ausencia y evitar un drama con mis papás. Ya sabes, la clásica lógica adolescente en su máximo esplendor.

Y ahí estábamos, tomados de la mano, esperando mesa en el *diner*, que, para ser miércoles en la mañana, estaba sorprendentemente lleno. Supongo que el desempleo andaba en su punto más alto, pensé, justo cuando algo me hizo sentir como si el estómago se me fuera al suelo.

De reojo, vi a una pareja besándose. No conocía a la mujer. Pero al hombre, sí. Oh, sí, lo reconocí al instante. Ese cabello cada vez más ralo, peinado hacia atrás con todo el gel del planeta y—de entre todas las cosas—el aretito nuevo que se había puesto hace poco, el mismo que mi mamá y yo habíamos bautizado como su arete de crisis de la mediana edad.

Y ahí estaba. Mi papá.

Con la mano peligrosamente alta en el muslo de una mujer que definitivamente no era mi mamá.

¿Y qué hice yo?

En situaciones de pelea o huida, yo soy, tristemente, una huida nivel experto.

Sin pensarlo, jalé a Tres fuera del diner, con la vista ya nublada por las lágrimas. Como si con ser de las que huyen no bastara, también tengo la maldita costumbre de llorar en los peores momentos. No hay nada más humillante.

Entre jadeos de puro shock y coraje, logré explicarle a Tres lo que acababa de ver.

—¿Quieres regresar y enfrentarlo, Fer? —preguntó, aunque su cara rogaba *por favor, di que no.*

—No. Ya estamos más cerca de mi casa que del diner, y la neta, ni siquiera sé qué le diría.

¿¿¿Enfrentar a mi papá en medio de un restaurante??? Ay, sí, ajá.

Normalmente no habría dejado entrar a Tres a mi casa, pero ese día lo hice. Y, como esperaba, en la contestadora estaba el mensaje de la escuela sobre mi falta en la primera clase. Por un momento pensé en borrarlo, pero lo dejé.

Ándale, pregúntame dónde estaba, pensé con amargura.

Tres se quedó conmigo una hora más, hasta que le pedí que se fuera. Necesitaba procesarlo sola.

Pasé el resto del día encerrada en mi cuarto, sin salir cuando escuché llegar a mi mamá, y mucho menos cuando escuché llegar a mi papá.

Cuando mi mamá tocó la puerta para decirme que la cena ya estaba lista, yo seguía sin tener ni idea de qué iba a decir o hacer, pero aun así fui al comedor.

—Había un mensaje en la contestadora sobre tu falta en la escuela hoy. ¿Quieres explicarme qué pasó? —preguntó mi mamá, con ese tono cuidadosamente medido.

Papá arqueó una ceja, pero no parecía sorprendido. Seguro ya lo sabía. Esto era una emboscada.

—Estaba esperando a alguien y perdí el camión por accidente.

—¿Y luego? ¿Decidiste que podías faltar nomás porque sí? —insistió mi mamá. No sonaba enojada, solo decepcionada. Y eso era peor. Después de todo, siempre había sido una estudiante ejemplar. Pinteármela a la escuela no era algo que yo hiciera.

—¿Quién era ese "alguien"? —intervino papá—. Confiamos en que seas más lista, Fer. Te vi salir a tiempo. Si una persona no tiene problema con llegar tarde, tal vez no es la mejor influencia.

—¡No pues wow!, papá —solté con una risa sarcástica—. Ni siquiera lo conoces y ya lo estás juzgando.

Apenas las palabras salieron de mi boca, me arrepentí.

Mierda. No había sido mi intención delatar que "alguien" era un amigo y no una amiga.

Papá me miró con los ojos afilados.

—Conozco a mi propia hija. No necesito saber quién es tu "amigo" —hizo comillas con los dedos, como si un chico y una chica no pudieran ser solo amigos, aunque, bueno, esta vez tenía razón— para saber que él fue la razón por la que faltaste hoy. Te he advertido sobre cómo los hombres solo tienen una cosa en la cabeza. Son malas influencias.

—Pues tal vez no me conoces tan bien como crees —repliqué, con el corazón latiéndome en los oídos—. Después de todo, yo también pensé que te conocía, pero resulta que no.

¿Hasta dónde podía llegar su hipocresía? Mi enojo crecía fuera de control con cada segundo que pasaba.

Mi mamá, que había estado callada hasta ahora, por fin habló.

—Te cachamos faltando a la escuela, Fer. Este sería el momento perfecto para disculparte, no para hablarle así a tu papá.

—Está bien. Perdón por perderme el camión. Y de verdad lo siento por no llamarles para que me llevaran y, en su lugar, ir a desayunar al *diner* cerca de mi parada —dije, mirando a mi papá directo a los ojos.

Papá no se inmutó, pero algo en su postura se tensó.

—¿El *diner*? —repitió sin perder el ritmo. Su tono, demasiado parejo, demasiado controlado, me dijo todo lo que necesitaba saber.

Estaba entrando en pánico.

—¿Sabes qué es lo chistoso de todo esto? —incliné la cabeza—. Ese *diner* es mucho más popular de lo que esperaba un miércoles por la mañana. ¿A quién crees que vi ahí, mamá?

Mamá frunció el ceño.

—¿A quién?

Papá se removió en su asiento.

—Estamos hablando de tu falta a la escuela, Fer —intervino, con la voz firme.

Pero lo vi.

Su cara estaba roja y esa vena en su frente se marcaba con fuerza. La señal de siempre.

Estaba furioso.

Me volví hacia mamá.

—Vi a mi papá —mi voz tembló, pero me obligué a decirlo—. Y estaba acompañado.

—Eso no es cierto —soltó papá, demasiado rápido, demasiado fuerte—. No sabes lo que dices.

El pecho se me apretó.

¿Cómo podía?

No tenía expectativas sobre cómo sería esta confrontación. Ni siquiera estaba segura de si iba a decir algo si ellos no mencionaban mi falta primero. Pero su respuesta me dolió más de lo que esperaba.

Me estaba llamando mentirosa.

Como si yo fuera la que estaba destrozando a esta familia.

Mis uñas se clavaron en mis palmas.

—¿De verdad te vas a sentar ahí y acusarme de ser una mentirosa?

—No te está llamando mentirosa, Fer —intervino mamá, con la voz desesperada—. Pero, ¿es posible que te hayas equivocado?

Papá abrió la boca, pero luego la cerró. Algo cruzó por su mirada. ¿Vergüenza? ¿Arrepentimiento? Desvió la mirada, inhaló profundamente y, al exhalar, sus hombros se desplomaron.

—Yo… —Su voz era más suave ahora, casi rota.

Ahí fue cuando mamá se quebró. Las lágrimas le cayeron en silencio. No se veía enojada, como yo. Solo se veía… destrozada.

—Me prometiste que esto no pasaría otra vez —susurró, tan bajo que apenas se escuchó.

¿Otra vez? ¿Esto ya había pasado antes? Cada nueva duda me

golpeaba como un puñetazo en el estómago.

—No soy un hombre perfecto —su voz temblaba—. Cometí un error, pero te amo. Tienes que creerme.

Dejé escapar una risa sarcástica.

—¿Un error? No le subes la mano a alguien por la pierna en público "accidentalmente". Tu lengua no se "resbala" en la boca de una zorra por error.

Grité las palabras, sin importarme lo fuerte que sonaran. No sabía si la mujer del *diner* sabía que él estaba casado. Tal vez no era su culpa. Tal vez no merecía mi insulto. Pero yo estaba furiosa.

Mamá se limpió las lágrimas con la manga.

—Fer, esto es algo que tu papá y yo debemos hablar en privado.

Su voz era tan dolorosamente tranquila que supe, en ese instante, que lo iba a perdonar.

Me levanté y me fui a mi cuarto.

❀✧❀✧❀

Los sábados en la mañana normalmente significaban que los tres estábamos en casa.

Pero cuando las ganas de ir al baño me obligaron a salir de mi cuarto, noté que mi papá no estaba. Mi mamá estaba sentada sola en la mesa del comedor. Por la forma en que me miró, supe que había estado esperando para hablar conmigo.

Fui al baño, y cuando salí, intenté pasar de largo para regresar a mi cuarto, pero me habló.

—Fer…

Exhalé ya enfadada con la conversación que aún no teníamos.

—¿Lo corriste?

Mamá señaló la silla frente a ella.

—Siéntate, por favor. Tenemos que hablar.

No me moví.

—¿Lo corriste? —repetí.

Mamá suspiró.

—Fer, esto puede ser difícil de entender, pero no. Hablamos toda la noche. Para mí, una familia no es algo que se deja así nomás. Le estoy dando una oportunidad.

Un frío punzante me recorrió todo el cuerpo.

—¡No es "así nomás"! ¡Te dije lo que vi! ¿Esto es lo que me estás enseñando? ¿Que está bien? ¿Que debo dejar que la gente me pisotee cuando quiera?

—No es tan sencillo, Fer.

Apreté la mandíbula.

—A mí sí me parece bastante sencillo. Explícame cómo no lo es.

Mamá abrió la boca para contestar, pero la interrumpí antes de que pudiera decir algo.

—¿Sabes qué? Olvídalo —negué con la cabeza—. Haz lo que quieras. No quiero escucharlo.

Me di la vuelta para irme, pero antes de cerrar la puerta de mi cuarto, solté lo único que tenía que decir:

—Pero para que quede claro: tú le estás dando una oportunidad. Yo no.

Me metí a mi cuarto y azoté la puerta detrás de mí.

Desde ese día, he repetido la escena una y otra vez en mi cabeza, imaginando todas las cosas dramáticas que pude haber hecho en el *diner*. A veces les aviento un vaso de agua en la cara, otras veces me siento en la mesa de al lado y los miro fijamente hasta que él me nota.

La verdad, probablemente no haya una forma correcta de lidiar con cachar a tu papá teniendo una crisis de la mediana edad de la peor manera posible, pero cómo me gustaría ser de las que pelean y no de las que huyen llorando.

Lo que fue una de las peores experiencias de mi vida terminó siendo el inicio de los mejores días y aún mejores noches para Tres, a quien dejé colarse a mi cuarto casi todas las noches hasta nuestra graduación de la prepa. Si mi papá podía salirse con la suya escondiéndose, pues yo también podía.

Un golpecito en el hombro me saca de mis pensamientos.

—¡Siguiente!

Me sobo la palma de la mano, justo donde me he estado enterrando la uña del pulgar de tanto nervio, y camino hacia la X azul marcada con cinta adhesiva en el suelo, justo frente a la cámara. Me muevo tantito mientras intento acomodar la cara en algo que parezca una sonrisa.

La muchacha detrás de la cámara, Jenny —lo deduzco por su gafete— me dice que relaje los hombros. Su tono es amable pero eficiente, como si ya llevara toda la mañana tomando fotos, pero todavía le importara ser amable.

Su piel bronceada y su look delgado parecen sacados de una peli de verano en la playa, nada que ver con el tono más profundo de piel que corre en mi familia y con mis amigos.

—Así está mejor —dice—. Muy bien, tres, dos…

El obturador suena antes de que termine la cuenta regresiva.

—Tu credencial es más que solo tu número de estudiante —explica, mientras me entrega mi tarjeta nueva y brillosa—. También la vas a usar para imprimir en la biblioteca y le puedes poner saldo para comprar en las tiendas del campus.

—¡Cool, gracias! —respondo, tomando la tarjeta.

—¡No hay problema! Ojalá alguien me hubiera dicho todo esto en mi primer día —agrega con otra sonrisa.

Le devuelvo la sonrisa y salgo.

En mi credencial, una cara de piel clara, ojos cafés y expresión decidida me devuelve la mirada.

Mi cabello ondulado, color castaño claro, me cae sobre la frente, con ese copete que, como siempre, hace lo que se le da su regalada gana.

2008-2009 está impreso justo debajo de mi foto.

Miro a mi alrededor una última vez. Hay sorprendentemente muchas caras blancas y cabezas rubias, muchas más de las que estoy acostumbrada a ver. Definitivamente, esto no es mi prepa. Este campus se siente como otro mundo completamente distinto.

Se me revuelve el estómago, mitad de nervios, mitad de emoción.

Tal vez la uni sea el lugar donde pueda dejar atrás todo lo que pasó. Tal vez esta sea mi oportunidad de empezar desde cero.

Por enésima vez, saco la copia impresa de mi horario y le echo un ojo mientras camino rumbo a la biblioteca, lista para enfrentar mi primer año y dejar atrás el drama de la prepa.

La sombra de la traición de mi papá todavía me persigue, susurrándome que estoy destinada a vivir tragándome las cosas en silencio, igualito que mi mamá.

Pero yo ya estoy lista para tomar al toro por los cuernos.

Voy a hacer de la universidad mi nuevo comienzo.

SI LA VIDA TE DA LIMONES

AURORA

La silla está rígida. No es exactamente incómoda, pero definitivamente no es el lugar que elegiría para estar sentada durante horas. De todos modos, me acomodo en ella, ajustando la cobijita delgada del hospital que tengo sobre las piernas. La aguja del suero ya está puesta, la solución gotea con un ritmo constante, marcando el inicio de mi primera sesión de quimioterapia.

Todavía no les he dicho nada a mis hijas.

No es que quiera esconderles nada… no realmente. Sino que quiero ver primero cómo me va con esto. Necesito saber qué esperar antes de encontrar las palabras adecuadas para explicarles lo que el futuro cercano podría traer para nosotros. Lo único que siempre he querido es darles la vida más feliz posible. Protegerlos de cualquier preocupación, de cualquier sufrimiento, y esto… esto es algo que no sé cómo suavizar para ellos.

Miro alrededor del cuarto y reconozco más de un rostro. Una enfermera joven pasa junto a mí y me sonríe con amabilidad. No la había visto antes, debe ser nueva.

Esto es solo otro paso, me digo a mí misma. Otro cambio en este camino que nunca deja de dar vueltas. Después de todo, si algo es la vida, es impredecible.

La prueba de ello está en este mismo edificio donde ahora me encuentro.

Sonrío al recordar la primera vez que estuve aquí por algo que realmente importaba: el día que nació mi hija menor. Qué distinto se sentía todo en aquel entonces: una alegría inmensa, un miedo profundo, una emoción abrumadora, pero de una manera completamente diferente.

Qué vueltas da la vida.

Ahora, mientras espero, pienso que bien podría escribir un poco, poner mis pensamientos en papel. Si voy a contar esta historia—la que me trajo hasta aquí—más vale aprovechar el tiempo para hacerlo.

Si Huejosquite se suponía que era un nuevo comienzo, un respiro de aire fresco, el clima nunca recibió el aviso. Los veranos en Huejosquite siempre habían sido secos y sofocantes, pero aquel verano en que Segundo y Pepi por fin empezaron a andar juntos, el calor ardía con más ganas, como si el sol hubiera decidido hacer su nido sobre nuestro pueblo para siempre. Cada día se sentía eterno, con las mismas tareas de siempre esperándome en la tiendita de mis abuelos, como una mancha terca en una camisa vieja. Desde que me obligaron a dejar la escuela para ayudar más en la casa y en la tienda, los días se alargaban de manera insoportable, uno deslizándose en el otro, sin más respiro que mis tardes con mis amigos y mi hermano para romper la monotonía.

Por la tarde, cuando el sol por fin empezaba a bajar y el calor sofocante se convertía en algo más llevadero, Pepi, Paco, Segundo y yo nos sentábamos en la banqueta a platicar y dejar que las horas pasaran.

Aquella tarde en particular, Segundo y yo acabábamos de apilar latas empolvadas y acomodar costales de harina en la tienda de mis abuelos cuando Pepi y Paco llegaron.

Pepi apareció con su dramatismo de siempre, poniendo los ojos en blanco.

—La panadería estaba más caliente que la cola del diablo —dijo, jalando el cuello de su blusa y secándose la frente con una mezcla de frustración y humor.

—No recuerdo que los últimos veranos hayan sido así de calurosos —murmuré, soltando un suspiro—, y parece que cada año se pone peor.

—Eso es porque el verano pasado todavía eras una escuincla, jugando a tonterías y aprendiendo a limpiarte los mocos—se burló Segundo con una sonrisita que me hizo poner los ojos en blanco.

Era verdad, pensé. Las cosas habían cambiado desde aquellos días en que Pepi y yo nos escondíamos en la bodega para jugar nuestros juegos secretos. Estaba creciendo, y con eso, había crecido también cierta atracción por Paco, algo que ya no era solo un cariño infantil, sino algo más serio… aunque ni siquiera yo sabía bien cómo llamarlo.

Deseaba que Paco se diera cuenta de que ya no era solo la hermanita de Segundo, la escuincla que había conocido toda la vida. Pero si lo notaba, no lo demostraba. Solo me lanzó su sonrisa rápida y familiar y sugirió que todos fuéramos al río a refrescarnos, ya que el aire prometía una noche más templada.

Cuando llegamos al río, Pepi y Segundo se apartaron y se acomodaron bajo un árbol, acurrucándose con esa complicidad que yo tanto envidiaba.

Paco y yo nos quedamos cerca del agua, lanzando piedras al río.

Siempre había sido el muchacho cuya risa flotaba en el aire, cálida y constante como el sol.

Pero esa tarde, algo parecía pesarle.

—¿En qué piensas? —pregunté mientras lanzaba una piedrita redonda al río.

Por un momento, no respondió. Luego suspiró, con la mirada fija en la luz del sol que comenzaba a desvanecerse.

—En mis papás —soltó simplemente.

Al principio no entendí.

—Están bien, ¿no? Tu mamá sigue fuerte para su edad, y todavía hace los mejores tamales del pueblo —comenté, intentando aligerar el ambiente.

Sonrió apenas.

—Sí, pero se están cansando. Mi papá también. Han chambeado tan duro toda su vida, y ahora veo cómo les está pesando. Ya no se mueven como antes.

Me quedé callada, sintiendo que había algo más que quería decir. Una corriente de briza removió la superficie del agua y yo volví mi vista al río, dándole tiempo a Paco de ordenar sus pensamientos.

—Mis hermanos… todos se han ido —continuó después de una pausa—. Ya tienen sus propias familias, sus propios problemas. Mandan lo que pueden, al menos algunos de ellos, pero no es suficiente. Ahora solo quedo yo.

No supe qué responder. Paco era el menor de siete hermanos, y por varios años. Había sido el *pilón*, el "ups" de la familia, como sus papás bromeaban. Y para ser franca, sus padres sí parecían demasiado mayores para todavía tener un hijo de la edad de Paco en casa. Así que permanecí en silencio.

Paco me miró de reojo, y por primera vez vi el peso que llevaba detrás de su sonrisa tranquila.

—He estado pensando en irme también —dijo al fin—. Irme al norte a trabajar. Empieza a parecer la única forma de ayudarlos.

Sus palabras dejaron un extraño vacío en mi pecho.

Quise decirle que no se fuera, pero no podía. Paco no era de los que ignoraban su responsabilidad.

—De todos modos, es solo una idea por ahora —añadió, aliviando un poco la punzada que me había dejado.

Seguimos platicando de esto y aquello, hasta que eventualmente salió el tema de Elena, la prima de Paco, a quien se había llevado un hombre rumbo a la ciudad. No era raro que en nuestro pueblo las muchachas terminaran casándose a la fuerza con hombres que iban de paso. La mitad de las mujeres de Huejosquite parecían haber desaparecido de esa manera.

—¿Crees que vuelva? —pregunté, viendo cómo las ondas del agua se dispersaban tras saltar otra piedra.

—Si por "volver" te refieres a la casa de mi tío, lo dudo —respondió Paco, con una seriedad poco común en él—. Sabe bien que no sería bienvenida ahí.

Hizo una pausa y luego añadió, con una certeza dolorosa:

—Si intenta regresar, mi tío seguramente la va a mandar de vuelta con ese hombre. Probablemente le cierre la puerta en la cara y le diga que ya no es una señorita.

—Es una forma muy dura de verlo —contesté, aunque en el fondo sabía que tenía razón—. Aunque sospechaba que mis abuelos harían una fiesta si alguien me robaba a mí. Apenas es mayor que yo... Si no fuera por mi hermano y por ti, tal vez alguien ya lo habría intentado. Aunque estoy segura de que Pepi mataría a quien lo intentara.

Solté una risita, queriendo hacer la conversación más ligera, pero un frío inquietante se instaló en mi pecho.

No estaba segura de que mis abuelos me recibieran de vuelta si alguna vez me iba.

Sabía que estarían encantados de tener una boca menos que alimentar.

Y la idea me carcomía.

❀✧❀✧❀

De regreso a casa, caminamos primero hasta la de Paco, que era la más lejana.

Pepi y Segundo iban unos pasos atrás, sus voces flotando en el aire tibio de la noche.

Entonces, como si hubiera estado pensando en ello todo el camino, Paco se volvió hacia mí.

—¿Qué opinas de tu hermano y Pepi? Como pareja, digo.

—Ay, no podría estar más contenta —respondí sin titubear.

—Solo espero que mis abuelos no se enteren —agregué—. Quieren que Segundo se vaya a trabajar a la ciudad, que mande dinero, no que se quede aquí anclado con una muchacha. Pero... ¿te puedo contar un secreto? Pepi y yo llevamos años planeando su boda.

Solté una risita, bajando la mirada a mis zapatos con timidez, preguntándome si había admitido demasiado.

Paco se quedó en silencio un momento.

—¿Te cuento un secreto yo también? —preguntó por fin, la luz de la luna reflejando un pequeño brillo travieso en sus ojos.

—¿Qué? ¿Tú y mi hermano también han estado planeando la boda? —bromeé, intentando sonar casual, aunque mi corazón latía con fuerza dentro de mi pecho.

—No, pero también hay alguien que me ha gustado… desde hace mucho tiempo —dijo, su voz suavizándose de una manera que hizo que el estómago se me fuera al suelo.

El momento se alargó.

Y de pronto, imágenes de María y Carmen, dos de las muchachas más bonitas del pueblo, inundaron mi mente.

Mi abuela siempre hablaba de mi piel clara y mis ojos verdes, como si fueran su mayor logro.

"Esa piel la sacaste de mi lado", decía con orgullo, levantándome la barbilla mientras pasaba los dedos por mi mejilla.

"Tus ojos también. Verdes, igualitos a los míos. Qué suerte tienes. A lo mejor así encuentras un buen partido, alguien que sepa apreciar una belleza como la nuestra."

Siempre me quedaba callada, intentando ignorar lo que sus palabras me hacían sentir. Su orgullo no me llenaba; me pesaba, como si mi apariencia fuera lo único que valorara en mí.

Nunca se lo dije, pero habría dado cualquier cosa por tener la piel dorada de Carmen o los ojos grandes y cálidos de María, que siempre parecían estar llenos de vida y bondad.

Desvié la mirada, temiendo encontrarme con los ojos de Paco y revelar mi decepción, esperando con dolorosa anticipación a que mencionara uno de sus nombres. Las palabras de mi abuela seguían flotando en mi mente, haciéndome sentir pequeña cuando ya de por sí sentía que no era suficiente.

—¿No vas a preguntarme quién? —me insistió Paco, su voz sacándome de mis pensamientos.

Me obligué a levantar la vista, apenas sosteniéndole la mirada.

—¿Quién? —logré preguntar, esperando que mi voz no me traicionara.

—Tú —dijo, justo cuando llegamos a su casa.

Antes de que pudiera responder, Segundo y Pepi nos alcanzaron, y entre abrazos y besos en la mejilla nos despedimos.

De camino a casa, mi corazón estaba entre la dicha y la incredulidad.

Sus palabras se repetían en mi mente, cada sílaba llenándome de calor por dentro, como el recuerdo del sol en los días más fríos.

Ni siquiera el regaño de mi abuela Lupe por llegar tarde a la cena pudo sacarme de ese calor.

❀✧❀✧❀

Esa noche, di vueltas y vueltas en la cama, incapaz de conciliar el sueño con las palabras de Paco resonando en mi cabeza.

Finalmente me rendí.

Deslicé los pies fuera de las cobijas y, en silencio, caminé de puntillas hasta el viejo set de enciclopedias en el rincón de la sala.

Regresé a mi cuarto y me senté en la orilla de la cama, hojeando sus páginas en un intento por aquietar mi mente.

En Huejosquite, pocas casas tenían libros más allá de la Biblia, pero mis abuelos habían conservado estas enciclopedias, supongo que más como adorno que por otra cosa.

Para entonces, ya las había leído de principio a fin más de una vez, aunque mis páginas favoritas siempre eran las de enfermería.

Ayudar en la tienda de mis abuelos estaba lejos de ser un trabajo glamoroso: desempolvar las latas, acomodar y reacomodar cajas de mercancía… tareas mecánicas, que no necesitaban más que un par de tenis y ropa cómoda.

En cambio, siempre había admirado el *clic clac* de los zapatos de tacón de las enfermeras. Pequeños, pero aún así capaces de sonar importantes, como si anunciaran: *Soy una mujer de carrera, escúchame llegar.*

Y esas faldas blancas impecables, con medias relucientes.

No podía imaginar un trabajo más perfecto que uno en el que pudiera ayudar a otros mientras vestía con tanto estilo.

Pero la noche en que mis abuelos anunciaron que la escuela se había acabado para mí todavía estaba fresca en mi memoria.

—Ya sabe leer y escribir. No tiene caso perder más tiempo cuando podría ayudar más en la tienda —declaró mi abuelo, y mi abuela Lupe asintió con aprobación.

—Por favor, déjenla terminar la primaria —rogó mi madre, con la voz baja pero firme.

—Bastante hacemos con haberlos acogido —replicó mi abuela Lupe con frialdad—. Tres bocas que alimentar no son cosa fácil. Ya es hora de que haga su parte.

—Una niña de su edad no tiene por qué estar en la escuela —añadió mi abuelo—. Su futuro está en un esposo y un hogar. Una mujer de bien conoce sus responsabilidades y sus valores, no los libros.

El ardor de sus palabras seguía ahí, palpitante, y de pronto, mientras releía esas mismas páginas de enfermería que ya me sabía casi de memoria, entendí que tal vez mis sueños nunca llegarían a cumplirse.

❊✧❊✧❊

Un leve crujido rompió el silencio del cuarto y de mis pensamientos.

Me tensé, la enciclopedia aún abierta sobre mi regazo.

—Creí haber oído pasos en la sala. ¿Qué haces despierta?

La voz de mi madre era suave, apenas un susurro, mientras entraba bajo la luz tenue de la lámpara de aceite.

Llevaba su camisón, el cabello suelto sobre un hombro.

Dudé antes de contestar.

—No podía dormir.

Dirigió la mirada al libro abierto y suspiró, sentándose en la orilla de la cama junto a mí.

—¿Otra vez con las páginas de enfermería? —sus dedos rozaron los bordes gastados del libro.

Asentí.

—No puedo evitarlo.

Mamá recorrió con la yema de los dedos la columna del libro, pensativa.

—Siempre has sido así. Desde que eras niña, soñando con algo más allá de lo que el mundo te daba.

Tragué saliva.

—¿Tú alguna vez soñaste con algo así? Algo solo para ti.

Se giró apenas, como si dudara si responder.

—¿Antes de papá?

Asentí.

Una pequeña sonrisa apareció en sus labios, aunque no llegó a sus ojos.

—Tal vez algún día, cuando seas mayor, podamos hablar de eso. Pero por ahora, mis sueños no importan, mija. Mi único objetivo es asegurarme de que tú cumplas los tuyos.

Fruncí el ceño.

—Sí importan, mamá. Deberías—

Me interrumpió, acomodando con suavidad un mechón de mi cabello detrás de mi oreja.

Siempre hacía eso cuando quería calmarme.

—Tu padre creía que podíamos hacer lo que quisiéramos, Aurora. A diferencia de la mayoría de los hombres de este pueblo, nunca dudó de

33

mí ni de ti. Veía un futuro en el que no tendríamos que pedir permiso para soñar.

Hizo una pausa, su voz tembló apenas.

—Por eso, mi propósito ahora es asegurarme de que tú sí tengas la oportunidad de perseguir tus sueños.

Un nudo se formó en mi garganta.

—Quiero ser enfermera —susurré, temiendo que si lo decía más alto, el sueño se desvanecería.

Mamá sonrió y me apretó la mano.

—Lo sé.

—Y quiero un amor como el de ustedes —admití—. Algo real. No solo porque se espera de mí.

Su mirada se suavizó.

—Creo que ya tienes a alguien en mente.

Sentí mis mejillas arder. Mamá siempre sabía más de lo que aparentaba.

—¿Crees que algún día te volverás a casar?

Exhaló despacio, mirando el libro aún abierto en mi regazo.

—Este pueblo cree que ya debí haberme rendido. Piensan que ser viuda significa que mi vida se acabó, que debería desaparecer en las sombras y no volver a empezar. Pero no me arrepiento de nada, Aurora.

Se giró hacia mí, su expresión tranquila, pero firme.

—No me arrepiento de haber desafiado a mis padres. No me arrepiento de haberme casado con tu papá. No me arrepiento de los sacrificios que hice. Porque me dieron a las dos personas que más amo en este mundo: a ti y a tu hermano.

Me mordí el labio, queriendo decir algo que aliviara el peso que ella llevaba sola.

En lugar de eso, simplemente le apreté la mano.

—Duerme un poco —murmuró, poniéndose de pie—. Sueña en grande, mija. Nadie puede quitarte eso.

Con esas palabras, tomó con cuidado la enciclopedia y salió de la habitación.

—Tú eres la persona que más amo en el mundo —susurré.

Y mientras cerraba los ojos, aferrándome a sus palabras, supe que aún no estaba lista para dejar ir mis sueños.

Las páginas, como siempre, me habían dejado con visiones de uniformes blancos y tacones relucientes.

Podía verme como enfermera, ocupada con pacientes, casada con un hombre al que amara, y no atada a algún desconocido con dinero que, al final, significaría poco para mí.

La abuela Lupe siempre decía que el deber de una mujer era casarse bien y mantener a su familia unida.

Pero, ¿y si la familia ya estaba rota?

Me pregunté si mi destino era casar los pedazos o dejarlos caer.

No sabía la respuesta, pero empezaba a cuestionarme si siquiera era mi deber intentarlo.

Me acosté de nuevo, con la mirada fija en el techo, aferrándome a las palabras de mi madre.

Tal vez era solo una muchacha en un pueblo que esperaba poco de mí.

Pero aún no estaba lista para dejar que mis sueños se esfumaran.

DIOS LOS CRÍA Y ELLOS SE JUNTAN

Mi familia había estado rota desde que tenía memoria, tan dispersa que parecía imposible volver a unirla. Pero mis amigas... ellas eran el pegamento que me mantenía entera.

Los sábados que pasaba con mis mejores amigas, Julia y Ofelia, eran como un respiro de aire fresco. Nos reuníamos en alguna de nuestras habitaciones, perdidas en un mundo de páginas brillantes de revistas y sueños sin límites. Podíamos pasar horas imaginándonos con las últimas tendencias de moda, armando los conjuntos que deseábamos tener. Mi padre y los padres de ellas se movían en los mismos círculos, asistiendo a las mismas reuniones sociales elegantes y matriculándonos en la misma escuela privada, pero no era solo la circunstancia lo que nos había hecho amigas. Hay un dicho que dice: *Dios los cría y ellos se juntan*, lo que significa que las almas afines se encuentran. Así era con nosotras tres. Unidas por nuestros gustos similares en música, moda y nuestra fascinación compartida por la cultura estadounidense, éramos inseparables, ligadas por los hilos de nuestros sueños.

—¿Viste este? —preguntó Ofelia, señalando un vestido rojo vibrante con falda plisada y lunares blancos.

—¡Wow, ese va directo al cuaderno! —respondió Julia, extendiendo el cuaderno donde pegábamos nuestros recortes favoritos como si fueran textos sagrados. Cada página rebosaba sueños: tacones altos, faldas amplias, los vestidos elegantes en los que nos imaginábamos caminando por calles que solo habíamos visto en películas.

Ofelia comenzó a recortar el vestido, cantando al ritmo de la pegajosa letra en inglés de *Twist and Shout*. Apenas entendíamos una palabra, pero eso no nos impedía cantarla con entusiasmo a todo pulmón.

—Dicen que todas las canciones en inglés son sobre sexo, así que probablemente estemos cantando sobre eso ahora mismo —bromeó Julia, con los ojos chispeantes de picardía.

—¿Quiénes "dicen" y por qué hablas con ellos sobre sexo? —replicó Ofelia con una ceja arqueada, y estallamos en carcajadas. La cara de Julia se puso roja. Más roja, lo juro, que el vestido que acabábamos de pegar en la página.

—Si mi bisabuela Lola te escuchara —declaró Ofelia con su voz exageradamente solemne—, se revolcaría en su tumba. ¡Imagínala, luchando por los derechos de las mujeres solo para que nosotras terminemos chismeando sobre sexo!

Pero Ofelia tenía razón. Su bisabuela, doña Lola, había sido una mujer feroz, una líder en *Las Hijas de Cuauhtémoc*, luchando por los derechos de las mujeres en México. Ofelia siempre estaba orgullosa de ella, siempre nos recordaba las batallas que su familia había peleado. No la culpaba, porque si no hubiera sido por mujeres como doña Lola, no sabía cuándo, si alguna vez, las mujeres mexicanas habríamos conseguido el derecho al voto. Apenas era una niña cuando las mujeres aquí pudieron finalmente marcar una boleta electoral. Era ridículo; estábamos en los años sesenta, y sin embargo, en casa, 1910 se negaba a soltar su agarre.

—Apuesto a que todo sería mejor si hubiera nacido en Estados Unidos —dije.

Julia y Ofelia intercambiaron miradas cómplices.

—Al menos habrías nacido con derecho a votar.

Era como si Julia hubiera leído mi mente, o tal vez solo sabía dónde terminaban siempre mis pensamientos. Las mujeres en Estados Unidos habían votado desde 1920, décadas antes que nosotras. Aquí, habíamos sido el último país en América Latina en hacerlo oficial. Pensar que las mujeres mexicanas no pudieron ir a las urnas hasta 1955 siempre me dejaba atónita.

—Y apuesto a que sus amigas ni se inmutan cantando sobre sexo —agregué con un guiño a Julia.

—¡Oh, Virgen María, perdónala! —se rió, rodando los ojos hacia el cielo.

Volvimos a hojear las revistas, pegando cada pedacito de glamour que encontrábamos.

—¡Oigan! Deberíamos hacer una página para inspiración de quinceañeras —sugirió Ofelia emocionada, sosteniendo una página con vestidos de gala.

Por unos segundos, me dejé llevar por la música que sonaba suavemente en la radio. Elvis cantaba *Are You Lonesome Tonight*, y su voz me envolvía, llenando los espacios vacíos que rara vez dejaba ver. Era algo extraño, la música, cómo podía hacerte sentir tan plena y, al mismo tiempo, recordarte todo lo que te faltaba.

Antes de que las quinceañeras se volvieran el centro de nuestro universo, no había pensado en mi madre en semanas, quizá meses.

Crecí en una familia que solo era mi padre, mi hermano mayor Meño y yo. Había otros parientes, pero mi padre nos mantenía alejados de ellos, diciendo que eran "conformistas", gente "sin ambición". Se enorgullecía de mantenernos aparte, diciendo que nosotros íbamos a "ascender".

Cuando era pequeña, me tomé eso literalmente. Me imaginaba una escalera de madera altísima, incluso más alta que el Ángel de la Independencia, una que nos llevaría muy por encima de la ciudad. Arriba, imaginaba que encontraría a mi madre. Vería su rostro por primera vez y me diría que había pasado todos estos años intentando regresar con nosotros. Nos abrazaríamos, y yo me giraría hacia Meño y le diría:

—¿Ves? Te dije que nos estaba buscando.

Pero ahora que estaba cerca de mi cumpleaños quince, sabía la verdad. Las fantasías se habían desvanecido, y el mundo real se sentía más frío, más solitario.

Eran Julia y Ofelia quienes me sostenían, quienes se convirtieron en mi familia de una manera en la que la mía nunca pudo. Estuvieron conmigo en todo: enamoramientos infantiles y corazones rotos, primeras menstruaciones caóticas y dudas sobre mí misma. Julia incluso me defendió frente a toda la clase cuando la mancha en mi pantalón anunció a todos que me había bajado por primera vez, tirando de las greñas a la chica que me humilló cruelmente haciendo a todo volumen una expresión de asco.

—Mas te vale que te asegures de estar calva la próxima vez que siquiera pienses en humillar a una de mis amigas —le dijo, mirando a la chica encogida en el suelo.

Y Ofelia, siempre amable y atenta, me regaló mi primer brasier sin hacer preguntas y se aseguró de que nunca me faltaran los productos femeninos que necesitaba. Eran como hermanas, llenando los vacíos, dándome el calor de un amor maternal que extrañaba.

—Que buena idea, Ofelia. Hay que hacerlo —dije, forzando una sonrisa y esforzándome por ser la amiga que ellas merecían.

Me dolía la cara por la fuerza que requería mantener la sonrisa, pero la mantuve, esperando que no vieran a través de mí. No merecían cargar con mi tristeza. Al menos, podía estar feliz por ellas. Era lo mínimo que se merecían.

Estaba contenta por ellas, en verdad lo estaba, pero había un pesar en mi pecho, un deseo que me arrastraba hacia abajo y me susurraba al oído todas las experiencias que jamás llegarían a ser mías.

Y en momentos como ese, me susurraban también mis miedos más ocultos. Que tal vez mi madre se fue porque no pudo con el peso de todos nosotros. Que tal vez no supo como quedarse.

Y que, tal vez, algún día mis amigas se darían cuenta que yo nunca había sido alguien por quien valiera la pena quedarse.

NO POR MUCHO MADRUGAR...

FER

Quedarse. Eso es lo que mejor le sale a mi mamá.

Quedarse en un matrimonio donde de verdad ni la ven, quedarse callada mientras mi papá llena el silencio con alguien más. Quedarse. Pero tal vez nomás quedarse no siempre es suficiente. Yo no quiero nomás quedarme; quiero avanzar.

Así que, en un intento por empezar con el pie derecho esta nueva etapa, ayer me eché una vuelta por el campus para asegurarme de saber exactamente dónde estaban todas mis clases. Planeé mi ruta con toda la precisión posible, revisé bien la ubicación de los edificios y hasta calculé mis tiempos libres para poder hacer paradas estratégicas por mi cafecito.

Pero, como siempre, logro meter la pata desde el día uno. Entro a la clase equivocada. Me quedo ahí como diez minutos fingiendo que me interesa lo que está diciendo el profesor, algo sobre "Los efectos de los mercados de capital en las economías emergentes" o algo así, lo cual, honestamente, debería haber sido mi primera pista, considerando que vengo a tomar una clase de comunicación, no economía nivel dios. Las clases de economía probablemente sean de las más irrelevantes para una estudiante de psicología, o al menos eso espero, porque los números y yo... no somos amigos.

En lo que se siente como la salida más larga y obvia de la historia, salgo de ahí y me voy al salón que está al otro lado del pasillo. Por suerte, hay una puerta atrás, lo que me deja entrar sin hacer tanto show. Al deslizarme adentro, echo un vistazo rápido buscando un lugar libre y veo uno. Es el único que queda, justo al lado de una muchacha con mochila a cuadros y el cabello más intimidantemente perfecto que he visto en mi vida. Justo mi suerte.

Ella levanta la vista, mueve su mochila sin decir nada y regresa a su cuaderno, la imagen perfecta de una estudiante aplicada e imperturbable. El hecho de que sea la única otra estudiante que parece latina en el salón solo le echa más leña al fuego. Justo lo que no necesito en mi primer día. Intentando volverme invisible, me deslizo en la silla y saco mi cuaderno lo más silenciosamente que puedo, convencida de que todo el mundo me está viendo. Mi pulso me retumba en los oídos, y me tiemblan las manos lo suficiente como para que apenas pueda escribir algo legible. Cómo espero algún día ser psicóloga si ni siquiera puedo controlar mis propias emociones es un misterio, pero mi corazón quiere lo que quiere, y no se anda con juegos cuando se trata de sentir.

Para calmarme, decido enfocar mi atención en cualquier cosa que no sea mi cabeza dándo vueltas. Miro al pizarrón y suelto una risita bajita. El profesor escribió el nombre del curso en letras gigantes y dramáticas: COMUNICACIÓN ORAL 103, como si algún despistado fuera a meterse a la clase equivocada. Oh, la ironía. Mentalmente lo tacho de mi "lista de clichés", que sí, es real y vive en mi cabeza.

En todas las pelis escolares cursis, los profes escriben el nombre del curso en el pizarrón como si no fuera obvio por qué estamos ahí. Siempre me ha parecido un recurso súper tonto, pero hoy tengo que admitir que me habría servido bastante hace unos minutos allá enfrente. Capaz un día sí mando mi lista a Hollywood o a las editoriales grandes como servicio público. Tipo: oye, ya sabemos que el café de oficina sabe a calcetín, no hace falta que lo digas. Y lo de la protagonista soltando un aliento que no sabía que estaba conteniendo... por favor, ya basta.

Todavía me estoy riendo por dentro cuando noto que la muchacha de al lado me lanza una mirada de reojo. Y ahí me cae el veinte de que ni siquiera la había mirado bien desde que me senté. Es impresionante: ojos grandes y almendrados, piel impecable de un tono canela clarito, y esa seguridad tranquila que algunas personas simplemente traen en la sangre. En mi caso, claramente no. Hay algo familiar en su expresión, una especie de calma natural que siempre pienso que solo existe en las estrellas de cine viejo o, no sé, en gente que realmente sí practica los ejercicios de respiración del yoga.

Saco mi cuaderno bonito y el set de plumas y plumones de colores que compré como motivación para dejar de procrastinar; una promesa que me hago a mí misma al inicio de cada año escolar. Este no es la excepción, así que he depositado toda mi fe en mi set de papelería bonita como si fuera el factor clave de mi crecimiento personal. Este será el año, Fer.

Cuando saco mi estuche nuevo, me doy cuenta de que el recibo sigue adentro. Ver la fecha de hace unos meses me hace un nudo en el estómago. Me acuerdo perfecto de ese día, antes de todo el desmadre con mi papá, cuando mi mamá me llevó de compras para prepararme para mi nueva vida como universitaria. Estábamos tan emocionadas con mi carta de aceptación que ni siquiera esperamos a que acabara la prepa. Nunca me habría imaginado que, solo unas semanas después, todo se pondría patas arriba.

Para cuando se acaba la clase, he estado tan metida en mis pensamientos que mis apuntes dan pena, ni la papelería bonita los salva. Neta debería dejar de permitir que mi papá y su crisis de la mediana edad sigan tan metidos en mi cabeza. Guardo todo en la mochila, prometiéndome que en la próxima clase sí me voy a aplicar y voy a poner atención como se debe.

—¿Piensas hacer de esto una costumbre? —pregunta la muchacha de al lado, levantando una ceja con una sonrisa divertida—. Porque mi mochila necesita saber si ya tiene que empezar a guardarte el lugar todos los días.

Tardo un segundo en darme cuenta de que me está hablando a mí, y otro más en fabricar una respuesta. Para mi horror, noto que estoy ahí sentada con la boca entreabierta, viéndola como si nunca hubiera visto a otro ser humano en mi vida. Muy bien, Fer. De verdad estás brillando.

—Oh, eh… no. Espero que no —intento reírme, fingiendo que no me siento como una completa tarada—. Te juro que normalmente sí tengo mi vida en orden. Nomás estoy teniendo, ya sabes… un día de crecimiento personal.

Ella se ríe. Es una risa bajita, natural, y por suerte suena genuinamente divertida y no condescendiente. Me extiende la mano con un movimiento tranquilo y sin apuro, como si no estuviera a punto de salir corriendo por café entre clases como el resto de nosotros, simples mortales.

—Soy Alex —dice, con una voz tan relajada y segura como se ve.

Finalmente logro que mi cerebro conecte con mis extremidades y le estrecho la mano, intentando no hacerlo raro.

—Fer —respondo, sintiéndome un poco menos como una impostora de primer año—, y, eh… le aviso a tu mochila si algún día vuelvo a llegar tarde, lo prometo.

Ella se ríe y asiente lento, con cara de aprobación, haciéndome sentir como si acabara de pasar una prueba secreta.

—Entendido —dice—. Te guardo el lugar entonces. Ah, bonitos aretes, por cierto.

Instintivamente llevo las manos a mis orejas. Yo misma pinté estos aretitos de botoncito con acrílicos la semana pasada, en un arranque de creatividad pre-uni. Pero es la primera vez que alguien los nota, mucho menos que me haga un cumplido.

—Gracias —murmuro, antes de pensar en algo más ingenioso que decir. Pero ella ya va saliendo, deslizándose entre el montón de estudiantes como si nada.

Suelto el aire lentamente, sintiendo una combinación rarísima de alivio, risa y esa cosquillita de pensar que tal vez, solo tal vez… acabo de conocer a mi primera amiga en la universidad. Resulta que la alegría y el luto pueden compartir la misma mesa. Simplemente no conversan demasiado.

DONDE HAY AMOR, HAY DOLOR

Aura, la hija de Segundo, tuvo el día libre y hoy lo trajo a visitarme. Hacía tiempo que no lo veía, y no sabía cuándo volvería a tener la oportunidad, así que se lo dije.

No había planeado dar la noticia hoy, y definitivamente no tenía pensado decírselo primero a mi sobrina, por más que la quiera, antes que a mis propias hijas. Pero ahí estaban, sentados frente a mí, Segundo con su presencia familiar y firme. Dejé que las palabras se derramaran antes de poder sobrepensarlo. Les pedí que no dijeran nada todavía. Necesito manejar esto a mi manera, a mi tiempo.

Aura tomó mi mano y la apretó con suavidad.

—Voy a estar aquí para todo lo que necesites, tía. Lo que sea, solo dime.

Segundo asintió, su expresión seria pero amable.

—Sabes que yo también estoy aquí. Siempre. Pero deberías decírselo a tus hijas. Estas cosas... son más fáciles de sobrellevar cuando te rodeas de la gente que te quiere. Siempre has cargado con demasiado, Aurora, y así no debería ser.

Sé que tiene razón. Siempre ha tenido esa habilidad de ir directo al grano. Quiero decírselos, pero... no estoy lista. Aún no.

Cómo quisiera poder ir al río, dejar que el agua se llevara mis preocupaciones como solía hacerlo cuando era más joven. Su corriente constante siempre lograba hacer que mis pensamientos se sintieran más ligeros, que el peso del mundo fuera más fácil de soportar. A veces, cuando cierro los ojos, casi puedo escucharlo de nuevo.

El río tenía una manera de silenciarlo todo. Su flujo constante amortiguaba el ruido de mis pensamientos. Y en la amistad que había construido con Pepi y Paco a lo largo de los años, encontré algo que nunca había hallado en la casa de mis abuelos: un verdadero sentido de pertenencia.

El día de mi cumpleaños número dieciséis, Pepi, Segundo, Paco y yo nos dirigimos al río. El sol era abrasador, pero corría una brisa ligera que hacía que el camino se sintiera como una pequeña aventura. No podía contener mi emoción mientras caminábamos por el camino de terracería que llevaba desde la casa hasta el agua. Pepi, como siempre, cargaba una bolsa que parecía demasiado pequeña para la cantidad de cosas que sacaba de ella, sus dedos trabajando con un propósito claro.

—Es una sorpresa —me dijo con un destello travieso en los ojos, pero se negó a decirme más.

Guardó bien el secreto, pero pude notar por las sonrisas astutas y las miradas cómplices que Segundo y Paco intercambiaban entre ellos que también estaban en el juego.

Intenté mantenerme paciente, pero con cada paso más cerca del río, mi curiosidad solo aumentaba. Las burlas se estaban volviendo insoportables y, cuando llegamos a la orilla, no pude evitar preguntar:

—¿Cuál es la sorpresa? Se la han pasado secreteando todo el día.

—¡Paciencia, mi chava!

Pepi sonrió y, por un breve segundo, casi pareció disfrutar de mi creciente impaciencia.

—¡Nada de espiar! —ordenó, sacando un pequeño paquete de su bolsa y escondiéndolo detrás de su espalda—. Date la vuelta, cierra los ojos y espera hasta que toquemos tu hombro.

No pude evitar reírme de lo absurdo de la situación.

—O simplemente podrías decir "date la vuelta", ¿sabes? —mi tono salió un poco más seco de lo que pretendía, la impaciencia burbujeando dentro de mí como agua a punto de hervir.

—Shh —intervino Segundo, su voz en tono de burla pero con firmeza—. Solo haz lo que te decimos.

Estuve a punto de responderle, de decirle que no me mandara callar como si fuera un perro, pero sabía que cuanto más me resistiera, más tardaría en descubrir la sorpresa. Además, ya estaba demasiado metida en esto, la curiosidad me carcomía como una comezón imposible de rascar. Respiré hondo y me giré, sintiendo cómo la anticipación se apoderaba de mí.

Pude escuchar el leve crujir del papel y el movimiento de pies, pero por más que paré la oreja, no logré adivinar qué estaban haciendo. Mi mente estaba llena posibilidades—¿qué podían estar preparando para mí? Ni siquiera yo sabía qué me habría regalado a mí misma, y eso hacía que la espera fuera insoportable.

Finalmente, un ligero toque en mi hombro me hizo sobresaltarme. Sin pensarlo dos veces, me giré de inmediato, ansiosa por ver lo que habían planeado.

—¡eeeeas don as magaiiiias ge gancaba…!

Los tres irrumpieron en una versión desastrosa de "Las Mañanitas," sus bocas llenas de galletas, esparciendo migajas mientras intentaban cantar con letras torpes y distorsionadas. La alegría en sus voces, amortiguada y ridícula, me llenó de risa. Verlos con la boca repleta de galletas, tratando desesperadamente de mantenerse en tono, era demasiado.

—Pensé que esas eran tonterías de escuinclas —bromeé, entrecerrando los ojos hacia Segundo tras su improvisada presentación, mientras las últimas migajas seguían cayendo de sus labios.

—Uno nunca es demasiado grande para divertirse —respondió con una sonrisa, señalando a Pepi y Paco—. Y con estos dos —añadió—, la canción habría sonado igual aunque no tuviéramos la boca llena de galletas.

Pepi y Paco intercambiaron miradas de fingida indignación, pero estaba claro que ninguno de nosotros podía mantener la seriedad por mucho tiempo. Fue la sorpresa de cumpleaños perfecta, llena de la calidez y la risa que solo los verdaderos amigos pueden ofrecer. En ese breve instante, rodeada por las personas que más quería, me sentí la chica más afortunada del mundo. Podría haber llorado de felicidad, pero ni uno solo de ellos me lo habría perdonado, así que simplemente sonreí.

Nos sentamos en el suelo cálido cerca de la orilla del río, destapando una botella de Coca-Cola que sospechaba habían "tomado prestada" de la tienda de mis abuelos. La dulzura burbujeante del refresco y las galletas hicieron el momento aún más especial mientras pasábamos la caja entre nosotros, riendo y platicando de todo y nada.

El sol de la tarde acariciaba mis hombros, secando el sudor pegajoso de nuestra caminata hasta el río y calentando mi piel como el abrazo de un viejo amigo. Un brillante tono naranja pintaba el cielo sobre nosotros, desvaneciéndose en tonos rosas y morados a medida que el sol descendía en el horizonte. Recuerdo haber pensado que si pudiera pasar el resto de mi vida sentada justo ahí—junto al río, en esa compañía, viendo el atardecer—sería suficiente.

A medida que la tarde se volvía más tranquila, noté que Paco me lanzaba miradas furtivas. Cuando nuestras miradas se cruzaron, me guiñó un ojo. Sentí que el corazón me daba un vuelco, como si me estuviera recordando que teníamos un asunto pendiente, una conversación que aún necesitábamos tener.

En las semanas desde su confesión, no habíamos tenido ni una sola oportunidad de estar a solas. Era como si mi abuela Lupe pudiera sentir mi intenso deseo de pasar tiempo con Paco y se asegurara de mantenerme ocupada con cualquier tarea imaginable.

Había esperado poder hablar con él más tarde, pero la ocasión nunca llegó. Toda la tarde estuvo llena de risas y luz, y ni una sola vez logré estar a solas con Paco. Pero de algún modo, no me importó. Fue suficiente estar ahí con él, con todos ellos.

❀✧❀✧❀

A la mañana siguiente, aún atrapada en la alegría de mi cumpleaños y en el calor que la noche anterior había dejado en mi pecho, me moví por la casa como en un sueño. Barrí los pisos con un entusiasmo que no había sentido en semanas y, sin que nadie me lo pidiera, los trapeé también. Luego, como si me hubiera poseído una oleada repentina de energía, me puse a sacudir cada rincón de la casa. Me sentía ligera como el aire, todavía flotando entre los recuerdos de la tarde anterior, con pensamientos de Paco revoloteando en mi cabeza.

Desde la otra habitación, escuché la voz de Abuela.

—¿Y ahora a esta qué le picó? —preguntó, claramente sorprendida por mi repentino entusiasmo por la limpieza.

Mamá solo respondió con un simple:

—Hmm.

Por la tarde, nos reunimos en la mesa para celebrar mi cumpleaños con una comida en familia. La tienda de mis abuelos cerraba temprano los domingos, así que mamá había elegido ese día para hornear un pastel y prepararme mi platillo favorito: entomatadas de queso. Las tortillas fritas, bañadas en salsa de tomate y cubiertas con crema y queso cotija desmoronado, eran un pedazo de cielo. El queso Oaxaca, derretido y elástico, se deslizaba entre las tortillas como si se rehusara a separarlas. Tomé mi primer bocado y lo saboreé con calma, disfrutando la calidez y el consuelo que solo la comida hecha con amor puede brindar.

Pero justo cuando iba a tomar mi segunda entomatada, el sonido seco de mi abuelo aclarando la garganta rompió el encanto.

—Hablé con mi compadre Alfonso —dijo, su voz cortando el ambiente.

Todos levantamos la mirada, sintiendo la seriedad de la conversación que estaba por venir. Abuelo dirigió su atención a Segundo.

—Necesita un ayudante para su negocio, que está creciendo, y se ofreció a darte hospedaje mientras trabajas con él. Le dije que aceptarías con gusto. Es una gran oportunidad para nosotros. Estarás más cerca de la ciudad, y así será más fácil que hagas los viajes para surtir la mercancía de la tienda.

El aire pareció volverse más pesado a mi alrededor, y por un segundo, olvidé cómo respirar. Miré a Segundo, esperando en silencio que dijera algo, que rechazara ese cambio repentino.

—No quiero irme, abuelo —respondió Segundo, su voz densa con la emoción contenida—. Puedo hacer más en la tienda. Incluso puedo encargarme de los viajes para la mercancía yo solo, si eso es lo que quiere.

Pero la respuesta de Abuelo fue definitiva.

—Ya le di mi palabra a mi compadre. Te vas la próxima semana.

La autoridad en su voz era innegable, y normalmente, nadie en la mesa se hubiera atrevido a discutir más.

—¡No, abuelo, por favor, no quiero que Segundo se vaya!

Las palabras salieron de mi boca antes de que pudiera detenerlas. Sentí un nudo en la garganta y la visión se me nubló con las lágrimas que amenazaban con caer.

Mamá deslizó su mano debajo de la mesa y la puso sobre mi rodilla en un gesto firme pero silencioso. Un aviso. Me hundí. Aparté la cara, sin querer que nadie viera cuánto me estaba costando contener el llanto.

Abuelo no respondió. Abuela Lupe tampoco. Solo siguieron comiendo tranquilamente su plato de entomatadas. Sabía que mamá me había detenido por miedo a que me regañaran demasiado fuerte, pero lo que obtuve en su lugar —la confirmación de que en la mesa de mis abuelos mi voz no importaba y nunca lo haría— fue peor.

De repente, las entomatadas perdieron todo su sabor.

Sabía que no debía levantarme antes que mis abuelos, y sabía que no debía dejar comida en el plato. Así que terminamos la cena en un silencio denso. La comida se sintió eterna, pero al mismo tiempo, se esfumó demasiado rápido.

Cuando finalmente nos levantamos de la mesa, supe que Segundo iría a darle la noticia a Pepi. La noticia que le rompería el corazón.

Era un momento que no quería presenciar, pero del que tampoco podía escapar.

La posibilidad de hablar con Paco esa tarde, la conversación con la que había soñado durante tanto tiempo, parecía más imposible que nunca. La noticia de que Segundo se iba, de que mi mejor amiga estaba a punto de perderlo, lo opacaba todo. ¿Cómo podíamos siquiera pensar en algo más, cuando la relación de las dos personas que más nos importaban estaba a punto de desmoronarse?

Abuela siempre decía que el valor de una mujer está en lo que le da a su familia.

Pero, ¿qué podía darle yo a la mía, cuando todo lo que tenía se me seguía escapando de las manos?

No lo sabía.

Solo sabía que ya me habían arrebatado a mi padre.

Y que no podía soportar perder a mi hermano también.

EL QUE TIENE UN AMIGO, TIENE UN TESORO

PILAR

Mi papá siempre decía que la familia es primero, pero en nuestra casa nunca se sintió así. Más bien, era como si la familia tuviera un precio, y Meño y yo siempre éramos los que terminábamos pagando. Por eso, estaba tan agradecida por Julia y Ofelia. Con ellas, nunca sentí que tenía que endeudarme para poder encajar.

Aunque mi papá había dejado claro que yo no tendría una quinceañera, al menos tenía la suerte de formar parte de las suyas como parte de su corte de honor. Durante la última semana, habíamos sido como un grupo de colibríes frenéticos, yendo de boutique en boutique, inspeccionando satín, tul y encaje hasta que no podíamos ver con claridad. Sentía que habíamos recorrido hasta el último rincón de la zona comercial de la Ciudad de México, abriéndonos paso entre las calles abarrotadas, deteniéndonos cada pocos minutos para acomodarnos los zapatos o tomar un trago de nuestros Jarritos fríos.

Hoy habíamos empezado desde el amanecer, en cuanto abrieron las tiendas, prometiendo terminar antes del mediodía. Julia tuvo suerte y encontró un vestido que le encantó en la primera tienda, lo cual fue perfecto considerando que su cumpleaños era el primero en la lista. Pero el mediodía llegó y se fue, y aquí estábamos, con el sol ya ocultándose, todavía en busca del vestido de Ofelia y del modelo que usaríamos las damas. Para hacerlo más sencillo, habíamos acordado llevar el mismo vestido en ambas fiestas, pero encontrar uno que se ajustara al estilo de las dos estaba resultando más difícil de lo que creíamos. Nuestros estómagos rugían al unísono, como si ensayaran para un mariachi improvisado, y mis pies prácticamente suplicaban misericordia. Pero a pesar del cansancio, los ojos de Julia escaneaban cada letrero de boutique como si contuviera la llave a un tesoro.

—¡Solo una más, por favor! —suplicó Julia, con esos ojos abiertos y brillantes que eran tan imposibles de resistir como el mole de su mamá.

—Solo porque dijiste "por favor" —bromeé, soltando un suspiro que no era del todo falso.

Empujamos la puerta de la boutique y la campanilla de bronce sobre nosotras sonó suavemente. Un aroma a tinte de tela, rosas frescas y un perfume suave y atalcado que no pude identificar nos envolvió de inmediato. La tienda era pequeña, pero estaba llena de vestidos de todos los colores y texturas imaginables. Colgaban de los estantes como joyas, resplandeciendo bajo luces cálidas, cada uno desafiándonos a probárnoslo. Era el tipo de lugar donde uno ni se atrevía a respirar muy fuerte, como si cada vestido fuera una obra de arte que podría desmoronarse con un susurro.

—¡Mira ese! ¡Y ese otro! ¡Dios mío, Pilar, ¿puedes creer este lugar?! —Julia giró sobre sí misma, con los brazos ya llenos de opciones.

Asentí sin prestarle demasiada atención, mis ojos escaneando las paredes. Y entonces, lo vi. O tal vez, él me vio a mí.

Un vestido tan hermoso, tan perfecto, que parecía haber caído directamente de un cuento de hadas o tal vez del set de una película de ensueño. Parpadeé, temiendo que desapareciera si apartaba la vista. Pero se quedó ahí, brillando suavemente, invitándome a acercarme. Mi corazón se detuvo y, por un segundo, olvidé dónde estaba.

—Wow —susurré, sin estar segura de si realmente lo había dicho en voz alta.

Di un paso tembloroso hacia él, el resto del mundo desdibujándose a mi alrededor.

Era de un blanco suave, como tejido con luz de luna y niebla, con un destello sutil en la tela que atrapaba la luz de una manera casi mágica. La parte superior era ceñida, ajustándose al torso de una forma que parecía elegante y majestuosa, como algo digno de una reina. El escote caía entre un corazón y una V, lo suficientemente atrevido como para ser sofisticado, pero aún tan delicado e inocente. Lo seguí con la mirada hasta la cintura, donde la falda florecía como una flor en plena primavera.

La falda. Oh, la falda. No solo era voluminosa, era etérea, tan ligera que juraba que si giraba demasiado rápido, podría levitar. Y los detalles. Pequeñas flores bordadas a mano se extendían desde el escote hasta el dobladillo, como pétalos de seda cayendo en cámara lenta.

Pero lo más encantador eran las mangas. Ajustadas hasta el codo, se abrían suavemente hasta la muñeca de una forma casi fantasmal, como si mis brazos pudieran desaparecer dentro de la tela. Solo había visto mangas así en revistas, revistas que había hojeado en secreto, imaginándome en vestidos como esos, aunque estuvieran completamente fuera de mi alcance.

—Es perfecto —exhalé, casi con miedo de tocarlo.

Pude verme en él, deslizándome por la pista de baile, cada pequeña flor danzando conmigo. Me imaginé la multitud, los ojos de todos sobre mí mientras daba mis primeros pasos hacia la adultez. Era como un pedacito de un sueño y, por un momento, pude visualizarme dentro de él, como si fuera alguien importante. Como si importara.

—¿Quieres probártelo?

Una voz flotó desde el mostrador, cálida y acogedora. Levanté la vista y vi a una mujer de unos treinta años que me miraba con una sonrisa de complicidad. Se inclinó en el mostrador, con las manos entrelazadas y los ojos oscuros brillando con una especie de ternura divertida, como si hubiera visto esta escena desarrollarse muchas veces antes: una joven atrapada en el hechizo de un vestido de ensueño.

Sentí la mirada de Julia y Ofelia sobre mí, expectante. Me mordí el labio, pasando los dedos apenas sobre la tela.

—No —dije finalmente, forzando una sonrisa—, es demasiado. Yo solo busco algo para la corte de honor, pero Ofe, deberías probártelo, es precioso.

Me costó dejar atrás ese vestido, alejarme de algo que parecía contener todos mis deseos. Pero tal vez, ver a una de mis mejores amigas usándolo me ofrecería un poco de consuelo. Ese vestido era demasiado hermoso para ser abandonado, esperando que alguien más lo descubriera.

—Creo que ya no puedo probarme más vestidos hoy —Ofelia suspiró—. Si me subo un cierre más, me desmayo. Aún me quedan unas semanas para decidir. Mejor enfoquémonos en los vestidos de las damas, ya nos queda poco tiempo para la fiesta de Julia.

Forcé una sonrisa y me alejé, fingiendo interés en los vestidos más sencillos. Pero la añoranza se aferraba a mi pecho, un anhelo silencioso que había aprendido a ocultar desde que acepté que yo nunca tendría mi propia celebración. Ver ese vestido lo trajo de vuelta, como si mi deseo secreto se hubiera bordado en su tela.

Y sin embargo, ahí estaba. Siguiendo a mis amigas entre risas, dejándome llevar por su entusiasmo, pretendiendo que el vacío en mi pecho no existía.

—Ese, el rosa pastel con la sombrilla a juego, ¡te quedaría perfecto! —exclamó Ofelia, empujándome un vestido rosa claro entre las manos—. ¡Pruébatelo, por favor! Te verás hermosa.

Le sonreí y tomé el vestido, desapareciendo detrás del biombo. Mientras luchaba con el cierre, escuché susurros flotando desde el otro lado de la tienda.

—Se veía tan linda en ese vestido —murmuró Julia.

—Lo sé —respondió Ofelia, su voz suave.

Me mordí el labio. Estaban tratando de hablar en voz baja, pero podía sentir la tristeza en su tono. No querían que me sintiera mal, pero de alguna forma, sus susurros solo hicieron que el vacío en mi pecho se sintiera más grande, como si estuviera quedándome fuera de un momento que nunca sería mío.

Por fin logré subir el cierre y salí de detrás del biombo, forzando mi sonrisa lo mejor que pude.

—¡Oh, mírate! —exclamó Ofelia, juntando las manos—. Pilar, pareces una muñeca.

Señaló al espejo.

—¡Gira, mírate!

Di una vuelta frente al espejo, girando la pequeña sombrilla entre mis dedos y tratando de imaginarme en las fiestas de mis amigas, bailando el vals junto a ellas. No era el vestido de mis sueños, pero era bonito, y la forma en que me miraban hizo que, al menos por un momento, recuperara algo de emoción.

—Me gusta —dije con un pequeño asentimiento.

—¡Entonces es ese! —afirmó Julia con entusiasmo—. Ahora sí, ya podemos regresar antes de desmayarnos de hambre.

Las tres reímos, y la tensión del momento se disipó un poco.

—Pero —agregó rápidamente—, esta semana tenemos que volver con las otras chicas para tomar medidas y hacer las reservaciones.

Tomamos nuestras bolsas y salimos de la boutique, nuestras cabezas llenas de ideas y emoción. Mientras caminábamos hacia la parada del autobús, Ofelia giró sobre sus talones para mirarnos, con los ojos brillando de emoción.

—Entonces, seguimos con la idea del mismo estilo, diferentes colores para la corte de honor, ¿verdad? Así podemos usar el mismo vestido para ambas fiestas. ¡Va a verse increíble en las fotos!

—Y las damas podríamos intercambiar vestidos entre fiestas —añadí, contagiada de su entusiasmo—. Ya sabes, para variar un poco.

—¡Exacto! —asintió Julia, emocionada—. ¿Cómo no lo pensamos antes?

Sonreí, dejándome llevar por la energía de mis amigas. Eran tan buenas conmigo, siempre asegurándose de incluirme en todo, de hacerme sentir parte de su felicidad.

Cuando llegamos a la parada del autobús, Julia tomó mi brazo con cariño.

—Sabes, Pilar, solo porque no vayas a tener una quinceañera, no significa que no podamos celebrar tu cumpleaños. Al final, igual vas a cumplir quince.

La miré, conmovida por sus palabras, y asentí con una sonrisa.

—Sí —dije, con un destello de emoción—, supongo que sí.

Justo en ese momento, el autobús llegó. Un grupo de chicos, quizás de veintitantos, se bajó y nos repartió volantes. Tomé uno sin pensarlo, y al mirarlo, leí en letras grandes: *"No queremos Olimpiadas, queremos revolución"*.

Conforme se acercaban los Juegos Olímpicos en México, la emoción de que nuestro país fuera el anfitrión de un evento tan importante a nivel mundial crecía en paralelo con la tensión política y las protestas estudiantiles. Volantes con frases como *"68: el año de la prensa vendida"* o *"Los derechos no se piden, se exigen"* aparecían por toda la ciudad, y junto a ellos, no era raro encontrar anuncios con lemas como *"México, anfitrión del mundo"* o *"México, triunfar es trabajo de todos"*.

—¿No era amigo de Chava? —preguntó Julia, refiriéndose al chico que nos entregó los volantes.

El hermano mayor de Ofelia, Chava, últimamente se había involucrado cada vez más en las manifestaciones estudiantiles contra el gobierno de Díaz Ordaz. También hablaba cada vez con más indignación sobre la manera en que el gobierno estaba manejando las Olimpiadas.

Para ser honesta, entre tanta emoción por las fiestas de Julia y Ofelia, al principio apenas si le prestábamos atención, pero la tensión en el aire crecía a tal ritmo que ya era casi imposible ignorar lo que pasaba, aunque no terminábamos de entenderlo del todo.

La multitud que esperaba para subir al autobús arrastró a Ofelia con ellos antes de que pudiera responderle a Julia. Cuando por fin logramos hacer nuestro camino hacia ella, ya nos habíamos distraído con risas y comentarios sobre coronas de flores y sombrillas. Entre nosotras, todo seguía sintiéndose tan ligero, tan simple.

Nos dejamos llevar por la emoción del momento, por la sensación de que teníamos toda la vida por delante.

Y durante un rato, la opresión en mi pecho se desvaneció, sustituida por la calidez de la risa de mis amigas y la felicidad de pertenecer, mientras el autobús avanzaba entre las calles vibrantes de la ciudad.

Julia y Ofelia reían como si el mundo les perteneciera, y al menos en ese instante, yo amaba tener un asiento en primera fila para verlo.

El cielo ya había tomado un tono índigo profundo cuando bajé del camión. Con cada paso apresurado que daba hacia mi casa, mi estómago se encogía.

Iba a llegar tarde.

La emoción del día, los vestidos de ensueño, los susurros sobre el clima político que aún no me importaba del todo, pero que empezaba a despertar mi curiosidad… todo eso me había arrastrado lejos, haciéndome olvidar que esta noche papá estaría en casa para la cena.

Había planeado llegar temprano, tener la cena lista antes de que él volviera del trabajo, pero ahora… ahora estaba caminando directo al problema.

Me detuve frente a la puerta por un momento, dudando. Hacer enojar a mi papá tan cerca de la quinceañera de Julia era un riesgo enorme. Jamás me perdonaría a mí misma si por mi descuido él decidía castigarme sin dejarme ir a la fiesta.

Tal vez, si me apresuraba, al menos podría empezar algo antes de que llegara, hacer que pareciera que había estado cocinando desde hacía rato. Fingir algún accidente en la cocina, algo fuera de mi control.

Pero en cuanto crucé la puerta, los aromas del ajo y del comino me envolvieron, y contuve la respiración.

Encontré a Meño de pie frente a la estufa, volteando piezas de pollo en un sartén, la piel dorada y crujiente chisporroteando en el aceite caliente. En la cocina había un plato con arroz tapado con un trapo y otro con frijoles listos para servirse.

Me quedé viéndolo, mi boca abriéndose y cerrándose sin saber qué decir.

Antes de que pudiera reaccionar, el sonido de las botas de mi padre resonó afuera. La puerta principal se abrió de golpe, y él entró, los hombros tensos por la jornada de trabajo, el rostro endurecido por el cansancio.

Caminó directo a su lugar de siempre en la mesa y se dejó caer en la silla con un gruñido.

—Huele rico —dijo, mientras me acercaba para poner el plato de frijoles en el centro de la mesa.

Bajé la mirada, sintiendo un nudo en el estómago. Pero antes de que pudiera decir algo, Meño se adelantó y colocó el traste con el pollo al lado de los frijoles.

—Espera a probarlo, Pilar se lució esta vez.

Levanté la cabeza de golpe, con los ojos abiertos por la sorpresa.

—Siéntate, Pilar, yo traigo el arroz.

Meño me sostuvo la mirada por un momento, y sin decir nada, supe que lo estaba haciendo por mí.

Esa noche, como tantas otras, Meño había intervenido antes de que el caos se desatara.

Cuando me senté, mis dedos se aferraron al borde de la silla, tratando de estabilizarme. Meño colocó el último plato sobre la mesa y tomó asiento frente a mí con la misma facilidad de siempre, como si esto no fuera nada, como si fuera solo otra noche más.

Tomé mi tenedor y lo miré de reojo entre bocados, observando la forma en que manejaba las cosas con tanta naturalidad, la facilidad con la que siempre lograba suavizar las grietas antes de que se convirtieran en fracturas imposibles de reparar.

Nunca pedía agradecimiento, nunca esperaba reconocimiento. Pero se merecía ambos.

Quería decirle algo, hacerle saber que lo veía, que veía todo lo que hacía por mí. Sabía que cargaba con un peso que ningún joven de diecisiete años debería cargar.

Bien podría dejarme a mí con todas las responsabilidades que papá esperaba de mí solo por ser la única mujer de la casa, pero jamás se había tragado ese cuento de los roles de género a los que se aferraba papá.

Las palabras de agradecimiento se acumularon en mi lengua, pesadas, sin poder salir.

Pero me hice una promesa.

Si alguna vez llegaba el momento, yo haría lo mismo por él.

Algún día, sería lo suficientemente fuerte como para interponerme entre él y la tormenta, del mismo modo en que él siempre lo hacía por mí.

NO HAY MAL QUE POR BIEN NO VENGA

FER

Hay gente que camina por la vida como si el mundo fuera suyo.

 En el campus, se nota en sus sonrisas fáciles y sus outfits perfectos, en esas risas que suenan como si nunca hubieran cargado un secreto en sus vidas.

El problema es este: apenas es el tercer día de clases y yo ya me siento como una impostora. Crecer en San Ysidro significaba estar rodeada de gente como yo, latinos de pies a cabeza. Y ahora, apenas he contado un puñito de estudiantes latinos en todas mis clases juntas. Sigo siendo la misma chica "promedio", pero al parecer, lo "promedio" aquí se ve… diferente.

Ser la primera en la familia en ir a la uni a veces significa cargar sueños que ni siquiera eran tuyos al principio, pero aprender a hacerlos propios. Ahora que este sueño ya me pertenece, estoy decidida a cumplirlo. Aunque, tengo que admitir, con solo echarle un ojo a la gente que me rodea, ya siento cómo mi determinación empieza a tambalear.

Es el segundo día de Comunicación Oral, mi clase con Alex, y por primera vez en la vida me levanté temprano. O sea, *absurdamente* temprano. Tan temprano que ni siquiera alcancé a hacer mi rutina sagrada de posponer la alarma: sonar, retrasar, darme la vuelta, repetir.

Llego a clase diez minutos antes, lo cual ya es casi heroico. Me siento en el mismo lugar que el lunes, dejo mi mochila en la silla de al lado y de inmediato me entra la ansiedad silenciosa por la silla vacía.

Así que aquí estoy, viendo mi mochila sobre la silla, preguntándome si guardarle el lugar a Alex ya cuenta como demasiado. Cada que entra alguien más al salón, mi ansiedad sube. ¿Y si ni quiere sentarse conmigo?

Y entonces, como escena en cámara lenta digna de mi lista mental de clichés, ella entra, justo a tiempo. Aguanto la respiración, casi rezando para que se siente junto a mí. Es la única persona que me ha hablado sin que yo la abordara primero, y, por alguna razón, ya estoy contando con ella para sentirme anclada.

Tres pasos bien. Y luego, porque aparentemente *nada* en mi vida puede pasar sin un toque dramático, en el cuarto se tropieza. Se agarra del escritorio justo cuando el profe empieza la clase. Quito mi mochila y ella se sienta.

—Qué elegancia la de Francia —murmuro bajito, dejando salir a mi yo sarcástica un segundo.

Le paso una nota en un papel:

¿Siempre entras tropezando? Porque mi mochila quiere saber si ya debería sentarse más cerquita para amortiguar tu caída.

Ella la lee y, por un segundo espantoso, pienso que me pasé de la raya y que la ofendí.

Pero entonces sonríe de lado, me mira y, con calma, vocaliza:

Me caes bien.

Me pongo roja. Roja *de verdad*. Latidos en los oídos y todo.

¿¿Qué está pasando aquí??

Después de clase empieza a guardar sus cosas y yo intento actuar casual. Seguro parezco tan casual como una gata callejera en un concurso de perritos fancy, pero bueno, lo intento.

—¿Primer año aquí? —pregunta, como si no supiera que es prácticamente la única persona que me ha hablado por iniciativa propia.

—Sí —asiento—. ¿Tú también?

Sonríe con un aire de satisfacción.

—Segundo. ¿Ya tienes tus libros?

—Nope —respondo—. Justo pensaba ir ahorita para la librería del campus.

—Error de novata —ríe—. La librería del campus es una estafa. Te conviene más *The Bargain Bear*, está justo afuera y es mucho más barata. Voy para allá, ¿quieres venir?

Mi corazón hace algo ridículamente vergonzoso, como saltarse un latido o empezar a bailar el jarabe tapatío.

Todo el mundo me ha dicho que, a diferencia de la prepa, aquí es *súper normal* andar sola. Pero yo muero por hacer aunque sea una amistad. Hasta ahora, no tengo idea de qué hacer conmigo misma en esos espacios muertos entre clases. Y justo cuando alguien me está invitando a ir a algún lado, mi cerebro parpadea como foco fundido, sin poder armar un pensamiento decente.

Hablamos mientras caminamos hacia la librería.

—¿De dónde eres? —pregunta, en un tono casual pero cálido.

—De San Ysidro —respondo—. Viajo todos los días.

—Wow —dice, levantando las cejas—. Eso debe ser pesado, y más con el tráfico de San Diego. Yo soy del *Bay Area*, pero vivo fuera del campus con Charlie, mi mejor amigo de *high school*.

Este sería el momento perfecto para aclarar que cuando digo "viajar", me refiero al transporte público—ni de chiste me alcanza para tener carro ahorita—, pero no lo digo en ese momento, y luego ya se siente raro sacarlo. Así que solo sonrío un poco y asiento.

—Suena bien —digo, pero algo en la manera en que dice *Charlie*, suavecito, como si su nombre le diera paz, se me queda dando vueltas en la cabeza.

El pensamiento se cuela antes de poder detenerlo:
¿Y si lo de "mejores amigos" evoluciona ahora que viven juntos?

Me digo que no es mi asunto, pero la idea se instala igual. Y me agarra en curva con esa sensación rarísima en el estómago, como si me hubiera topado con un rompecabezas sin imagen de referencia.

—Qué suave que puedas vivir cerca del campus. Yo realmente quería vivir en los dormitorios, pero todo el proceso fue tan confuso para mí como estudiante de primera generación. Para cuando logré entender mi situación de ayuda financiera, ya era demasiado tarde para solicitar un dormitorio —explico.

—Lo siento mucho que no haya funcionado, pero siempre puedes intentarlo el próximo año —ofrece Alex con una sonrisa suave.

—Probablemente fue lo mejor de todos modos —agrego—. He estado batallando para encontrar un trabajo que se acomode a mi horario de clases, y la verdad quiero seguir siendo estudiante de tiempo completo. Además, mi FAFSA no habría cubierto todo el costo de los dormitorios, y digamos que las cosas están complicadas en casa ahorita, así que no quiero pedirle ayuda financiera a mis papás. Pero de verdad que no puedo esperar a encontrar trabajo e irme de la casa de mis papás.

Me sorprendo a mí misma con lo fácil que dejo salir tantos detalles de mi vida con Alex. Soy conocida por hablar mucho, así que no es raro que comparta demás, pero esto no es normal. Algo en ella me hace sentir segura para decir lo que pienso.

—Ugh, te entiendo. Es súper difícil equilibrar el trabajo y ser estudiante de tiempo completo. Yo no califiqué para FAFSA, pero por suerte encontré trabajo cerca del campus. Me sentía mal de que mis papás tuvieran que pagar mi departamento.

—Yo me moría de nervios de no calificar para FAFSA. Estamos justo en el límite donde no sabía si me aprobarían, pero de ninguna manera podría haber pagado la universidad sin esa ayuda. Y llenar ese maldito formulario fue tan complicado... Tal vez derramé más lágrimas de las que me gustaría admitir tratando de llenar todo el papeleo. En fin, perdón, estoy hablando mucho. ¿En qué trabajas? —pregunto.

—Ok, te juro que no gano comisión ni nada, trabajo en *The Bargain Bear*, donde vamos —dice Alex, y creo que puedo ver su rostro sonrojarse.

—¡Ah! ¡Entonces me ha estafado una vendedora! —digo, riendo.

—¡Ay no! ¡Me cachaste! —exclama Alex con una exageración falsa.

Nos reímos las dos.

Cuando llegamos a *The Bargain Bear*, esperaba una librería de segunda mano con cierto encanto, pero no. Es todo lo contrario. Libros hasta el techo, olor a café viejo, polvo y papel usado, un caos total de libros de texto, novelas y artículos de oficina.

Y luego está Charlie.

Es alto y delgado, con el cabello despeinado y bronceado de playa, y una sonrisa tan natural que te desarma. Lleva una camiseta desteñida que dice *Gay AF*, y en cuanto la leo, esa extraña tensión que sentí cuando Alex lo mencionó se me disuelve un poco.

—Ya era hora, ¿dónde andabas? —bromea con Alex, levantando una ceja con falsa seriedad por su retraso de tres minutos y medio.

El ritmo con el que habla me sorprende, considerando cómo se ve— definitivamente no esperaba que alguien con cara de portada de revista de surf hablara tan fluido en español.

—Ella es Fer, mi nueva amiga —dice Alex—. Y sobre el letrero de "Se necesita ayuda" que me pediste poner… estaba pensando que quizá ya no haga falta. Ella necesita un trabajo más que cualquier persona que conozco.

Me lanza una mirada juguetona. Claramente este era su plan desde que mencioné que estaba buscando trabajo con desesperación.

—¿La chica impuntual? —Charlie me mira divertido y me lanza una sonrisa traviesa.

¿La chica impuntual? ¿Tengo apodo? ¿Ya había hablado de mí?

No sé si sentirme apenada o secretamente halagada. Me muerdo el labio para no sonreír como tonta.

No entiendo cómo esa mini interacción que tuvimos en clase dejó tanta impresión como para que me mencionara después, pero al parecer, así fue.

Charlie me observa un momento, con la misma sonrisa, y asiente.

—Así que tú eres Fer —dice en tono de broma.

Me siento un poquito menos ridícula por haberle guardado el lugar a Alex.

—Entonces, ¿te quieres unir al circo de *The Bargain Bear*? —pregunta Charlie—. Necesitamos ayuda. El sueldo no es la gran cosa, pero después de las primeras semanas de locura, básicamente te pagan por pasar el rato y hacer tarea. Bueno, eso y aguantar música navideña desde el primero de noviembre… simplemente no podemos evitarlo.

Me guiña un ojo.

Estoy casi mareada del alivio, y quizá un poco en shock. Pasé de ser una don nadie a parte del staff de *The Bargain Bear* en menos de cinco minutos.

Charlie me explica el "sistema de clasificación altamente riguroso" (una etiqueta de un color para "usado con cuidado" y otra para "maltratado, pero todavía aguanta"), y antes de darme cuenta, ya estoy detrás del mostrador aprendiendo a organizar los estantes.

Es como si me hubiera tropezado con una burbujita de sarcasmo y rareza, y para ser honesta, no me molesta nadita.

❈✧❈✧❈

La puerta del depa de Alex y Charlie se abre con un rechinido dramático, y yo sigo a Alex adentro, cargando una bolsa de tacos de Jack-in-the-Box que agarramos en el camino. El lugar es chiquito y acogedor, pero sigue sintiéndose como otro mundo si lo comparo con mi comedor convertido en recámara. Cuesta creer que apenas llevo una semana trabajando con Alex. No sé cómo pasó que, en solo siete días, ya me siento tan cómoda con ella, como si la conociera de toda la vida.

—¡Bienvenida a nuestro humilde hogar! —dice Alex, pateando sus zapatos junto a la puerta. Acomoda las llaves en la barra de la cocina, el sonido rebota en el silencio del depa.

—No es mucho, pero funciona.

Miro alrededor, viendo los muebles bien puestos, cuadros colgados en la pared, y una cafetera espresso brillante en la barra. Todo en este lugar se siente… adulto.

—Está bonito. Seguro fue mucho trabajo dejarlo así —digo, intentando que no se me note la punzadita de envidia.

Alex sonríe.

—Si hubiera sido por Charlie y por mí, este lugar estaría lleno de bean bags en vez de sillones. Pero mis papás nos ayudaron a poner todo. Mi papá es tan exagerado que hasta quiso contratar mudanza. Dijo que no quería que cargara "todas esas cajas pesadas".

Rueda los ojos, pero en su voz hay un tono cálido que deja claro que sí le agradeció la ayuda.

61

—¿Mudanza? —digo, dejando los tacos sobre la barra—. Eso ya es otro nivel.

Alex se ríe, saca dos vasos del gabinete, los llena con agua del refri y me pasa uno que dice *Proud Plant Dad*. Echo un vistazo rápido buscando plantas. No hay ninguna.

—Créeme, no fue idea mía. Pero mi mamá es de las que siempre están al pendiente, y mi papá está obsesionado con "hacerme la vida más fácil". A veces se pasa. Así que aquí estoy: chiqueada y cafeinada a lo bestia —dice, señalando la cafetera.

Asiento con una sonrisa, pero sus palabras me caen como piedras. *Hacer la vida más fácil.* Esa frase se siente como si hablara un idioma que yo no domino. Mis papás nunca han tenido el lujo de facilitarme *tanto* la vida. Hacen lo que pueden: ahorran, recortan comidas cuando hay que pagar algo importante… pero eso es otra cosa.

—Los bean bags suenan divertidos, pero esta vez sí me pongo del lado de tus papás. Esos sillones se ven súper cómodos, y la palabra "extremo" no existe en mi diccionario si hablamos de café. Yo ya me doy por bien servida con que mis papás me hayan apoyado para venir a la universidad —digo, tratando de sonar ligera—. Y aun así, cuando vieron el precio de los libros no se creían que necesitara tantos. "¿Pues qué tanto vas a leer allá?", me dijeron.

Imito la voz de mi mamá, toda escandalizada por lo que gasté en libros.

Alex se ríe, apoyándose en la barra.

—Las mamás, siempre con sus comentarios.

Sonrío, pero luego no puedo evitar soltar:

—Sí, pero… ¿mudanza? Mis papás apenas pudieron ayudarme con los libros este semestre. Mi mamá ahorró solo para darme lo del transporte. Lo demás fue pura ayuda financiera.

Me encojo de hombros, tratando de que no se note cuánto me pesa decirlo, pero la voz me tiembla tantito.

Alex se queda callada un momento. Su sonrisa se suaviza.

—Eso está difícil —dice bajito, y por primera vez, su seguridad habitual parece tambalear—. Supongo que nunca lo había pensado así. Mis papás… creo que la pasaron difícil cuando eran jóvenes, y ahora intentan dármelo todo. Los amo por eso, pero a veces también quisiera hacer más cosas por mi cuenta, ¿sabes?

—Es bonito que puedan hacer eso por ti —digo, sin resentimiento, solo con la verdad—. Mis papás lo intentan, no me malinterpretes. Pero para ellos, la universidad ni siquiera era una opción. A veces siento culpa, como si cada centavo que gastan en mí pudiera usarse para otra cosa más urgente.

Alex inclina la cabeza, viéndome.

—Eso no es tu culpa. Al contrario, tiene muchísimo valor que estés aquí. Estás haciéndolo realidad.

—Sí —digo, viendo mis manos—. Pero a veces siento que también cargo con sus sueños. Como si no pudiera fallar, porque no lo hago solo por mí.

Se hace un silencio chiquito. Luego, Alex deja su vaso sobre la barra con un *clink* suave.

—Y si te sirve de algo —dice con voz firme—, creo que lo que estás haciendo es increíble. No digo que lo entienda al cien, pero aunque apenas te estoy conociendo, se nota cuánto le estás echando ganas. Y eso… eso se admira.

Parpadeo, un poco sacada de onda por sus palabras.

—Gracias —murmuro, sintiendo una mezcla rara de gratitud y vulnerabilidad.

Alex se encoge de hombros y vuelve a sonreír.

—Ahora, ¿abrimos esos tacos o qué? Ya me muero de hambre, y lo último que quiero es que mis papás me regalen un calentador de tacos en Navidad.

Su chiste me saca una risa, y por un momento, la carga sobre mis hombros se siente menos pesada.

Más tarde, mientras voy de regreso a casa en el trolley, sus palabras siguen resonando en mi cabeza. Pienso en cómo sus papás se aseguraron de que tuviera todo, cómo le abrieron el camino. Los míos, dentro de lo que han podido, han tratado de hacer lo mismo.

Me pregunto si algún día podremos recuperar lo que teníamos antes.

El trolley zumba bajo mis pies, con ese ritmo constante que, de algún modo, va con el ritmo de mis pensamientos. Por una vez, el caos no se siente tan pesado. Tal vez es el sonido de las ruedas o la promesa de lo que viene, pero me siento más ligera.

Apoyo la cabeza contra la ventana y veo cómo las luces de la ciudad se van mezclando unas con otras durante el resto del camino a casa.

LA ESPERANZA MUERE AL ÚLTIMO

AURORA

Los primeros días después de la quimioterapia me engañaron. Creí que no había sido tan duro con mi cuerpo, pero al tercer día, los síntomas comenzaron. Un cansancio del que no puedo desprenderme se apoderó de mí y ahora la comida me provoca náuseas con solo verla. Pero, fuera de eso, me siento... bien. Es extraño cómo, a pesar de que mi cuerpo ya no se siente como mío, me estoy acostumbrando a este ritmo, cómo algo que antes me aterraba ahora se ha convertido en una parte más de mi rutina.

Aura vino por la mañana, tocando la puerta con su energía de siempre, una bolsa del supermercado en una mano y las llaves del carro en la otra.

—Solo vengo a dejar esto —dijo, entrando y dejando la bolsa sobre la barra de la cocina—. Mi mamá los preparó, comida blanda y fácil de comer. Dice que seguro ya estás harta de las galletas saladas y el arroz blanco.

Le sonreí, cansada pero agradecida.

—Dile que muchas gracias. No sé qué estaría comiendo si no fuera por ella.

Aura hizo un gesto con la mano, quitándole importancia.

—La próxima vez la traeré conmigo. Muere por verte, pero hoy iba de prisa al trabajo, así que mejor pasé rápido.

Dudó un segundo antes de añadir:

—Y… gracias por dejarme decirle. Creo que mi papá y yo ya no íbamos a poder ocultárselo por mucho más tiempo. Ya la conoces.

Asentí. Sabía exactamente a qué se refería.

—Me alegra que sepa —respondí—. Y te prometo que esta semana le diré al resto de la familia.

Aura soltó un suspiro, como si hubiera estado conteniendo toda la tensión de mi secreto con él.

—Bien.

Me apretó el brazo antes de mirar la hora y soltar un quejido.

—Tengo que irme, pero te hablo más tarde, ¿sí?

Asentí, viéndola salir a toda prisa por la puerta.

Cuando se fue, me quedé un rato sentada en el comedor, mirando la bolsa de compras que había dejado. El peso de todo—no solo la quimioterapia, sino las conversaciones que aún tenía por delante, la forma en que reaccionaría mi familia—se asentó sobre mis hombros.

Pero entonces sonó el teléfono. Volteé a ver la pantalla del contestador.

Pepi.

Ver su número en la pantalla bastó para sacarme de mis pensamientos, para recordarme que la vida fuera de mis preocupaciones seguía avanzando.

—¿Puedo pasar a verte en la tarde?

Va a venir en una hora. No la he visto en semanas, pero escuchar su voz hoy trajo de vuelta tantos recuerdos.

❀❖❀❖❀

La última semana de Segundo en Huejosquite se sintió como un borrón, como si alguien hubiera presionado el botón de avance rápido en una semana que deseaba que durara para siempre. Solo habían pasado un par de semanas desde que se fue, pero su ausencia se sentía más fuerte de lo que imaginaba, como si el aire a mi alrededor se hubiera vuelto más denso, presionándome desde todos lados. Lo extrañaba terriblemente, pero intenté mantener la cabeza en alto por Pepi.

El sol de la tarde caía suave, echando sombras ligeras sobre la calle de terracería por donde caminábamos. Se sentía rico en la piel, ni calorón ni frío, nomás a gusto.

Una brisita movía las ramas de los árboles a los lados del camino, trayendo ese olor a tierra seca y a comida que se estaba cocinando quién sabe dónde. El pueblo estaba más callado de lo normal, sin el ruido de siempre, nomás de vez en cuando se oía una voz lejana o el sonido de nuestros pasos en el suelo.

—Te prometió que regresaría tan seguido como pudiera. Sabes que mi hermano te ama, y cumplirá su palabra —dije, con una voz más suave de lo que pretendía. Quería que mis palabras la reconfortaran, que sonaran como una verdad irrefutable, pero de algún modo se sintieron vacías, desvaneciéndose en cuanto salieron de mis labios. Y, siendo sincera, tampoco aliviaron el vacío que yo misma sentía.

Pepi dejó escapar un suspiro tembloroso.

—Dice que ahorrará lo más que pueda y que volverá pronto por mí, pero "pronto" no parece lo suficientemente pronto.

Había una devastación silenciosa en su voz. Su rostro estaba empapado de lágrimas que no se molestó en limpiar, y casi podía sentir cada una de ellas cayendo, pesadas de añoranza e incertidumbre.

Le apreté la mano, el único consuelo que se me ocurrió ofrecerle.

—Más pronto de lo que imaginas va a estar de vuelta, ya verás. ¿Recuerdas cuando nos escondíamos en la bodega y planeábamos tu boda con él?

Intenté sacarle una sonrisa esperando traer un poco de luz a la conversación, y tras un breve segundo, vi las comisuras de sus labios curvarse apenas.

—Éramos tan simples en ese entonces —dijo, con una risa entrecortada que todavía sonaba un poco a suspiro—. Extraño esos días… ¿te acuerdas de cómo tu abuela se volvía loca, pensando que había ratones en la mercancía?

Me reí, esta vez con ganas, recordando el ceño fruncido de mi abuela mientras inspeccionaba las cajas a medio vaciar.

—No puedo creer que nunca nos atrapara. ¿De verdad pensaba que los ratones siempre elegían las mismas galletas y hasta la misma caja?

El recuerdo me reconfortó, aunque solo por un momento, y Pepi también rió, un sonido que se sintió como un curita al corazón.

Me miró, sus ojos aún brillando con lágrimas, pero más suaves ahora.

—¿En aquel entonces creías que realmente iba a terminar con Segundo?

Levanté una ceja, fingiendo escepticismo.

—¿Lo preguntas en serio? Donde pones el ojo, pones la bala —dije, guiñándole un ojo—. Si lograste caerme bien después de pensar que eras la niña más metiche del mundo, claro que supe que conquistarías a mi hermano también.

Le di un leve codazo, una broma que finalmente la hizo sonreír.

Se recargó en mi hombro, su voz bajita, casi tímida.

—¿Tú crees que algún día tus abuelos acepten lo mío con Segundo?

La rodeé con un brazo, acercándola más.

—Creo, no, sé que cuando Segundo regrese por ti, no importará si ellos lo aceptan o no. Y además, pase lo que pase, siempre seremos hermanas.

Recargué mi cabeza en la suya, sintiendo el calor de su cercanía, del lazo que habíamos tejido tan fuerte a lo largo de los años, entre secretos y sueños compartidos. Sabía que mis abuelos jamás aceptarían la relación de Segundo con Pepi por la misma razón que no habían aceptado que mi madre se casara con mi padre, pero jamás le diría eso a Pepi.

—¿Te acuerdas cuando teníamos siete años y creíamos que podíamos correr más rápido que la luna? —pregunté, en un segundo intento de aligerar el ambiente.

Pepi soltó una carcajada.

—¡Claro que sí! Ese día descubrimos que la luna no nos dejaba en paz, no importa a dónde fuéramos. Le grité tan fuerte: "¡Oye, ¿por qué me sigues?!" que mi mamá salió corriendo con la escoba en mano, lista para golpear a quien fuera que se atreviera a seguir a su cría.

Nos reímos hasta que nos dolió la panza, y en ese momento, mientras el cielo oscurecía sobre Huejosquite, el peso de la distancia y la espera pareció un poco más liviano.

—Ese día mi mamá estaba lista para agarrar a escobazos a un desconocido en plena calle. ¡Te juro que pensó que nos seguía una pandilla! —continuó Pepi, con una risa nostálgica

—Y nos entró el pánico y salimos corriendo en direcciones opuestas, gritando: "¡Me está siguiendo a mí!" "¡No, a mí!" —agregué, negando con la cabeza mientras la imagen de nuestras versiones de siete años corría por mi mente—. De verdad pensábamos que si corríamos lo suficientemente rápido la dejaríamos atrás.

La risa de Pepi se suavizó y tomó una bocanada de aire.

—Sé que suena tonto, pero… hay algo reconfortante en eso, ¿no crees? Saber que la misma luna que estamos viendo ahora es la que sigue a Segundo también.

—No es tonto —le aseguré, apoyando una mano en su hombro—. Es hermoso.

Nos quedamos en silencio, mirando la luna, hasta que una voz detrás de nosotras rompió el momento.

—¿Sabían que la luna da dulces si se los piden amablemente?

Ambas nos sobresaltamos al escuchar a Paco, que nos miraba con una sonrisa traviesa, como si acabara de compartirnos uno de sus secretos mejor guardados.

—¿De qué hablas, Paco? —preguntó Pepi, entre divertida y escéptica.

—De la luna —respondió él, como si fuera obvio—. Si le pides educadamente, te deja caer un dulce. Solo tienes que decir: "Luna, ven, dame un dulce."

Pepi alzó una ceja.

—Ajá. Claro. Tengo casi diecisiete años, Paco, ni de niña me creí eso de que los Reyes Magos traían regalos.

—Pues allá tú —se encogió de hombros, pero sus ojos brillaban con el reto implícito.

Después de un suspiro, Pepi puso los ojos en blanco y lo intentó.

—Luna, ven, dame un dulce —dijo, con una sonrisa burlona.

Nada pasó. Me empujó levemente con el codo.

—¿Ves? Tonterías.

Paco soltó una pequeña risa.

—Tienes que decirlo con ganas.

Pepi enderezó la postura, mirando al cielo como si fuera a dar un discurso serio y gritó con todas sus fuerzas:

—¡Luna, ven! ¡Dame un dulce!

Hubo un momento de silencio y, de repente, un suave "plop" sonó cerca de sus pies.

Pepi soltó un pequeño grito emocionado y se agachó de inmediato.

—¡Una Gloria!

Su rostro se iluminó de asombro. Las Glorias eran sus dulces favoritos. Segundo le llevaba una cada vez que pasaba por su casa, y la coincidencia hizo que algo dentro de mí doliera de la manera más dulce. Por primera vez en semanas, pensé en mi hermano sin que la tristeza me envolviera.

Pepi me dio un codazo, con una sonrisa de niña pequeña.

—Bueno, ¿y tú qué? ¿No vas a intentarlo?

Paco arqueó una ceja, como esperando mi reacción.

Rodé los ojos, pero lo intenté.

—Está bien… ¡Luna! ¡Ven! ¡Dame un dulce!

Otro pequeño "plop" sonó junto a mis pies, y di un salto hacia atrás, sorprendida. Los tres estallamos en carcajadas, la simpleza de la tontería nos llenó de una felicidad ligera, casi infantil.

—¿Y tú? ¿No vas a pedir uno? —le pregunté a Paco, aún riendo.

Él sonrió de lado y metió la mano en su bolsillo, sacando otra Gloria.

—Yo lo pedí hace rato —respondió con una expresión satisfecha.

—¡Tramposo! —rió Pepi—. ¡Ni siquiera le gritaste a la luna!

—Siempre hay una próxima vez —respondió con un guiño, metiéndose el dulce en la boca.

Le di una mordida a mi Gloria, disfrutando su dulzura, y luego extendí el resto hacia Pepi, que ya se había terminado la suya en tiempo récord. Me miró un segundo y, como un sapo, sacó la lengua y atrapó el pedazo, haciéndonos reír aún más.

—Voy a pasar más tarde en la semana —dijo Paco mientras caminábamos de regreso—. A ver si la luna nos da otro dulce.

Pepi lo señaló con el dedo, entrecerrando los ojos.

—Pero la próxima vez, tienes que esperar a pedir tu dulce con nosotras. ¡Júralo!

Paco levantó una mano, fingiendo solemnidad.

—Lo juro. Nada de dulces sin ustedes. ¿Contentas?

—Ya veremos —murmuró Pepi, aunque su sonrisa traicionaba su satisfacción.

Y así, en las semanas siguientes, Paco seguía regresando, y cada vez, miraba hacia la luna esperando el pequeño "plop" a nuestros pies. Una vez, incluso me rozó la cabeza, y me reí tanto que me dolió el estómago. Estos recuerdos, ridículos como eran, se convirtieron en pequeños regalos, sosteniéndonos en medio de la distancia y la incertidumbre.

A veces, incluso cuando sabes que no es real, simplemente se siente bien creer en un poco de magia. Y eso fue lo que hicimos Pepi y yo, cada noche que gritábamos hacia la luna.

Y cada vez que lo hacíamos, yo estaba más segura de algo: estaba completamente enamorada de Paco.

Si hubiera podido gritarlo desde los tejados, lo habría hecho. Pero con lo que estaba pasando entre Pepi y Segundo, no sentí que fuera el momento adecuado.

Y creo que Paco sentía lo mismo. Porque aunque podía ver el amor en su mirada, ninguno de los dos volvió a sacar a flote nuestra conversación pendiente sobre lo que sentíamos el uno por el otro.

NO TODO LO QUE BRILLA ES ORO

PILAR

Los mejores momentos siempre eran los que se sentían como magia, pequeños destellos de alegría que hacían que todo lo demás desapareciera.

—¡No puedo creer que falte solo una semana para mi quinceañera! —exclamó Ofelia, prácticamente brincando en el sillón mientras un corte comercial interrumpía la película que estábamos mirando.

Tendríamos nuestro último ensayo del vals más tarde ese día. Aunque era mi cumpleaños, no me molestaba que el ensayo fuera hoy porque el especial de *Quinceañera* estaba programado para transmitirse en la mañana y, por supuesto, teníamos que verlo juntas. La mamá de Ofelia se había ofrecido amablemente a comprar un pastel para que pudiéramos tener una pequeña celebración por mi cumpleaños con el resto de la corte de honor antes del ensayo. Así que Julia y yo habíamos llegado a la casa de Ofelia horas antes que los demás.

La fiesta de Julia había sido dos semanas antes y, aunque al principio me había sentido un poco triste por no tener mi propia gran celebración, la diversión que tuve en la suya había borrado por completo cualquier sentimiento negativo. Ahora, no sentía más que gratitud por la oportunidad de celebrar mi cumpleaños entre amigos en la casa de Ofelia.

Para darle crédito a mi papá, él siempre llegaba con un pastel para mi cumpleaños o el de Meño, pero odiaba tener gente en casa. Las únicas amigas que podía invitar eran Julia y Ofelia, y solo cuando él planeaba pasar el día fuera.

—No puedo esperar para bailar toda la noche, pero voy a extrañar tener una excusa para pasar cada fin de semana practicando el vals —dije, sintiendo una nostalgia repentina al ver a Ofelia girar, radiante de emoción.

—Yo voy a extrañar tener una excusa para pasar tanto tiempo con Juan —añadió Julia con una sonrisa pícara.

Fiel a la tradición, Ofelia tendría catorce damas y catorce chambelanes en su corte de honor. Para mantener la simetría, nos habían emparejado por estatura. Julia había tenido suerte: la emparejaron con Juan, el más guapo del grupo, que parecía un joven Javier Solís, el ídolo de todas las adolescentes. Con sus ojos oscuros y

"

expresivos y el encanto de una estrella de cine, era prácticamente el príncipe azul de la época.

Yo, por otro lado, fui emparejada con Chava, el hermano mayor de Ofelia, que no se parecía en nada a Javier Solís y definitivamente tampoco a Jim Morrison o Paul McCartney, mis dos amores platónicos. No me malinterpreten, yo adoraba a Chava y tenía su propio encanto, pero aunque no era tan cercano a mí como Meño, siempre lo había visto más como otro hermano mayor. Y siendo sincera, bailar con Juan o cualquier otro chico más cercano a mi edad habría sido mucho más emocionante que pisarle los pies a Chava por enésima vez.

Justo en ese momento, la televisión cobró vida con una voz brillante y entusiasta:

—¡México 68! ¡El mundo viene a la Ciudad de México! —declaró el locutor, mientras en la pantalla aparecían imágenes de atletas: corredores en la pista, clavadistas cortando el agua, una gimnasta clavando un aterrizaje perfecto—. ¡Únete a los juegos de tu vida!

La energía del comercial captó nuestra atención de inmediato. Las escenas en la pantalla llenaron momentáneamente la habitación con una sensación de algo más grande que nosotras, algo casi mágico.

Ofelia sería la última de nuestras compañeras del colegio en tener su quinceañera, y con la mayoría de las otras celebraciones ya detrás de nosotras, el enfoque de todos a nuestro alrededor había cambiado a los Juegos Olímpicos.

Era demasiado joven para comprender cuánta importancia tendrían esos Juegos o las tensiones políticas que los rodeaban, pero podía sentir el entusiasmo en el aire, como si fuera un evento que teníamos que celebrar sí o sí. México, anfitrión de los Juegos Olímpicos, los primeros en transmitirse a color, supuestamente era el gran momento del país en el escenario mundial, y yo me sentía parte de algo enorme simplemente por estar atrapada en todo el brillo y la emoción.

—Tengo mucha curiosidad por ver cómo se verán las Olimpiadas a color —dije, mientras las imágenes en blanco y negro de las sedes olímpicas llenaban la pantalla, viéndose tan futuristas y resplandecientes.

—Si tan solo la gente abriera los ojos y se preocupara tanto por lo que está pasando a su alrededor como lo hacen por las Olimpiadas —intervino una voz detrás de nosotras.

Era Chava. No me había dado cuenta de que se había unido a nosotras en la sala. Se inclinó un poco hacia adelante, su rostro tenso de frustración, los ojos fijos en la televisión.

—¿Por qué no hablan de las protestas estudiantiles, de los problemas reales, en vez de querer darnos atole con el dedo, alimentándonos de este espectáculo ridículo? —dijo, mirando la pantalla con más intensidad, como si esperara una respuesta.

Chava siempre había sido muy vocal sobre su oposición al gobierno de Díaz Ordaz y la forma en que el gobierno estaba manejando las Olimpiadas. Lo había escuchado hablar con Meño sobre las enormes sumas de dinero público que se estaban destinando a construir estadios olímpicos mientras los estudiantes protestaban contra el régimen, sus voces cada vez más fuertes.

—Están gastando todo este dinero en estadios y ceremonias lujosas —había dicho Chava con un tono agudo—, mientras la gente lucha por sus derechos y el gobierno ni siquiera parpadea.

Sus palabras eran apasionadas, pero tenía que admitir que no entendía mucho del tema. Recordé haberlo escuchado decir: *El gobierno está demasiado ocupado con las Olimpiadas como para preocuparse por la gente.* Cuanto más hablaba, más sentía que algo enorme estaba sucediendo fuera de mi mundo. Algo para lo que no estaba preparada.

La idea de las transmisiones a color, el glamour, el espectáculo, todavía me emocionaban. ¿Política? Eso era algo que los adultos hablaban en voz baja. Pero las palabras de Chava resonaban en mi cabeza, arrastrándome a una realidad para la que no estaba segura de estar lista.

La película volvió a empezar, cortando la tensión, y por un momento, volvimos a sumergirnos en la pantalla con *Quinceañera*, como si el mundo exterior pudiera olvidarse.

Para cuando los créditos rodaron, la mayoría de los miembros de la corte de Ofelia, incluido Meño, ya habían llegado para nuestro último ensayo.

❊✧❊✧❊

Los últimos acordes de música resonaron en el patio trasero de Ofelia mientras terminábamos el ensayo del vals. Hicimos una reverencia exagerada y rompimos en aplausos juguetones antes de dejarnos caer en las sillas desparejas. Los chicos se dispersaron de inmediato hacia la mesa de refrescos.

—Por fin —Ofelia refunfuñó, quitándose los tacones y lanzándolos al pasto— . Si tengo que escuchar *El vals de las flores* una vez más antes de mi quinceañera, voy a gritar.

—No es nuestra culpa que tú escogiste la canción —replicó Julia con una sonrisa juguetona que suavizaba la queja—. Y no olvides que todavía tienes que practicar tu reverencia.

Ofelia puso los ojos en blanco, pero el resto reímos. El cansancio del ensayo se disipó poco a poco con la brisa fresca de la tarde. A pesar del calor, Ofelia lucía radiante, con su cabello recogido en rizos sueltos que enmarcaban su rostro. Me recargué en mi silla, disfrutando el murmullo de las conversaciones y el resplandor del sol poniente. Por un momento, todo se sintió bien, fácil, cálido, lleno de vida.

Pero entonces mis ojos se desviaron hacia la madre de Ofelia, quien se encontraba de pie al borde del patio con los brazos cruzados. No sonreía. Su mirada iba y venía entre nosotros y la ventana abierta, de donde salía el zumbido lejano de una radio. Alcancé a captar algunas palabras: *protestas, tensión, medidas de seguridad*, antes de que el padre de Ofelia se inclinara por la ventana y bajara el volumen. Su voz, baja y tensa, se coló apenas lo suficiente para que pudiera escucharla.

—Las cosas se están poniendo peor —dijo.

—¿Crees que deberíamos seguir adelante con esto?

La madre de Ofelia negó con la cabeza, los labios apretados en una delgada línea.

—Ya enviamos las invitaciones. ¿Qué podemos hacer? ¿Cancelar? Y mírala, está tan emocionada… No podemos decepcionarla.

Eché un vistazo a mis amigas, pero nadie más parecía haber notado la conversación. Julia y Ofelia debatían sobre qué peinado combinaría mejor con sus vestidos, mientras algunos de los chicos bromeaban sobre colarse un trago de las botellas de sidra que se servirían en la fiesta.

Fue César, el primo de Ofelia, quien rompió el momento.

—¿Vieron todos esos volantes tapizando la pared cerca del mercado? —preguntó, dejándose caer en una silla—. Todos sobre las protestas, *Abajo Díaz Ordaz* y cosas así. Los estudiantes solo están buscando problemas, y el que busca encuentra, si me preguntan.

Chava se tensó y se giró hacia él, con los ojos entrecerrados.

—¿Tú crees que pedir derechos básicos es buscar problemas?

—Están bloqueando calles y haciendo todo más difícil para los demás —replicó César—. ¿Crees que eso ayuda? Deberían dejar la política a los políticos.

Chava abrió la boca para responderle, pero Ofelia se interpuso entre ellos con las manos levantadas en una rendición fingida.

—¿Podemos no pelear hoy, por favor? Ya tengo suficiente de qué preocuparme sin agregar un debate político a la mezcla.

—Está bien —murmuró Chava, dejándose caer de nuevo en su silla con un bufido—. Solo porque tú lo pides.

Pero la tensión seguía ahí, colgando en el aire.

El grupo se quedó en silencio y mi atención se desvió hacia los zapatos de quinceañera junto a los pies de Ofelia. Resplandecían con la luz menguante, su delicado encaje blanco impecable. Por un instante, imaginé a Ofelia flotando en la pista de baile, su falda ondeando como una nube. Pero la imagen se desvaneció rápidamente, sustituida por una inquietud punzante que no podía sacudirme.

La radio crujió de nuevo, esta vez más fuerte, cuando la voz del locutor rompió el silencio.

—El gobierno insta a los ciudadanos a mantener la calma y evitar reuniones multitudinarias ante las recientes protestas.

La madre de Ofelia se apresuró a la ventana y apagó la radio de un golpe. Al darse la vuelta, nos dedicó una sonrisa forzada.

—No pensemos en esas tonterías. La noche de Ofelia se acerca, y eso es lo único que importa.

Asentimos, algunos con más convicción que otros, y poco a poco la conversación se reanudó. Pero alcancé a ver la silueta de su padre, quien ya había entrado a la casa, caminando de un lado a otro, su sombra alargada e inquieta contra la pared.

❁✧❁✧❁

Toda la conversación entre Chava y César me dejó con más preguntas que respuestas. Algo en todo eso despertaba mi curiosidad, pero todavía no entendía qué tenía de malo organizar las Olimpiadas. ¿Por qué alguien protestaría contra eso? Así que, de camino a casa, le pregunté a Meño.

—Lo que sea que hagas, no menciones esto frente a papá —me advirtió Meño, bajando la voz—. Él y Chava están en lados opuestos de este asunto, y si piensa que Chava te está metiendo cosas en la cabeza, dudo que te deje seguir juntándote con Ofelia.

—¿Y tú de qué lado estás? —pregunté, todavía confundida sobre qué tenían que ver las Olimpiadas con las protestas estudiantiles.

—No te preocupes por eso —respondió con media sonrisa—. Algún día lo entenderás. Pero por ahora, mejor concéntrate en no pisarle los pies a Chava la próxima semana en la fiesta, ¿ok?

—Solo lo pisé una vez —protesté, pero incluso yo pude escuchar la resignación en mi voz.

Me estaba cansando de que siempre me dejaran con más preguntas que respuestas. ¿Por qué todo era tan complicado? ¿Por qué todo estaba sucediendo tan rápido?

Mientras Meño me daba carrilla sobre mis habilidades de baile, no pude evitar sentir que había un mundo allá afuera, justo en el borde de mi comprensión. Uno que parecía tambalearse bajo mis pies, donde los colores de las Olimpiadas no eran lo único que importaba. Todo parecía estar al borde del colapso, y yo no lograba entender por qué.

EL LEOPARDO NO CAMBIA SUS MANCHAS

FER

A veces el mundo se tambalea bajo tus pies, pero si tienes suerte, encuentras lugares que se sienten firmes. Aunque sea por un rato.

El último mes y medio en *The Bargain Bear* ha sido un sueño, mi lugar seguro. Y más que nada, porque he pasado tiempo con Alex y con Charlie, que ha resultado ser *súper* buena onda. Desde mi primera semana trabajando ahí, me he sentido como en casa con ellos, incluso cuando hice un millón de preguntas sobre cómo se almacenan los libros. Y la verdad, ya ni me acuerdo cómo era la vida antes de conocerlos. Son como una burbuja de comodidad en medio de este mundo tan complicado.

Mis clases, en cambio, son otra historia.

He intentado convencerme de que el primer año de uni, como cualquier cambio grande en la vida, necesita tiempo para agarrar ritmo. Pero mientras pasan las semanas, más claro me queda lo fuera de lugar que estoy. No es solo que sea la única mexicana en la mayoría de mis clases, es que todo lo que he vivido hasta ahora de repente se siente… equivocado de una manera que no esperaba. Escuchar a mis compañeros blancos hablar de sus prepas, de sus familias, de sus planes a futuro… me hace ver con más claridad lo mucho que mi comunidad ha tenido que luchar solo para sobrevivir.

La discriminación no siempre llega con insultos o ataques directos, eso ya lo aprendí. A veces se presenta en la forma de escuelas sin presupuesto, con recursos que apenas alcanzan para salir a flote, pero nunca los necesarios para avanzar de verdad. Vivimos atrapados en un ciclo de sobrevivencia, no de progreso. Y lo más triste es que ni siquiera me había dado cuenta de qué tan profundo era… hasta ahora.

Al principio fue como una dudita ahí, callada. Pero ahora me pregunto si de verdad merezco estar aquí. No lo puedo evitar. No sé si pertenezco a este lugar que *se supone* que es para todos, pero que no se siente así.

Y luego está el choque cultural. Una cosa es saber que eres diferente. Otra, muy distinta, es *sentirlo* tan claramente.

Mientras espero que me regresen mi ensayo en la clase de inglés— uno con el que estoy casi segura me fue bien porque escribir siempre ha sido lo mío—, mi mente se va a algo que pasó la semana pasada:

escuché a una compañera platicar con sus amigas sobre un viaje que hizo a Tijuana. No es que estuviera de metiche, pero estaban sentadas cerca y no pude evitar escuchar.

—Nunca he ido al sur de aquí —dijo una de ellas.

—Sí, yo fui a San Ysidro una vez —añadió la otra, y lo pronunció como si no tuviera ni idea de cómo se dice—. *San Yee-sidro* —como si fuera un lugar que no tuviera nada que ver con su mundo—. Se ve bastante *ghetto*. O sea, sin ofender, pero es… peligroso. Y cuando paramos a comprar agua, el cajero casi ni hablaba inglés. Era como si solo hubiera mexicanos ahí.

Me quedé sentada, con el pecho hecho nudo. Yo ya sabía que la gente tenía sus estereotipos sobre lugares como el mío, pero escucharlo así, en voz alta, fue otro nivel de coraje. ¿De verdad lo veían tan amenazante? ¿Ser mexicana significaba "peligroso" para ellas?

Quise decir algo. Decirles que yo soy de San Ysidro, que conozco ese lugar mejor que ellas en su vida lo van a conocer. Pero no lo hice. Nomás me quedé ahí, tragándome el enojo, esperando que nadie notara cuánto me dolió.

Y mientras sus voces se iban desvaneciendo, mi cabeza se fue por otro lado: la masacre de San Ysidro. No podía dejar de pensar que no fue un mexicano el que hizo eso. No fue *nuestra* gente la amenaza.

Y aun así, ahí estábamos, nosotros, nuestro pueblo, nuestra cultura, pintados con el mismo pincel de peligro y violencia.

Mientras tanto, el *Yellow Ribbon Memorial*, que todavía recibe flores frescas varias veces al año, sigue ahí como recordatorio. Casi todos los adultos que conozco en mi ciudad conocieron a alguien de las veintiún personas que murieron ese día. El corazón de mi comunidad todavía duele por ellos.

La desconexión me pegó con todo.

¿Cómo no podían verlo?

¿Cómo no podían entender que, muchas veces, quienes más daño hacen… se parecen más a *ellos* que a nosotros?

Pero claro, no dije nada.

Nomás me quedé ahí, sintiéndome más sola que nunca.

❀✧❀✧❀

Finalmente, el profesor Johnson empieza a decir nombres para devolver los ensayos calificados. Este es mi primer ensayo universitario, un análisis sobre la imagen corporal, y aunque confío en mi forma de escribir, he estado ansiosa por saber cómo me fue.

Cuando veo las caras de mis compañeros, algunos se ven decepcionados, otros sonríen, y no puedo evitar sentirme un poquito aliviada por ellos. Estoy apoyando a todos en silencio, esperando que esta experiencia universitaria no sea tan imposible como a veces parece.

Pero luego llega a mi fila. Y no dice mi nombre.

Estoy a punto de pararme, pensando que tal vez escuché mal, pero no. Llama otro nombre. Y luego otro. Mi estómago se revuelve con esa mezcla familiar de ansiedad y confusión. Cuando por fin levanta la vista y ve que unos cuantos seguimos sin ensayo, dice:

—Si no mencioné su nombre, por favor pasen a verme después de clase en horario de oficina. Necesitamos hablar sobre su ensayo antes de devolverlo.

Mi corazón se va al piso. ¿¿Por qué yo??

Miro a mi alrededor, tratando de ver si los otros que tampoco recibieron su ensayo se sienten tan confundidos como yo, pero si lo están, no se les nota. Me pregunto si también están entrando en pánico por dentro.

El profesor sigue con la siguiente unidad, pero yo ya no entiendo ni una sola palabra. Miro mis manos y me doy cuenta de que me estoy mordiendo las uñas otra vez—lo hago cuando estoy nerviosa o estresada, lo que básicamente ahora es todo el tiempo. Veo un puntito de sangre en mi pulgar, de tanto que lo mordí. Trato de decirme que no es para tanto, pero se siente como otro recordatorio de que tal vez no estoy hecha para esto.

Extraño a mi mamá como no tienes idea. Nunca ha sido la mejor para hablar de sentimientos—algo que, al parecer, viene de familia—, pero ella resuelve. Si llegara a casa ahorita y le contara el día tan horrible que tuve, seguro encontraría alguna manera práctica de animarme. Una de sus tacitas perfectas de café y un abrazo serían más que suficientes. Incluso su típico "trata de no preocuparte", que de cualquier otra persona me parecería inútil, tiene un efecto mágico cuando viene de ella.

❀✧❀✧❀

Respiro hondo antes de tocar la puerta entreabierta de la oficina del profesor Johnson. No sé por qué pidió hablar conmigo sobre mi ensayo, y en estos dos días que pasaron desde que dio el anuncio, una parte de mí quiso creer que era porque le había parecido buenísimo y quería saber más. Pero esa voz molesta en mi cabeza me dice otra cosa:

tal vez ya se dio cuenta de que no pertenezco aquí, que no estoy hecha para esto.

—Pasa, siéntate —dice, señalando la silla frente a él.

Al entrar, me llega el olor fuerte del café, mezclado con un poco de polvo. No sé si es el aire de la oficina chiquita lo que hace que me cueste respirar o si son mis nervios. Me siento con las manos entrelazadas en el regazo, sintiéndome completamente fuera de lugar entre tantos libreros llenos de cosas que suenan complicadas.

—Fernanda García, ¿verdad? —pregunta, y yo asiento. Revisa un montón de papeles hasta que encuentra el mío.

Y entonces lo veo.

Una "D" garabateada en la esquina superior.

Escribir siempre había sido lo mío. O al menos eso pensaba. Ahora, ni siquiera estoy segura de tener algo que sea *lo mío*.

—El inglés no es tu primer idioma, ¿cierto?

—No. Es el español.

No hay juicio en su tono, pero mi respuesta se siente como si estuviera confesando un crimen.

Él asiente, como si confirmara algo que ya sospechaba.

—Por cómo escribiste el ensayo, me hizo preguntarme… ¿Piensas en español y luego traduces lo que quieres decir?

Me quedo callada un segundo, sacada de onda.

—Supongo que sí. Nunca lo había pensado así.

Él sonríe, tratando de sonar alentador.

—Tienes frases muy lindas aquí, pero algunas oraciones son larguísimas. El español es un idioma rico y muy expresivo. Cuando algo se traduce del inglés al español, muchas veces se vuelve más largo. En inglés, nos gusta ir directo al grano.

Asiento, pero sus palabras me pegan.

Siempre supe que mi acento sonaba distinto, que mi forma de hablar a veces dejaba ver de dónde vengo. Pero nunca había pensado que mi manera de *escribir* también lo hacía. Que incluso en papel, mis ideas podían sonar "extranjeras".

Siento cómo me sube la frustración por el pecho, pero parpadeo rápido para que no se me salga nada. No pienso llorar aquí. Llorar aquí solo me haría sentir más chiquita.

Crecí cerca de la frontera con México, rodeada de gente como yo. En la tienda, en la farmacia, cualquier persona podía saludarme en español con la misma naturalidad que en inglés. Mis papás me criaron en una burbuja donde el español era lo normal, donde el inglés era algo que aprendí, pero no era el centro de mi mundo.

Cuando llegaron mis cartas de aceptación a la uni, se sintió como un triunfo compartido entre mi familia y mis amigos: lo logré. Hice lo que pocos en mi comunidad han logrado: entrar a la universidad. Y no cualquier universidad, sino una de cuatro años. La primera en mi familia.

Pero sentada aquí, en esta oficina chiquita, me doy cuenta de lo que realmente tengo enfrente. No solo tengo que aprender inglés como se habla o se lee… tengo que cambiar la forma en la que pienso. Cómo organizo mis ideas. Cómo me expreso.

En mi cabeza, oigo la voz de mi mamá, sus frases, sus consejos… todos rebosando en español, rico y lleno de emoción, donde cada palabra cuenta, donde cada detalle importa.

¿Cómo se supone que debo cortar esos detalles? ¿Esos sentimientos? ¿Cómo aprendes a escribir diferente a como piensas, a como *eres*?

El profesor Johnson tiene buenas intenciones, lo sé. Lo veo en su sonrisa paciente, en las sugerencias que me da sin querer sonar duro. Pero mientras me explica cómo hacer mi escritura más directa, más "al grano", me cae el veinte de que no alcanza a entender todo lo que me está pidiendo. Para él es solo cuestión de técnica. Para mí, es como si me pidiera que tradujera el idioma de mi corazón.

❀❖❀❖❀

Salgo de su oficina sabiendo que mi promedio de 3.9 en la prepa no significa nada aquí.

Entrar a la universidad no era la meta final. Era apenas el comienzo de una nueva lucha.

Tengo que volver a entrenar mi mente, dejar atrás los giros poéticos del español y adaptarme a lo tajante del inglés. Ese idioma que, o me va a abrir camino, o me va a dejar atrás. Yo pensaba que haber llegado hasta aquí ya era el logro. Pero ahora sé que apenas voy a la mitad del camino.

QUIEN NO ARRIESGA, NO GANA

AURORA

La visita de Pepi ayer por la tarde me hizo más bien de lo que esperaba. Tenerla aquí, perderme en nuestros recuerdos, me levantó un peso de encima. Ahora estoy lista para empezar a llamar a mis hijas y darles la noticia. Pepi siempre ha sido la hermana que nunca tuve, y ahora me cuesta creer que en algún momento pensé que estaba haciendo lo correcto al dejar que los años pasaran sin hablarle. Me pregunto cómo habrían cambiado las cosas si no lo hubiera hecho. Pero el "hubiera" no existe. Lo único que puedo hacer ahora es seguir desenredando mi historia.

Habían pasado cuatro largos meses desde que Segundo se fue, y el tiempo sin él se arrastraba, como una procesión interminable de días vacíos. Su ausencia me dejó atrapada en una espera que parecía no terminar nunca, como estar suspendida entre el lugar en el que estaba y el que esperaba alcanzar. Pero, al mismo tiempo, parecía que había sido ayer cuando todavía estaba con nosotros. Volvió dos veces para traernos mercancía, y en ambas ocasiones, Pepi y yo nos emocionamos tanto al verlo. Y ambas veces, me tocó consolar a Pepi cuando lloraba por su partida.

—Sé que si está ahorrando para nosotros, no puede seguir gastando dinero en venir cada rato —dijo una noche, con el rostro bañado en lágrimas—. Pero es tan difícil tenerlo lejos, pasar más tiempo separados que juntos.

Intenté tranquilizarla.

—Sé que es difícil, Pepi, pero está cumpliendo su promesa. Sin nuestros abuelos llevándose hasta el último centavo, Segundo ha ahorrado más de lo que pensó que podría. A este ritmo, en un año estará de vuelta por ti.

Pero sin Segundo, ver a Paco se volvió casi imposible. Mis abuelos no veían ninguna razón para que una "señorita decente" pasara tiempo con un muchacho, a menos que fuera con intenciones de matrimonio. Salvo por los momentos robados en los que la luna era nuestra única testigo y Pepi siempre iba con nosotros, nunca podíamos estar solos.

Una tarde, mientras Pepi y yo estábamos solas en la panadería de su familia, Paco entró. Llevaba una sonrisa tenue, y su expresión era tan seria que mi corazón se detuvo.

—¿Me prestas a Aurora unos minutos? —le pidió a Pepi, y ella asintió con una pequeña sonrisa.

Salimos, y Paco me llevó a unos pasos de la entrada. La luz del sol le iluminaba el rostro, y su expresión me dejó sin aliento.

—¿Recuerdas la conversación que estábamos teniendo la noche antes de que nos enteráramos de que Segundo se iba? —su tono era suave, pero cargado de algo más profundo.

Tragué saliva y asentí.

—La recuerdo.

Había querido decirle que sentía lo mismo, que me importaba tanto como yo a él. Pero entonces Segundo se fue, y nunca pareció ser el momento adecuado.

—Lo decía en serio —continuó—. Pero tengo noticias difíciles, y quiero que lo escuches de mí primero.

Sentí una tensión aguda en el pecho.

—Uno de mis tíos en Tijuana está trabajando como Bracero en California, y varios de mis primos y otros tíos han decidido unirse a él.

Había escuchado vagamente sobre el Programa Bracero, una especie de iniciativa laboral que invitaba a trabajadores mexicanos a las granjas de Estados Unidos. Apenas la semana pasada, pasé junto a un grupito de hombres sentados afuera de la tienda de la esquina, hablando del Programa Bracero con una mezcla de esperanza y escepticismo.

—Dicen que hay buen trabajo en el otro lado —dijo uno de ellos, un hombre con el rostro arrugado por los años bajo el sol, pero con los ojos brillantes de ilusión—. Pagan bien por cosechar. Lo suficiente para mantener a la familia de este lado.

Otro hombre, más joven, se movió incómodo.

—Yo he oído que no es como lo pintan. Prometen el cielo, pero ¿quién sabe si cumplen? —dijo con un tono precavido, como si no quisiera ilusionarse demasiado.

Una mujer mayor, recargada en el marco de la puerta con los brazos cruzados, se metió en la conversación.

—Pues no es como si tuviéramos muchas opciones aquí. Si pagan y nos aceptan, nos vamos. Mejor eso que morirse de hambre —dijo con un encogimiento de hombros, como si fuera una realidad que ya tenía bien asumida.

Yo me quedé ahí, escuchando, tratando de entender qué era eso que todos anhelaban. Por un lado, parecía una oportunidad para algo mejor, una forma de mandar dinero a casa, de aligerar la carga. Pero por otro lado, las dudas eran claras en sus voces. Dudas sobre lo que les prometían, lo que tendrían que dar a cambio, y lo que en verdad iban a recibir. Pero no me imaginaba lo que eso podía significar para nosotros.

Ahora, ese recuerdo me apretaba el pecho, tan real y crudo como el momento en que lo dijo por primera vez.

—Voy con ellos. Me voy la próxima semana.

Las palabras se sintieron como un golpe en el estómago.

—No puedo pedirte que me esperes —agregó, con la voz densa de tristeza—, pero esto es temporal. Y cuando regrese, le demostraré a tus abuelos que soy digno de ti. Eso espero… Espero que tú también lo pienses.

Sabía lo que realmente quería decir. Aunque nunca lo habíamos hablado en voz alta, había dos cosas que les importaban a mis abuelos al momento de casar a alguien de la familia: preservar nuestra piel clara y mejorar nuestra posición económica. Paco y Pepi eran dos de las personas más inteligentes, bondadosas y trabajadoras que conocía, pero su piel era unos tonos más oscuros que la nuestra, y sus familias no tenían más dinero que la nuestra—que, para ser sinceros, tampoco estábamos ni cerca de ser ricos. Pero mis abuelos parecían estar convencidos de que menospreciar a los demás era suficiente para engañar a todos.

Las palabras de Paco confirmaban que él también lo sabía aunque no lo dijéramos en voz alta.

Las lágrimas me nublaron la vista mientras le respondía:

—Nunca podría pensar lo contrario. No tienes nada que demostrar.

Paco alzó una mano temblorosa y la apoyó en mi mejilla con ternura. Luego, sin previo aviso, me besó. Fue un roce suave, apenas perceptible, como la promesa de algo que aún estaba fuera de nuestro alcance. El mundo pareció quedarse quieto.

Por unos segundos, supe lo que era la felicidad absoluta, tan intensa que no supe qué hacer con ella. Y por años, ese sería el último momento de alegría genuina que recordaría.

Después de que Paco se fue, la vida se sintió como caminar entre pantanos. Los días eran grises, los sabores se volvieron insípidos, y hasta la risa que solíamos compartir Pepi y yo perdió su brillo. Solo ella entendía lo que estaba sintiendo, y nos turnábamos para ser el hombro en el que la otra lloraba. Un día, Pepi se desmoronaba, y yo la consolaba; al siguiente, era yo quien lloraba, y ella me aseguraba que todo estaría bien.

Pero no era solo Paco. Era todo. Me sentía atrapada en una vida que no me pertenecía. Mis abuelos me habían negado la posibilidad de estudiar, diciendo que era una pérdida de tiempo para una mujer. Mi única opción parecía ser casarme y rezar para que mi esposo fuera más amable de lo que mi abuelo había sido con nosotras.

En Huejosquite, las mujeres jóvenes desaparecían de la noche a la mañana. Se casaban en silencio o eran tomadas sin previo aviso, sin que nadie pidiera permiso. Todas conocíamos a una amiga, una prima, una vecina a la que le había pasado.

Pero una cosa era saber que podía pasarnos y otra cosa era creer que realmente nos pasaría.

Hasta que pasó.

❀✧❀✧❀

Si había dos cosas ciertas sobre Huejosquite, eran que los hombres solo dejaban a las mujeres en paz por respeto a otros hombres, y que cuando una mujer ya no tenía una figura masculina que la cuidara, las noticias viajaban rápido. Una vez habíamos escuchado bromas de Tito, un chico local, diciendo que "un día iba a robarse a Pepi". En ese entonces, Paco le había dicho que se callara, Tito había levantado las manos en una especie de rendición, pero riéndose dijo: "Si no soy yo, será otro." Sin Segundo ni Paco alrededor, Pepi y yo sabíamos que corríamos cierto riezgo. Su padre siempre estaba demasiado ocupado con la panadería, y mi abuelo nunca había sido exactamente una figura protectora para mí.

Una tarde, apenas unos días después de que Paco se fuera, Pepi y yo estábamos haciendo mandados cuando pasamos junto a dos hombres a caballo, desconocidos para nosotras.

—Mira qué chulada de señoritas —dijo uno de ellos, con voz fuerte, intencional.

—Sería una pena si alguien se robara a una de ellas —respondió el otro, riendo.

Aunque estábamos a solo un par de cuadras de nuestra calle, sus comentarios nos hicieron sentir tan vulnerables. Qué injusto era que no pudiéramos siquiera salir un par de cuadras sin sentirnos como presas esperando ser alcanzadas por un depredador.

Al acelerar el paso, el darme cuenta de que Pepi, que siempre había sido tan rápida para responder a cualquiera y a todos, también se veía temerosa, hizo que algo en mi estómago se tensara.

A la mañana siguiente, me levanté cuando las calles de Huejosquite apenas despertaban, los gallos lanzaban su canto hacia el cielo mientras el sol pintaba suaves trazos rosados y anaranjados sobre el horizonte. Mis manos estaban frías, metidas en los bolsillos de mi delantal para evitar que temblaran, pero mi paso era firme, con el ritmo familiar de nuestra rutina: mañanas en la panadería, tardes en la tienda de mis abuelos.

La pesada puerta de madera de la panadería rechinó cuando la empujé para abrirla, y el olor a la masa de los bolillos me golpeó primero. Pero algo más me llegó después, un sonido que al principio no pude identificar. No era el ruido habitual de las bandejas ni el murmullo de la mamá de Pepi tarareando algún bolero de Amparo Montes o Agustín Lara. El sonido estaba amortiguado, agudo, roto. Como sollozos.

Entré y ahí estaba la mamá de Pepi, encorvada sobre la mesa de trabajo, con las manos temblorosas mientras presionaba un trapo polvoriento de harina contra su boca. Su padre caminaba cerca del horno, su rostro rojo y descontrolado, murmurando entre dientes. Verlos me dio un escalofrío en la espalda.

—¿Buenos días? —dije tentativamente, mi voz sonando demasiado normal para la escena que estaba interrumpiendo.

Ambos se voltearon hacia mí al mismo tiempo, sus ojos llenos de algo que me hizo que mi estómago se retorciera.

—Aurora —dijo el padre de Pepi, su voz tensa, una vena palpitando de rabia en su sien—. ¿Sabes dónde está Pepi? ¿La has visto?

—¿Pepi? No, pensé que ya estaría aquí... —dije, la preocupación ya apoderándose de mí. Mis palabras se desvanecieron cuando la madre de Pepi soltó un gemido. Corrí a su lado.

—¿Qué pasó?

—Se fue —dijo el padre de Pepi, su voz quebrándose por primera vez—. Su ventana, estaba completamente abierta esta mañana. ¡Se fue! Debe haberse escapado. Debí haberlo sabido. Había estado actuando diferente, tensa, debe haber estado viendo a alguien.

Mi corazón se hundió.

—¡Pepi nunca haría eso! —exclamé, mis palabras una mezcla de temor por el paradero desconocido de mi mejor amiga y de indignación por la acusación sin fundamentos de su padre.

—¿No lo haría? Pues mira alrededor, ¡lo hizo! —gesticuló hacia toda la panadería, tan llena de la ausencia de Pepi. Su mano temblaba, y fue cuando noté el miedo en sus ojos. Su ira estaba cubriendo un miedo mucho mayor. Algo más oscuro.

La madre de Pepi me miró, su rostro cubierto de harina y lágrimas.

—¿Estás segura de lo que dices, Aurora? ¿Estás segura de que Pepi no mencionó a nadie? ¿Ni siquiera de pasada?

Ni siquiera de pasada. Su pregunta de repente me transportó a la tarde anterior. A los comentarios que aquellos hombres a caballo habían hecho en forma casual.

—Pepi no se fue. Se la llevaron —dije. Las palabras más dolorosas que había tenido que pronunciar en mi vida.

—¿Qué estás diciendo? ¿Qué quieres decir con que se la llevaron? —preguntó la madre de Pepi, la pregunta saliendo de su boca con el mismo dolor con el que salieron las palabras de la mía.

—Pepi y yo somos como hermanas, nos contamos todo. Si hubiera alguien, le aseguro que lo hubiera sabido. Pepi no se fue. No se escapó por algún amor prohibido. Se la llevaron —dije. Procedí a explicarles lo que nos había pasado el día anterior, las palabras, mezcladas con las lágrimas que se deslizaban por mis mejillas, me supieron a sal.

El peso de lo que acababa de decir me golpeó como un puño en el estómago. Me aferré al respaldo de la silla en la que estaba sentada la madre de Pepi, mis rodillas amenazando con ceder. Imágenes pasaron por mi mente, Pepi riendo en la panadería, con las manos llenas de harina. Pepi burlándose de mis trenzas disparejas. Pepi contándome sus sueños de algún día irse de Huejosquite para estudiar, para hacer algo grande con su vida. Una vida que quería construir junto a nadie más que con mi hermano. Todos esos sueños, se fueron en un instante.

Me ardían los ojos por las lágrimas acumuladas. Traté de tragarlas, de ser fuerte para sus padres, pero se desbordaron en medio de los sollozos que no podía contener.

—Tenemos que buscarla —logré decir entre sollozos.

—Mi hija —los sollozos de la madre de Pepi se hicieron más fuertes—. Le robaron su dignidad, ¿qué van a decir de ella? —preguntó sin dirigirse a nadie en particular, ignorando lo que acababa de decir.

Miré al padre de Pepi. Sus puños estaban apretados, pero tampoco respondió a mi sugerencia de buscar a Pepi.

Entonces comprendí. Los padres de Pepi la amaban, no había duda de eso, pero eso no significaba que la fueran a aceptar de vuelta. Esa realización hizo que el espacio que compartíamos se sintiera sofocante. No podía estar más tiempo ahí. Sin decir una palabra, me di vuelta y salí corriendo de allí. Necesitaba el consuelo de los brazos de mi madre.

Corrí directo a la casa de mi abuelo, donde afortunadamente mi madre era la única que aún estaba allí.

Cuando le di la noticia, mi madre se envolvió con sus brazos, como si quisiera protegerse de las palabras.

—Tenemos que sacarte de aquí, mija. Ya casi tienes diecisiete, ya no eres una niña, y es solo cuestión de tiempo antes de que alguien se fije en ti.

—¿Adónde podría ir? —pregunté, un nudo apretándose en mi estómago—. ¿Por qué no podemos irnos juntas?

Su rostro se suavizó, sombras oscureciendo sus ojos.

—Después de que tu papá murió, mis opciones fueron quedarme y dejar que trabajaras a mi lado, o venir aquí, donde tus abuelos podían ayudarnos. No era lo que quería —dijo, con voz teñida de arrepentimiento—. Tú eras muy pequeña, y no quería que te preocuparas por problemas de adultos, así que me lo guardé todo. Pero sabía que tú y Segundo merecían un lugar al que realmente pudieran llamar hogar, así que traté de conseguir un trabajo que nos sacara de esta situación. Lo intenté de nuevo cuando tus abuelos decidieron que dejarías la escuela, pero no pude encontrar a nadie dispuesto a darme una oportunidad.

Asentí, dándome cuenta de lo mucho que ella había sacrificado por mí. No lo dijo de manera directa, pero pude oír el mensaje. Había pocas opciones para las mujeres, a menos que comenzaras desde un lugar de privilegio. No había opciones para una mujer como mi madre, una viuda con dos hijos. Eramos parte de una sociedad que la trataba como si tuviera una enfermedad contagiosa, una mezcla de lástima y miedo que la mantenía al margen.

—La hija de Doña Mati, Carmen, se fue a la capital hace unos tres años a trabajar como sirvienta —dijo—. Tal vez ella pueda encontrar un lugar para ti con alguna familia allí. No es mucho, pero es algo.

Carmen había sido tres años mayor que yo en la escuela. Aunque nuestra diferencia de edad significaba que no frecuentábamos las mismas personas, sabía quién era. No solo era probablemente la chica más bonita de la escuela, sino que siempre tenía una sonrisa amable para ofrecer. Su belleza y amabilidad la hacían destacar, no era de sorprender que se hubiera ido a la capital, probablemente para escapar de una situación similar a la de Pepi y tantas otras chicas a nuestro alrededor.

Mi mamá apretó mi mano, sus ojos llenos de miedo y urgencia.

—No le digas nada a nadie hasta que sepamos que es posible. —No estábamos seguras de cuál sería la reacción de mis abuelos si decidía irme, y mamá insistió en que preferiría lidiar con eso después de que yo hubiera subido al autobús. Por mucho que les gustara recordarnos la carga que representábamos, sospechábamos que ya se habían acostumbrado a delegar cada vez más responsabilidades de la tienda en mi mamá y en mí y no les gustaría perder mi ayuda. Tragué la culpa que subía por mi garganta. La idea de irme, de abandonar a Pepi en lo que fuera que su destino fuera ahora, era insoportable. Pero mi mamá tenía razón, quedarse allí no era vida en absoluto. Me imaginé en la capital, sola, una extraña entre extraños. Me pregunté si alguna vez vería a las personas que amaba de nuevo, si alguna vez sería feliz como lo había sido en ese único momento perfecto con Paco. La idea de irme me aterraba, pero no tenía otra opción. Era más seguro esperarlo en la capital que allí, en Huejosquite.

DESPUÉS DE LA TORMENTA, LLEGA LA CALMA

PILAR

El día de la quinceañera de Ofelia se suponía que sería perfecto. Nunca imaginé que saldría de casa esa mañana con el corazón encogido por el miedo. Era sábado, veintiocho de septiembre, y llevaba semanas contando los días para que llegara. Julia y yo habíamos planeado vernos temprano. Había esperado el momento con ansias toda la semana; prepararnos juntas siempre era la mejor parte.

—Seguimos en pie para el sábado temprano, ¿verdad? —le pregunté el martes mientras ajustaba los tirantes de mi vestido frente al espejo de su habitación. Había intercambiado vestidos con otra chica de la corte de honor para que ambas pudiéramos usar un color diferente, pero ese cambio requirió algunos ajustes menores.

—Definitivamente —respondió Julia con una sonrisa—. Nos arreglamos el cabello y el maquillaje, y luego nos vamos con mis papás a la iglesia.

Sonreí, imaginando lo divertido que sería.

—Suena perfecto.

Todo parecía estar en orden hasta que abrí la puerta de mi habitación y salí al pasillo. Ahí estaba, tirado en el suelo. Mi padre.

Su camisa estaba abierta, semi-abotonada, manchada de vómito. El hedor del alcohol impregnaba el aire, ácido y penetrante, mezclándose con el olor húmedo de la orina que se acumulaba alrededor de sus zapatos. Apenas lo reconocía. Su rostro estaba hundido, su boca entreabierta, como una marioneta trágica enredada en sus propios hilos. El estómago se me revolvió. No había estado así en meses. Pensé que las cosas podrían estar cambiando. Pero, por supuesto, sus episodios nunca ocurrían en los momentos más convenientes.

Intenté moverme en silencio, pasándolo de largo como si fuera una mina que podía explotar al mínimo movimiento. Si no salía de ahí en ese instante, sabía que él lo arruinaría todo. Mi corazón latía con fuerza mientras me alejaba de puntillas y extendía la mano hacia la puerta. Pero no fui lo suficientemente rápida.

—¿A dónde crees que vas?

Su voz cortó el silencio, grave y arrastrada. Me congelé, aferrándome a la perilla de la puerta. La esperanza de escaparme sin ser detectada se esfumó en un instante.

89

—Hoy es la quinceañera de Ofelia, papá —dije, casi suplicando—. Recuerdas que te dije que iría a casa de Julia, ¿verdad?

Soltó una risa seca y amarga, y luego empezó a llorar.

—¿Así que solo ibas a dejar a tu pobre padre tirado en el suelo? No cabe duda, eres hija de esa cualquiera. Igualita a ella.

Sus palabras me golpearon como una bofetada. No eran sus típicas quejas y palabras secas. Nunca había hablado así de ella, mi madre. Mucho menos de mí. Pero ahora lo había hecho, como si su ausencia le diera derecho a decir cada insulto cruel que se le ocurriera. Estaba demasiado aturdida para moverme, demasiado conmocionada para siquiera respirar, hasta que escuché el leve crujido del suelo detrás de mí.

Ahí estaba Meño, su rostro torcido por una furia que jamás le había visto. Meño, el que siempre era tranquilo, el que me hacía sentir segura, de repente era una tormenta desatada.

—¿Cómo le acabas de decir? —exigió, su voz baja y peligrosa.

En velocidad record, cruzó el pasillo y tomó a nuestro padre por el cuello de la camisa, levantándolo de un jalón. Solovino, justo detrás de él, ladraba frenéticamente, como si intentara comprender el caos que ni yo misma podía procesar. Mi padre tartamudeó, sorprendido, demasiado borracho para reaccionar.

—¡Meño! —grité, no por defender a nuestro padre, sino por él. No podía dejar que se convirtiera en esto, no por mí, no por nada. Se detuvo, mirándome, la tormenta aún en sus ojos, pero bajó los brazos lentamente.

Mi padre miró más allá de Meño y se fijó en mí.

—Voy a bañarme. Limpia este desastre. Y ni se te ocurra salir de la casa.

El clic de la puerta del baño cerrándose dejó un silencio pesado. Sentí que una frialdad me envolvía, el peso de todas las mañanas silenciosas, de cada palabra amarga, de cada llanto ahogado. Me volteé para agarrar el trapeador, pero Meño puso una mano en mi hombro, deteniéndome.

—Tú te vas —dijo con firmeza, sin dejar lugar a discusión—. Este día significa demasiado para ti.

Pero lo único que sentía era temor.

—Si va a la fiesta y la arruina para Ofelia… No puedo arriesgarme.

A la vez, la idea de que Ofelia me buscara, preocupada, tal vez enviando a alguien a tocar la puerta, tampoco la soportaba.

Meño me miró, decidido.

—Yo me encargo. Solo tienes que irte antes de que él salga del baño —insistió.

—Pero si descubre que me fui… —Mi voz era apenas un susurro y las lágrimas amenazaban con brotar.

—Yo me encargo, Pili —prometió, abrazándome rápido—. Ándale vete, antes de que sea demasiado tarde.

Sus palabras fueron lo único que me sostuvo mientras me escabullía por la puerta. No miré atrás.

Los papás de Julia me recibieron con sonrisas cálidas, sin darse cuenta del torbellino que llevaba por dentro. En cuanto nos quedamos solas, el rostro de Julia se llenó de preocupación.

—Pilar, ¿qué pasó? Parece que viste un fantasma.

Intenté guardármelo, protegerla de la sombra que se había posado sobre mí esa mañana. Pero las palabras se me escaparon junto con las lágrimas que había estado conteniendo toda mi vida. Cuando menos lo pensé, le estaba contando todo, incluyendo el terror de que mi papá se apareciera en la fiesta.

—Deberíamos contárselo a mis papás—dijo sin dudarlo, sus ojos brillando con lealtad—. Ellos irán hasta allá y pondrán a tu padre en su lugar, créeme.

—Julia, no lo entiendes— Podía escuchar la resignación en mi propia voz—. No hay nada que tus padres puedan hacer al respecto. Él tiene demasiados contactos en la ley. Solo lograrían meterse en líos, y tal vez que me prohiban verte. No puedo perderte.

Julia se mordió el labio, su determinación esfumándose.

—¿Y Meño?

—No sé qué está planeando—dije, tratando de sonar segura—. Pero él es más fuerte que mi padre, y puede cuidarse bien.

Hablamos sobre la situación mientras nos arreglábamos, dejándonos llevar por la rutina de peinar y recoger el cabello, ponernos chapetes— mientras un tipo de fortaleza distinta crecía entre nosotras. Cuando por fin íbamos en camino a la iglesia, una extraña sensación de calma se asentó en mi interior. Pero al caminar hacia adentro, mis ojos no se despegaban de la entrada. Cada cuantos segundos, volvía la vista hacia atrás, esperando, deseando que Meño apareciera a la entrada, dándome esa mirada reconfortante que solo él era capaz de darme.

No fue hasta casi el final de la misa que me di cuenta lo que Ofelia llevaba puesto.

Cuando habíamos regresado a los ajustes, yo le había insistido que escogiera el vestido del que yo me había enamorado tras darme cuenta que ella también lo miraba deseosa. Ella había dudado, seguramente porque sabía cuanto lo quería para mí misma, pero le insistí, motivándola a que por lo menos se lo midiera, a sentir lo perfecto que era para ella. Mirarla con el vestido puesto, fue como ver un cuento de hadas. Se miraba tan radiante, tan completa. Y solo porque yo no pudiera tenerlo, no significaba que tampoco ella debería tenerlo. Quería que se sintiera hermosa, que tuviera algo perfecto, algo que fuera luz pura. Y en ese vestido, ella parecía cargar una parte de la felicidad que yo no podría encontrar para mí misma. Pero el día de la fiesta, ella llevaba puesto un vestido distinto, uno que yo nunca había visto. Este otro tenía mangas más cortas y un cuello que enmarcaba perfectamente sus hombros, como el que había usado Maricruz Oliver en *Quinceañera*.

—La otra vez, cuando vimos la película , supe que quería un vestido así —me confesó después, con las mejillas encendidas de emoción.

—Te ves hermosa —susurré—, es como si lo hubieran hecho especialmente para ti.

Sonrió suavemente, pero luego inclinó la cabeza.

—¿Por qué no está aquí Meño?

Me había preparado para esto, esperando que no lo notara, pero lista para mentir si lo hacía.

—Mi papá tuvo un pequeño accidente en el trabajo —mentí, con la voz apenas entrecortada—. Tuvo que llevarlo al hospital, pero va a llegar a la fiesta.

Su expresión se suavizó, confundiendo mi preocupación por Meño con inquietud por mi padre.

—Espero que esté bien —dijo con sinceridad.

La celebración continuó, pero mi corazón se mantuvo pesado, en espera. Mi vista se seguía desviando a la puerta de entrada, preguntándome si Meño se estaba defendiendo bien, si estaba seguro, y si, de algún modo, algún día lograríamos escapar de las sombras que nos perseguían.

❀✧❀✧❀

El patio de Ofelia se había transformado en algo salido de un sueño esa tarde. Linternas colgaban de los árboles como estrellas, y cada rincón estallaba en colores, con flores derramándose de macetas y enredándose en enrejados, como si la naturaleza misma hubiera estado guardando el secreto todo este tiempo. La mamá de Ofelia se había lucido con la decoración, convirtiendo el lugar en un paraíso de rosas, bugambilias y cempasúchil que parecían brillar bajo la suave luz del atardecer. No esperaba menos de ella. Era como pisar un set de película de los que veíamos en los puestos de revistas del centro, solo que mejor, porque esto era real.

Pero nada, ni todas las flores de México, podía opacar a Ofelia. Brillaba, irradiando pura felicidad en su vestido de quinceañera, el retrato de la elegancia y la gracia. Parecía una princesa sacada de los cuentos que leíamos de niñas, solo que mucho más glamurosa y con ese inconfundible brillo de Ofe.

Yo, en cambio, debía parecer un desastre por los nervios. Normalmente, ya habría devorado mi plato de barbacoa, pero esa noche no podía ni dar un bocado. Mi estómago se revolvía de preocupación, mis ojos pegados a la entrada, esperando que Meño apareciera.

—¿Estás segura que va a venir? —preguntó Ofelia, echando un vistazo ansioso al reloj. Julia estaba junto a nosotras con sus ojos pegados a la puerta de entrada. El vals debía haber comenzado veinte minutos antes, pero seguíamos esperando.

—Me dijo que vendría, démosle diez minutos más. Si no llega, me quedo sentada para que la corte no se vea dispareja.

Intenté sonreír, pero creo que me salió más una mueca.

Justo en ese momento, los ojos de Julia se iluminaron. Me giré y vi a Meño entrar por fin, aunque no con el traje de chambelán que combinaba con los demás. Llevaba un traje, sí, pero era distinto. Saludé con la mano, pero no me vio. En lugar de eso, fijó la mirada en la mamá de Ofelia y los dos entraron apresurados a la casa.

El corazón se me cayó al suelo. ¿Qué estaba pasando? ¿Mi papá le había hecho algo a Meño? ¿Le había arruinado el traje? ¿O peor aún, lo había lastimado?

Prácticamente corrí hacia la casa, con Ofelia y Julia prácticamente pisándome los talones. El estómago se me hizo nudo mientras me preparaba para encontrarme con alguna escena terrible en la sala. Pero en su lugar, vi a Meño y a la mamá de Ofelia sonriendo como si estuvieran compartiendo el mejor secreto del mundo.

—¿Quieres decírselo tú? —le preguntó la mamá de Ofelia con una sonrisa.

—Sí —Ofelia tenía los ojos brillosos, al borde de las lágrimas— Pili, todos hemos estado planeando una sorpresa para ti. Un regalo. Esperamos que lo aceptes —dijo Ofelia, su voz temblando ligeramente.

Al escuchar la palabra "regalo", Meño colocó una gran caja blanca frente a mí.

—De parte de todos nosotros —dijo.

—¿Un regalo? ¿Para mí? —pregunté, confundida.

Se suponía que estábamos ahí para celebrar a Ofelia.

—Solo ábrelo —insistió Julia, con una sonrisa que apenas podía contener el secreto.

Las manos me temblaban cuando levanté la tapa. Ahí, doblado cuidadosamente dentro de la caja, estaba el vestido. El vestido del que me había enamorado, el que había animado a Ofelia a comprar, aunque en el fondo yo lo hubiera querido más que nada.

Ofelia tomó mi mano, sus ojos llenos de emoción.

—Tu amistad significa muchísimo para nosotras, Pili. No somos solo amigas, somos hermanas. No había forma de que tuviéramos una quinceañera sin incluirte.

Julia tomó mi otra mano y añadió:

—Te conocemos, Pili. Vimos la manera en que miraste ese vestido. Y aun así, nos pusiste primero.

—Por eso, cuando me preguntaron si quería cooperar para que tuvieras una quinceañera junto con Ofelia, fue un sí inmediato —agregó Meño, algo tímido, pero con una sonrisa cálida.

—Mija —intervino la mamá de Ofelia—, sabemos que te mereces tu propia fiesta. No podemos ofrecerte eso, pero sí podemos asegurarnos de que seas celebrada. Así que, ¿nos harías el honor de ponerte el vestido y dejar que te presentemos junto con Ofelia para el vals?

El corazón me latía con fuerza, y un millón de pensamientos me inundaban la cabeza. ¿Cómo podía quitarle parte del protagonismo a Ofelia en su gran día? Pero se habían esforzado tanto en conseguirme ese vestido que no quería desairarlos.

Ofelia leyó mis dudas y sonrió con picardía.

—Sabes que esto no es realmente una opción, ¿verdad? Julia hubiera compartido su quinceañera contigo también, pero decidimos esperar hasta ahora, ya que soy la última en tener una. Así que nada de excusas. Apúrate y vístete, que ya hicimos esperar demasiado a los invitados.

Su tono era juguetón, pero tenía ese matiz inconfundible de regaño de mamá.

Momentos después, estábamos formadas, listas para el vals. Ofelia iba al frente, radiante en su vestido con su chambelán a su lado, y yo justo detrás de ella, con mi propio vestido de quinceañera, junto a

Meño, que había cambiado lugares con Chava. El resto de la corte de honor nos seguía en perfecta formación.

La mamá de Ofelia tomó el micrófono y chocó una copa para llamar la atención de los invitados.

—Quiero agradecerles a todos por acompañarnos esta noche —empezó.

El patio se quedó en silencio y todos fijaron su atención en ella.

—Estamos aquí para celebrar a mi Ofe, y, mi niña —miró a Ofelia con los ojos llenos de orgullo—, no podría estar más orgullosa de la joven en la que te has convertido.

Hizo una pausa, dejando que los sollozos de algunos invitados rompieran el silencio.

Algunos notaron mi vestido y pusieron caras de desconcierto, sus cejas frunciéndose.

—Y como muchos de ustedes saben —continuó—, hay otra joven a quien consideramos parte de nuestra familia. Ella también merece ser celebrada.

Volteó a verme, su mirada cálida.

—Pilar. Sin más preámbulos, demos la bienvenida a nuestras dos hermosas quinceañeras a la pista de baile.

Cuando la música comenzó, recordé los pasos que había visto practicar a Ofelia tantas veces, y en los brazos de Meño, bailé el vals, dejando que todas mis preocupaciones se desvanecieran, aunque solo fuera por una noche.

Me permití sentirme como una verdadera quinceañera, bailando bajo las luces, rodeada de amigos.

Amada.

Celebrada.

Mi padre y todas sus sombras podían esperar hasta mañana.

Esa noche era mía.

DIOS APRIETA, PERO NO AHORCA

FER

Hay momentos que haces tuyos y otros que se te quedan pegados con uñas y dientes, por más que intentes sacudírtelos. Mi reunión con el profe Johnson, lamentablemente, fue de los segundos.

Unas horas después, Alex y yo estamos en el almacén, apilando libros. Ella habla sin parar, pero apenas y capto lo que está diciendo. Mi cabeza no deja de dar vueltas. ¿Cómo pasé de estar en la cima de mi clase en la prepa, con maestros que me echaban flores por mi escritura, a sacar una D en mi primer ensayo de la universidad? Uno que, además, me había hecho sentir orgullosa.

—Entonces, ¿qué opinas? —la voz de Alex me saca de mi nube.

—¿Eh? —parpadeo, dándome cuenta de que está esperando una respuesta—. Perdón, ¿qué dijiste?

Me observa por un momento.

—¿Estás bien? Has estado súper distraída hoy.

—No es nada. Solo tengo mil cosas en la cabeza.

—Ajá —dice, con cara de "no te creo ni tantito"—. ¿Tiene que ver con la reunión que tuviste hoy?

La pregunta me agarra en curva. Solo la mencioné de pasadita hace un par de días, ni pensé que se acordaría. De pronto, toda la historia se me sale de la boca sin filtro. Le cuento lo del ensayo, la D, lo difícil que está resultando esto. Y antes de darme cuenta, ya estoy soltando cómo me siento fuera de lugar, cómo incluso escuchar mi acento mexicano en el campus me da miedo. Le cuento cómo me pierdo en las referencias culturales en clase, cómo todos los demás se ríen de cosas que dan por hecho. Ellos crecieron con cable; yo crecí con novelas y películas mexicanas, rodeada de primos que solo hablaban español. *María la del barrio* no me está ayudando en lo más mínimo en este mundo académico, y *Marimar* mucho menos.

—A veces siento que ya estoy a nada de tirar la toalla —confieso, con la garganta hecha nudo.

Alex me escucha con atención, sus ojos se suavizan conforme voy hablando.

—Te entiendo —dice con calma—. No estoy en tus zapatos, pero me da la impresión de que la universidad simplemente no sabe qué hacer con una chingona como tú todavía.

Me río, mitad avergonzada, mitad conmovida.

—Gracias, pero neta no sabes lo perdida que me siento a veces. O sea, ¿sabías que existía algo llamado *grad school*? Porque yo no, hasta la semana pasada —confieso—. Pensaba que solo seguías tomando clases hasta que un día te daban tu máster o tu doctorado, y ya.

Suelta una risita bajita.

—Mis papás pasaron por lo mismo alguna vez —dice—. Yo tengo la ventaja de tenerlos de guía, pero tú también vas a ir descifrando el camino. Eres lista y no estás aquí por error.

Sus palabras, esa mezcla entre ligereza y certeza, me alivian una parte del pecho que llevaba semanas pesada. Me doy cuenta de lo fácil que ha sido abrirme con ella, de cómo me siento vista de una forma rara, pero bonita.

Y de repente, el aire entre nosotras cambia. Se vuelve denso, cálido, como si el espacio se encogiera y nos empujara una hacia la otra. Alex se inclina, despacito. Casi imperceptible.

Mi corazón late con fuerza y me congelo. ¿Me hago para atrás? Pero una parte de mí no quiere.

El espacio entre nosotras se hace más chiquito, y yo me quedo ahí, paralizada, esperando algo que no sé cómo nombrar.

Justo en ese momento, Charlie entra al almacén como si nada, rebotando de emoción y sin tener ni idea de lo que acaba de interrumpir.

—Oye, Fer, ¿Alex ya te contó la noticia?

Me recargo en un estante, aclarándome la garganta y tratando de tranquilizar a mi pobre corazón.

—Eh… ¿qué noticia?

Charlie dice:

—Estábamos hablando anoche de lo pesado que es tu trayecto a la uni, y pensamos que… si te interesa, podrías mudarte con nosotros. Nos ayudas con la renta, llegas más rápido y ya no tienes que preocuparte por volver tarde a casa.

Alex asiente, con esa emoción que hace que sus ojos brillen.

—Sabemos cuánto te ha costado y que querías vivir en los dormitorios, pero no se pudo. Nos encantaría tenerte cerca.

La miro, preguntándome si todavía quiere eso.

Pero ella solo me sonríe, levantando las cejas, como rogándome que diga que sí.

No puedo creer esto. Dos personas que, sin dudarlo, me están abriendo su espacio. Que quieren hacerme la vida un poquito más fácil.

—¿Hablas en serio? —pregunto, con la voz medio quebrada por la gratitud—. Sería increíble. Solo con tener un poquito más de tiempo… me ayudaría muchísimo. Pero no creo que pueda pagarlo ahorita —digo, mirando a Charlie, que al final es el que firma mis cheques—. De verdad lo aprecio.

—Eso se puede resolver —dice Charlie, sonriendo—. Si te interesa, lo demás se ve después. Dicen por ahí que el gerente de esta tienda es buena onda y bastante generoso con las horas.

Me río, parpadeando para que no se me salgan las lágrimas. No puedo creer lo afortunada que soy. Pensar que podría tener una salida para no vivir con mi papá… que podría respirar un poquito más. Todo se siente más posible.

❀✧❀✧❀

El resto de la tarde en *The Bargain Bear* transcurre tranquilo. Ya pasó la fecha límite para darse de baja, y la locura de los libros de texto se calmó. Eso nos deja tiempo para organizar estantes y echar chisme.

Alex está sentada en el mostrador, hojeando una Cosmo usada. Yo estoy ordenando libros de filosofía, intentando no pensar en cómo me sigue doliendo lo del profe Johnson.

Charlie sale del almacén, con un portapapeles en una mano y una bolsa de ositos de goma en la otra.

—¿Por qué el ambiente se siente como si alguien acabara de reprobar un examen? —dice, echándose un osito a la boca.

Alex levanta la vista, con una sonrisa traviesa.

—Fer no reprobó nada. Solo tuvo una sesión de "crítica cultural" con su profe esta mañana.

Charlie frunce el ceño, volteando a verme.

—¿Crítica cultural? ¿Qué significa eso?

—Es… una historia larga —respondo—. Mejor te ahorro todo el rollo.

Pero Alex, que nunca se resiste a buscarle ruido al chicharrón, suelta:

—Su profe básicamente le dijo que escribe como poeta. Lo cual, al parecer, no es un halago en la academia —dice con sarcasmo.

Charlie se queda a medio mordisco, entornando los ojos.

—¿La criticó por ser… *demasiado expresiva*?

Suspiro, cerrando el libro que tengo en las manos.

—Más bien, por ser demasiado hispana. Se dio cuenta de que pienso en español y luego traduzco al escribir, y según él eso hace que mis ensayos sean muy floridos o emocionales.

Charlie se apoya en el mostrador, frunciendo el ceño.

—Eso suena a una microagresión de esas bien disfrazadas.

Alex levanta las manos.

—¡Gracias! Eso mismito le dije yo.

—No pasa nada —murmuro, aunque en el fondo sí me importa—. Solo tengo que encontrar la forma de… adaptarme.

Charlie ladea la cabeza, como analizándome.

—¿Adaptarte? ¿Como encogerte para caber en una caja hecha por alguien más? ¡Nah! Que coman caca… y con cuchara.

Me saca una risa, no lo puedo evitar.

—Fácil para ti decirlo. Tú no estás a punto de reprobar.

—Cierto —dice—. Pero créeme, Fer, tú tienes algo que la mayoría de estos profes nunca ha visto: perspectiva. No dejes que te la apaguen.

Alex baja del mostrador y me da una palmadita en el hombro.

—¿Ves? Charlie es como un discurso motivacional ambulante. Lo tengo de reserva para momentos así.

Charlie sonríe.

—No finjas que no soy también el mejor gerente que ha tenido esta tienda.

—¿El mejor? ¡La semana pasada acomodaste las novelas por color! —se burla Alex.

—Perdón, fue una declaración artística —dice, levantando las cejas—. Pero volviendo al tema… Fer, no eres la única que ha pasado por tonterías académicas. Un profe en el colegio comunitario me dijo que mi arte era "demasiado urbano". ¿Qué se supone que significa eso?

Parpadeo.

—¿Fuiste al colegio comunitario? ¿A qué hora?

Se lleva otro osito a la boca.

—Por un par de años. También vivía en mi carro en ese tiempo, así que cuando me hicieron sentir que todo ese esfuerzo no iba a servir de nada… me pegó duro.

—¿Qué? —se me escapa sin pensar.

—¿Puedes creerlo? Y lo escondió tan bien —agrega Alex—. Si mis papás se hubieran enterado, lo habrían adoptado sin pensarlo.

Charlie se encoge de hombros.

—Sí. Mi Corolla, yo y un aromatizante de "Ocean Breeze". No era glamuroso, pero me ayudó a salir adelante.

Alex niega con la cabeza, medio riéndose.

—No le creas del todo. Está presumiendo con humildad. Ahora tiene una beca completa para terminar su carrera de arte.

—Gracias a una beca... y a mi sangre, sudor y lágrimas —dice Charlie, con una sonrisa más grande—. Mi papá quería que estudiara algo "práctico", pero siendo honestos, lo que en realidad no le gustaba era que mi carrera le parecía "demasiado gay".

Hago una mueca.

—¿Y tu mamá?

—A ella le daba igual —responde—. Pero también... era medio lejana. Mi mamá es mexicana, de Jalisco, pero no era precisamente el estereotipo de la "madre mexicana devota". Siempre estaba ocupada con sus amigas, el yoga, los brunches... todo eso, y creo que nunca supo muy bien cómo conectar conmigo.

Me quedo en pausa, procesando lo que acaba de decir.

—Espera... ¿eres mitad mexicano?

—¡Sorpresa! —dice, haciendo una reverencia toda ridícula—. Edición "blanco-pasable".

Me cubro la cara con la mano, entre risa y pena.

—Todo este tiempo pensé que eras un gringo que hablaba español perfecto.

Alex sonríe de lado.

—A mí también me costó cacharlo. Básicamente es alérgico a las etiquetas.

Charlie pone los ojos en blanco.

—Simplemente no me gusta que me encasillen. Pero sí, es... raro a veces. O sea, tengo todos los privilegios de parecer blanco, pero también me hace sentir que no pertenezco. Como si tuviera que demostrar mi mexicanidad a las personas que creen que estoy mintiendo o exagerando.

Asiento lentamente.

—Te entiendo. Más o menos. Digo, de donde soy, todos son mexicanos. San Ysidro bien podría ser una extensión de México. Pero aquí... siento que destaco por otras razones. Como si fuera demasiado obvio.

Alex me da un codazo.

—No destacas. Haces un *statement*. Gran diferencia.

Me río, negando con la cabeza.

—Esto me recuerda a lo que está pasando en México con los emos.

Charlie se endereza.

—¿Qué?

—Ah, está loquísimo —digo, recargándome contra la barra—. Ahorita los punks en México le declararon la guerra a los emos. O sea, guerra real. Hay marchas. Hubo un segmento completo en Televisa donde un conductor de noticias súper serio explicó la migración de los emos, como si fueran una especie de aves en peligro de extinción. Y eso no es lo peor, hubo una confrontación grande en la Ciudad de Mexico y justo cuando parecía que se iban a armar los golpes llegó un grupo de Hare Krishna cantando con sus batas blancas y anaranjadas y así fue que se dispersó la multitud.

Alex se limpia una lágrima de risa.

—Honestamente, así deberían terminar todas las guerras. Si lo piensas, todas son igual de estúpidas de todos modos.

Charlie niega con la cabeza.

—¿Ves? Y tú preocupada porque un profesor cree que tus ensayos son demasiado emocionales. La humanidad tiene problemas más grandes.

Alex sonríe.

—Como la supervivencia emo.

Charlie levanta un osito de goma en un brindis.

—Por Fer, la futura poeta-rebelde de la academia.

Sus palabras me envuelven como una cobija cálida.

—Gracias —digo, mi voz es suave pero sincera.

—Cuando quieras. Ahora, de vuelta al trabajo, futura leyenda de los ensayos —dice Charlie, lanzando el último osito de goma directo a la boca de Alex, como si lo hubieran practicado un millón de veces.

EL SEGUNDO HILO: Tejiendo nuevos caminos.

LO QUE NO MATA, FORTALECE

AURORA

Esta mañana pasaba los canales sin realmente buscar nada, solo dejando que las imágenes desfilaran frente a mí. Noticias, comerciales, un programa de concursos con luces parpadeantes y risas exageradas, más comerciales… hasta que un rostro familiar me hizo detenerme: María Félix, con sus pómulos afilados y su mirada desafiante, observándome desde la pantalla.

Dejé el control remoto a un lado.

Había algo en ella, en la forma en que se movía por el mundo, como si el universo entero debiera postrarse a sus pies. No pedía espacio. Lo tomaba. La elegancia, la confianza, la fuerza pura de su presencia… era hipnotizante.

Y así, en un instante, fui transportada de vuelta a mi primer día en la Ciudad de México.

Carmen ya no trabajaba como sirvienta, de hecho, estaba casada y esperando a su primer hijo. Pero, afortunadamente, todavía pudo ayudarme a conseguir un empleo. La única condición era que me necesitaban ahí en menos de una semana, o contratarían a alguien más.

Demasiado asustada de cometer cualquier error que pudiera delatar mis planes a mis abuelos, esperé hasta el mismo día en que me iría para empacar las pocas cosas que me llevaría. Metí en una bolsa ropa para una semana, mi acta de nacimiento y justo lo suficiente para llegar a la dirección donde me encontraría con Carmen.

Las manos me temblaban cuando alcancé mi muñeca, Mary, debajo de la almohada. Mi último lazo físico con mi padre. Yo era tan pequeña cuando falleció, que me duele admitir que la mayoría de mis recuerdos con él ya se habían desvanecido para entonces. Lo único que nunca se desvaneció fue la sensación de amor y consuelo que aún sentía cuando abrazaba a Mary y pensaba en él.

—Tú vienes conmigo —le susurré.

Salí a escondidas junto a mi madre rumbo a la estación de autobuses, donde abordaría el camión con destino a la Ciudad de México. Nuestra despedida fue un abrazo rápido antes de subir, no porque no nos importara, sino porque nos importaba demasiado. Un adiós más largo nos habría roto a ambas.

Desde el momento en que bajé del autobús, el bullicio de la capital me abrumó. Si la memoria no me falla, era marzo de 1950. El ruido, el calor, el mar interminable de gente. Nunca había visto nada igual.

Los "cocodrilos", aquellos viejos taxis de la ciudad que rechinaban al andar, me recordaban a enormes lagartos, repletos de personas, con motores que tosían y traqueteaban por calles demasiado angostas para su tamaño.

Sentí que todo se movía más rápido de lo que podía asimilar. Había viajado por horas, agotada del trayecto y de ese aire espeso que se sentía extraño en mis pulmones. Pero debajo de ese cansancio, un nudo apretado de pánico se retorcía en mi estómago.

¿Qué pasaría si no encontraba a Carmen? ¿Si me había bajado en la parada equivocada? Peor aún, ¿y si había llegado completamente al lugar equivocado?

Subirme a un cocodrilo y entregarle al conductor el pequeño y arrugado papel con la dirección de mi destino hizo que la realidad de lo que estaba haciendo me golpeara de lleno. La culpa por escapar, por huir del destino del que Pepi no había podido huir, era casi insoportable.

Tuve el impulso de aventarme del coche en movimiento, de correr de regreso al autobús y decirle al chofer que había cometido un error, que necesitaba regresar a Huejosquite.

Pero reuní toda la determinación que me quedaba y me obligué a permanecer sentada, permitiendo que el conductor me llevara al lugar que marcaría el inicio del resto de mi vida.

Después de lo que pareció una eternidad, el cocodrilo por fin se detuvo. El chofer me hizo un gesto para que bajara frente a una enorme casa pintada de un blanco impecable. La reja de hierro brillaba bajo el sol del mediodía, y cuando descendí, mi corazón dio un vuelco al ver a Carmen corriendo hacia mí.

Se veía igual que la última vez que la vi en Huejosquite. Familiar y reconfortante, pero completamente distinta en esta ciudad que se sentía tan ajena y abrumadora.

El nudo en mi estómago se aflojó cuando caminé hacia ella. A pesar de no haber sido cercanas en el pueblo, Carmen era todo lo que tenía aquí. Mi único lazo con el mundo que había dejado atrás.

Cuando llegué a ella, Carmen me envolvió en un abrazo más cálido de lo que esperaba. Se apartó con una sonrisa que alivió un poco el peso que llevaba sobre los hombros.

—Debes estar agotada —dijo, con voz suave pero firme—. Vamos, te llevaré a donde vas a quedarte.

Tomó mi bolsa y comenzamos a caminar juntas por la calle. La ciudad se desplegaba a nuestro alrededor: edificios imponentes, coches tocando el claxon mientras se esquivaban unos a otros, calles repletas de personas que parecían saber exactamente hacia dónde iban.

Caminamos por lo que, en mi estado de nervios y cansancio, me pareció una eternidad. Finalmente, se detuvo frente a una casa casi idéntica a la que acabábamos de dejar atrás. La misma fachada blanca reluciente, la misma reja alta, el mismo tipo de jardín. Pero algo en ella se sentía diferente… más grande, más imponente.

—Somos vecinas —dijo Carmen, con una pequeña sonrisa orgullosa, como si el simple hecho de estar cerca hiciera que esta ciudad inmensa se sintiera un poco más pequeña.

El alivio me inundó al ver la casa, y mi corazón se sintió más ligero al pensar que no estaría completamente sola en ese nuevo mundo.

La familia para la que trabajaría, los Vega, tenía dinero, pero desde el primer momento en que los vi, no me parecieron particularmente intimidantes.

Doña Constanza, probablemente de unos treinta y tantos años, me saludó no de manera cálida, pero sí educada, mientras que Don Eulalio, un hombre en sus cincuentas, apenas me dirigió una mirada.

—Fue policía, pero se retiró cuando heredó dinero de su familia —me había dicho Carmen en un tono de advertencia—. Se dice que sigue muy involucrado con esa gente. Ya sabes cómo son las cosas en esos círculos.

La corrupción en la policía era un secreto a voces. No era la mejor gente con la que una chica joven y nueva en la ciudad podría rodearse.

—No he oído nada malo de Don Eulalio —añadió Carmen—, pero si quieres un consejo, mantén tu distancia cuando traiga amigos a la casa.

Para mi alivio, los Vega apenas me prestaron atención mientras me hacían pasar.

Mientras me enseñaban la casa, todo me pareció enorme e imponente, con habitaciones que se sentían demasiado limpias y organizadas para alguien como yo.

—Los fines de semana no quiero ver ropa colgada en el patio —fue la única instrucción que Doña Constanza enfatizó con seriedad—. Queremos disfrutar del patio sin ver tendederos.

—No se preocupe, me aseguraré de que así sea —respondí tratando de transmitir la seguridad que realmente no tenía del todo.

Cuando finalmente me señalaron cuál sería mi cuarto, sentí un nudo en la garganta.

Me asomé para agradecerle a Carmen, quien aún me esperaba junto a la reja con una sonrisa tranquilizadora.

—Los primeros días en la ciudad siempre son los más duros, pero te irás acostumbrando —me aseguró—. No te preocupes.

Me aferré a sus palabras como a un salvavidas.

—Gracias por todo —dije, con la voz temblorosa.

—No tienes nada que agradecer.

Posó su mano con suavidad sobre mi brazo.

—Voy a misa los domingos. ¿Quieres que pase por ti para que me acompañes?

Asentí, sonriendo genuinamente por primera vez en todo el día.

—Suena encantador.

Acordamos una hora para vernos, y con un último abrazo, Carmen se fue, no sin antes desearme suerte y prometiéndome que todo mejoraría.

❀✧❀✧❀

El domingo por la mañana, Carmen llegó tal como prometió. Fuimos juntas a misa y ahí me presentó a dos de sus amigas, otras chicas de pueblo que también trabajaban para familias de la zona. Después, pasamos la tarde recorriendo la ciudad, más que nada viendo escaparates y platicando. La risa de nosotras cuatro resonaba contra las paredes de los edificios, aunque nunca demasiado alto. A excepción de Carmen, ninguna de nosotras tenía mucho dinero, pero nos dimos el gusto de comprar unas paletas de hielo de limón. Frías y ácidas, perfectas para el calor sofocante.

Mientras caminábamos, no podía dejar de maravillarme por todo lo que veía. La ciudad era impresionante, llena de vida, ruido y movimiento.

—Todavía no me lo creo —dije, observando a un hombre vestido de forma elegante que bebía café en una mesa en la acera—. Todo aquí parece tan… importante.

Carmen sonrió con comprensión.

—Al principio, todo es grande y brillante —intervino una de sus amigas, la que se presentó como Magnolia… o ¿Martina? No recuerdo —. Pero te acostumbras. Y después, nada parece tan grande ni tan aterrador como creías. La mayoría de los que vienen aquí ya no regresan a sus pueblos, ¿sabes?

Le di la última mordida a mi paleta, perdida en sus palabras, cuando un enorme letrero de cine llamó mi atención. Las letras, grandes y negras, anunciaban *Doña Diabla*, protagonizada por María Félix.

Estaba tan distraída mirando el anuncio que no vi la grieta en la banqueta hasta que tropecé y caí boca abajo.

Antes de que pudiera procesar mi caída, sentí un golpe en la espalda. Algo—o más bien, *alguien*—había caído sobre mí.

El calor subió hasta mis mejillas. El hombre que acababa de aterrizar sobre mí se apuró a levantarse, murmurando disculpas y regañando a un grupo de muchachos que estallaron en carcajadas.

—¡Cayó en blandito! —bromeó uno de ellos con acento chilango.

Podía sentir mi cara ardiendo de vergüenza mientras recogía los restos de mi dignidad y me ponía de pie. Murmuré un *gracias* al hombre, que ya se alejaba con la misma prisa con la que había caído sobre mí.

Las risas de los muchachos seguían resonando detrás de mí.

Si esa caída era un presagio de cómo me iría en la capital, no estaba segura de cuánto tiempo podría sobrevivir en ella.

Pero ya estaba ahí.

Y ya no había marcha atrás.

EL PERRO VIEJO NO APRENDE TRUCOS NUEVOS

PILAR

La música seguía resonando en el patio de la casa de Ofelia mientras la quinceañera llegaba a su fin, recordándome que el momento de enfrentar las consecuencias de haber salido esa mañana estaba cerca. Ya no había marcha atrás.

El mariachi ya había guardado sus instrumentos, pero el aire seguía jugando con las últimas notas de *El Son de la Negra*, como si la canción no quisiera irse. Su melodía se me quedó colgada en los pensamientos, dando vueltas como un trompo que se niega a caer. El sonido de pasos sobre el piso de piedra se hacía cada vez más fuerte a medida que la gente comenzaba a salir, algunos tomándose su tiempo, como si quisieran prolongar un poco más la magia de la noche.

Meño me estaba esperando afuera mientras yo esperaba junto al borde del jardín, buscando un momento para hablar con Ofelia. Las últimas luces de los fuegos artificiales se apagaban en la distancia.

La noche había sido un torbellino. Llena de risas, bailes y la energía de una celebración mucho más grande que mi propio caos familiar. Pero mientras el patio se vaciaba, el peso de todo lo que intentaba ignorar volvió a caer sobre mí con más fuerza.

Salí de la sombra de los largos estandartes de colores que colgaban del techo y sentí el aire fresco de la noche de otoño contra mi piel acalorada. Me dirigí a un rincón apartado del jardín, donde las sombras de las palmeras parecían envolverme. Cerré los ojos y dejé que el último eco de la música me acariciara. Sabía que ya era hora de irme, pero aún no estaba lista para enfrentar lo que me esperaba en casa.

Mis pensamientos me arrastraron de vuelta a la mañana, a la imagen de mi padre tirado en el suelo, borracho, arruinando cualquier emoción que hubiera tenido por ese día. Meño había intervenido, como siempre lo hacía, para lidiar con el desastre mientras yo tenía que fingir que todo estaba bien. El silencio pesado de la casa cuando salí esa mañana fue reemplazado por el relajo de la fiesta, y por unas horas, me permití olvidar. Pero la sensación de estar atrapada en un ciclo interminable, de siempre pretender, seguía ahí, carcomiéndome de a poco.

Las últimas notas de la música se desvanecieron, y me di cuenta de que estaba sola en el jardín, con los dedos aferrándose a la delicada tela de encaje de mi vestido mientras miraba las luces de la ciudad a lo lejos. Por un momento, el mundo se sintió a la vez inmenso y pequeño. La Ciudad de México, con todo su fulgor y movimiento, parecía a años luz del enredo que era mi vida.

Escuché pasos ligeros y me giré para ver a Ofelia acercándose, su rostro aún iluminado por la emoción de la noche, una sonrisa aun plantada en sus labios.

—Pili —dijo con suavidad, su voz más baja ahora, más serena—. Me da tanto gusto que hayas venido, que hayas podido compartir esta noche conmigo.

Le devolví una pequeña sonrisa, intentando apartar los pensamientos amargos sobre mi padre.

—No me lo habría perdido por nada.

Ofelia se recargó contra la pared del jardín, sus ojos fijos en las luces que se apagaban poco a poco.

—Se siente como un sueño, ¿no? Tantos meses de preparación y en un abrir y cerrar de ojos, todo se acaba.

Asentí, aún perdida en mis pensamientos.

—Lo sé. Pero me alegro por ti. Te mereces todo esto.

Me lanzó una mirada de reojo, como si pudiera ver más allá de mi expresión distraída.

—¿Todo bien? —preguntó, con un tono más bajo, más preocupado.

Vacilé. No quería arruinarle la noche con mis problemas, pero el peso en mi pecho no cedía.

—Sí… solo que… No sé. Es complicado.

Ofelia apoyó una mano en mi hombro, transmitiéndome el mismo calor de siempre.

—Sabes que puedes hablar conmigo, ¿verdad?

Solté un suspiro, tratando de que la tensión en mi rostro no se notara.

Otra noche. Otro problema. Pero Meño había prometido encargarse. Como siempre lo hacía. Y yo tenía que confiar en él, lo sabía.

—Tengo que irme —dije—. Meño lleva rato esperándome. Quería tomarme un momento para agradecerte por lo que hiciste por mí esta noche.

Ofelia asintió con comprensión.

—Lo entiendo. Solo recuerda… Los verdaderos amigos no necesitan preguntar, ven las partes de ti que tienes miedo de mostrar. Sea lo que sea, date un poco de gracia. Te quiero, Pili.

Le sonreí, intentando tranquilizarla.

—Lo haré. Te lo prometo.

Compartimos un momento de silencio antes de que finalmente me dirigiera hacia la salida. El aire nocturno refrescaba mi piel mientras Meño y yo caminábamos de regreso a casa sin decir palabra.

Cuando llegamos, todo estaba inquietantemente silencioso. Entramos de puntillas sobre los azulejos. Al pasar por la puerta abierta del cuarto de mi padre, me di cuenta de que no estaba. Algo en ello se sentía extraño, pero al mismo tiempo, sentí alivio. No estaba segura de querer respuestas. Ya me estaba cansando de buscarlas.

El espacio donde debía estar mi padre se sentía vacío en más de un sentido. Pero entonces, no sabía si era para bien o para mal.

Tres noches después, cuando finalmente regresó, fue como si nada hubiera pasado. Sus pasos eran pesados, lentos, su rostro más marcado por el cansancio de lo habitual. Pero no hubo disculpa, ni explicación. Solo esa misma mirada de siempre, vacía, indiferente.

¿Dónde estuviste?

La pregunta estaba en la punta de mi lengua, pero mi garganta se cerró con todas las palabras que nunca dije.

Él se encogió de hombros, como si pudiera leerme el pensamiento. Luego se dejó caer en el sofá, su mirada perdida.

—Ya estoy aquí, y que me parta un rayo si tengo que dar explicaciones en mi propia casa. Déjalo estar.

Déjalo estar.

Siempre era lo mismo.

El mismo ciclo repitiéndose una y otra vez. Como una corriente que me arrastraba, justo cuando creía que podría salir a la superficie para respirar—sin escapatoria, sin manera de detenerlo, sin otra opción más que soportarlo.

Quería gritar, exigir algo más.

Pero no tenía fuerzas para hacerlo.

No en ese momento.

Creía que tal vez nunca las tendría.

Me quedé ahí, de pie, observándolo, viendo al hombre que una y otra vez destruía todo.

No tenía respuestas, y aunque las tuviera, nunca se molestaría en dármelas.

Así que lo dejé allí, solo en su silencio.

Y me alejé, rumbo a mi cuarto.

Más tarde, acostada en mi cama, los recuerdos de esa mañana

volvieron a mí.

La línea que mi padre había cruzado, insultándome de la manera en que lo hizo.

La forma en que sus palabras habían desatado en Meño una furia que nunca antes había visto.

Ya estaba acostumbrada a caminar sobre un campo minado, pero esa mañana, todo se había salido de control de una manera que de verdad me asustó.

Sabía algo con certeza: Las cosas nunca volverían a ser iguales. Pero algo tenía que ceder. Porque si no, nada iba a cambiar.

EL CORAZÓN TIENE RAZONES QUE LA RAZÓN NO ENTIENDE

FER

Hay cosas que nunca cambian, y otras veces el cambio llega tan de golpe que te deja sin aliento, obligándote a adaptarte de formas que ni sabías que podías.

Así se siente mudarme al depa con Alex y Charlie.

Más temprano, mis papás me enfrentaron por mi decisión de irme de casa. El recuerdo se repite en mi cabeza como un casete rayado.

—¿¡Te vas a ir a vivir con un hombre!? —la voz de mi papá retumbó en la sala, con la cara roja de puro coraje. Su reacción no me sorprendió nada, por eso había guardado el plan en secreto hasta ese día.

—Y con Alex —respondí, cruzándome de brazos.

—¿Y con Alex? —repitió, rodando los ojos con ese tono burlón que ya me conozco.

—Es mi amiga. Es todo lo que necesitas saber —le solté, con el tono más firme y cortante que pude lograr. No pensaba darle más explicaciones. No se las merecía.

—No es propio —dijo, inclinándose hacia adelante en su silla—. Una muchacha viviendo con un hombre, y…

Crucé los brazos más fuerte, sintiendo cómo me hervía la sangre.

—¿Con qué cara me hablas de lo que es "propio"? ¿Qué derecho crees que tienes, después de todo lo que tú hiciste?

La sala se quedó en silencio. Mi mamá bajó la mirada. La mandíbula de mi papá se tensó, pero no dijo nada.

—No quiero pelear —dijo mi mamá en voz bajita, retorciendo la tela de su blusa entre los dedos—. Fer, solo queremos lo mejor para ti.

—No —dije, firme—. Quieren lo que es más cómodo para ustedes. Lo que los hace quedar bien. No es lo mismo. Agarré mi bolsa y salí antes de que pudieran detenerme.

Ahora, mientras desempaco otra caja en mi nuevo cuarto—el cuarto que voy a compartir con Alex—ese recuerdo se repite en mi cabeza, y cada vez que lo hace, me vuelve a prender el mismo coraje.

Alex asoma la cabeza por la puerta.

—¿Estás bien? —pregunta, apoyándose en el marco.

Me seco una lágrima terca antes de girarme hacia ella.

—Sí —miento, forzando una sonrisa.

Me lanza una mirada como diciendo *"ajá, cómo no"*, pero no insiste.

—Estamos listos para la película cuando quieras.

—Gracias, voy en un minuto.

Cuando se va, respiro hondo y observo el cuarto. Vivir aquí con Alex y Charlie se siente seguro, como un nuevo comienzo. Pero no importa cuánto corra, el coraje siempre me alcanza. Coraje contra mi papá, por lo que hizo. Y coraje contra mi mamá, por perdonarlo tan fácil.

¿Cómo esperan que me quede sabiendo lo que sé? ¿Cómo quieren que viva según su idea de lo "propio" cuando su casa está construida sobre mentiras? No podía seguir viviendo bajo el mismo techo que ellos, no después de todo. No podía seguir fingiendo que todo estaba bien mientras mi mamá aceptaba en silencio cada uno de sus errores, tratando de mantener una fachada de familia perfecta mientras él seguía saliéndose con la suya. ¿Se supone que debo hacer como si nada? ¿Quedarme ahí, callada, viendo cómo ella acepta esa versión torcida del amor con tal de no hacer ruido?

Más temprano, mientras terminaba de empacar, escuché a mi mamá discutiendo con él en su cuarto. Su voz, tensa, bajita:

"También tendrá una compañera de cuarto. No se está yendo solo con un muchacho."

Fue como una cachetada. ¿De verdad me estaba defendiendo? ¿O solo estaba intentando controlar el chisme? Como si lo único que le preocupara fuera el qué dirán.

La imagen.

La fachada.

Pero yo me estaba asfixiando detrás de esa imagen tan cuidadosamente armada.

Cuando termino de desempacar, me uno a Alex y Charlie en la sala. Los tres estamos alrededor de la mesita de centro, armando un mini buffet con botanas.

Y por primera vez en semanas, siento algo parecido al alivio. Es un momento simple, pero por fin estoy lejos de los dobles estándares y expectativas imposibles de mi papá.

—Por los nuevos comienzos —dice Alex, levantando su taza de café.

El calor de la taza refleja justo el calor que siento aquí.

—Salud —respondo, chocando mi taza de *La mejor abuela del mundo* contra la suya.

Charlie alza su lata de cerveza con cara de fingida desaprobación.

—Salud —dice, sacudiendo la cabeza por nuestras bebidas "aburridas".

—¿Qué? No todos vivimos a base de alcohol y sopas de vaso —bromea Alex.

—Ustedes dos parecen un matrimonio viejo —comento, sonriendo—. Ya de una vez cásense y no se les olvide invitarme a la boda.

La verdad, cuando Alex me dijo la primera vez que vivía con Charlie, en nuestro paseo a *The Bargain Bear*, sentí lo que ahora reconozco como una punzada rara de celos. No entendía por qué, pero tenía que ver con la forma en que decía su nombre, con lo fácil que era ver lo bien que se llevaban. Me hizo sentir… ¿fuera del círculo? Pero esa sensación no duró.

Charlie es de esas personas que simplemente no puedes no querer. Es cálido, amable, y lo más importante: no muestra ni tantito interés en las mujeres de una forma que no sea estrictamente de amistad. Después de conocerlo, supe que entre él y Alex no había nada de lo que yo me había imaginado.

A la mitad de la segunda película, los tres estamos cabeceando, así que damos por terminada la noche. Charlie se va a su cuarto y Alex y yo al nuestro. El cuarto apenas tiene espacio para su cama matrimonial y mi colchón individual (que ni base tiene todavía), pero de alguna manera se siente acogedor. Se siente *nuestro*.

—¿Te molesta si pongo una canción? —pregunta Alex, su voz todavía un poco despierta—. No puedo dormir sin música y mis audífonos están descompuestos, pero prometo no subirle mucho.

—Está bien —digo, ya adormilada por la paz de este espacio compartido.

Unos segundos después, empieza a sonar una melodía familiar. Reconozco la música, pero la letra no es lo que esperaba. Y de repente, estoy completamente despierta.

—¡Nooo! —grito, sentándome de golpe en el colchón—. No puede ser.

Alex me mira, confundida.

—¿Qué? No me digas que odias a *The Smiths*. No podemos ser amigas si los odias.

—¿Eso es *The Smiths*? —pregunto, en shock.

—¿No conoces a *The Smiths*? —me ve con los ojos bien abiertos, como si le acabara de decir que no creo en el aguacate.

—He oído el nombre, supongo. Pero si tocaran frente a mí, probablemente les preguntaría el nombre de su banda después del concierto —admito, sintiéndome de repente fuera de lugar hasta en esto.

Alex se echa a reír, llevándose una mano al pecho.

—¡No conocerlos es peor que odiarlos! Voy a tener que reconsiderar toda nuestra amistad. Me río con ella, y por un rato, la tensión de las últimas semanas se disuelve.

—No te rías, pero esta canción sí la había oído antes. Me encanta. Solo que pensé que era de un cantante español. Esto es… esto es peor tragedia que cuando *Marimar* se comió su gallina sin saberlo.

—¡Uf, he estado ahí! —dice—. Odio cuando pasa eso. Pero esto fue tu culpa. ¡Fer, por el amor de Dios! ¡Los *motherfucking* Smiths!

Nos reímos tanto que casi se nos olvida que hace unos minutos estábamos a punto de dormirnos. Intercambiamos iPods y armamos playlists para la otra, compartiendo nuestras canciones favoritas.

Le enseño a Alex un poco de rock en español, más allá de las mismas canciones choteadas de la radio, y ella me abre los oídos a R&B, clásicos del rock en inglés, y artistas nuevos que nunca había escuchado.

Se convierte en nuestra pequeña tradición. Cada noche, escuchamos las canciones que nos recomendamos una a la otra antes de dormir.

❀✧❀✧❀

Es tarde y *The Bargain Bear* por fin cerró por la noche. El aire huele a libros viejos, como si ya se nos hubiera pegado el olor después de tantas horas acomodando estantes, organizando y echando relajo. Alex y yo estamos sentadas arriba del mostrador, comiéndonos las galletas que sobraron—las mismas que Charlie compró en un cafecito cerca antes de irse. El zumbido suave de las luces fluorescentes llena el espacio. No sé por qué, pero suena reconfortante.

—Este lugar tiene buena vibra —dice Alex, sacudiéndose las migajas de los jeans—. O sea, huele medio *weird*, pero se siente… *cozy*. Un caos cómodo, ¿sabes?

Suelto una risa.

—Esa es una forma de decirlo. Creo que ya me acostumbré al caos. Mi prepa era así: desordenada, pero con mucho corazón.

Alex inclina la cabeza, con cara de curiosidad.

—¿Cómo era tu prepa?

Dudo un poco, buscando cómo explicarlo.

—Era… relativamente grande. Pero definitivamente con pocos recursos. Aunque mis maestros… ellos sí se esforzaban. La mayoría de verdad se preocupaban por nosotros. Luchaban por conseguirnos lo más posible, aunque casi nunca era suficiente.

Alex asiente, apoyando las manos detrás de ella.

—Sí, mis maestros también se preocupaban, pero era distinto. Tenían con qué respaldarse. Mi escuela era *mostly white* y… bastante "acomodada", digamos. Teníamos de todo: clases avanzadas, deportes para lo que se te ocurra, teatro, una alberca. Hasta un club de robótica.

—¿Una alberca? —repito, riéndome bajito—. ¿Sabes? Una vez nuestro director prometió una alberca. Según él, ya casi nos daban el presupuesto. Obvio nunca pasó. Igual que el programa de teatro que supuestamente llegaba "el próximo año". Nunca llegó, pero dejaron la hoja de inscripción en la oficina por *meses*. Nomás estaba ahí, como burlándose de nosotros.

Alex hace una mueca.

—Qué mala onda. Creo que nunca lo había pensado, pero sí… en mi escuela no teníamos que esperar a que hubiera becas o presupuestos. Simplemente… teníamos las cosas.

—Debe haber sido lindo —digo, sin resentimiento, solo con curiosidad.

—Lo fue —admite—. Pero también tenía sus cosas. Casi siempre era la única mexicana en el salón. La *token mexican*. Y sí, para entonces a mis papás ya les iba bien económicamente, pero mis compañeros nunca me dejaban olvidar de dónde venía. Una vez, en clase de historia, la maestra empezó a hablar sobre inmigración y un alumno se volteó y me dijo: "Oye, Alex, ¿así llegó tu familia aquí?" Como si yo fuera la vocera oficial de todos los mexicanos. Y lo peor es que *ni siquiera* lo dijo con mala intención.

Hago una mueca.

—Sí… suena conocido. Al menos en mi prepa todos estábamos más o menos en las mismas. Casi todos éramos mexicoamericanos, así que nadie se sentía raro en ese sentido. Pero… creo que eso también significaba que no aspirábamos a tanto. Nadie hablaba *en serio* de la universidad. No teníamos consejeros persiguiéndonos para que conociéramos nuestras opciones. No porque no les importara, sino porque éramos demasiados y ellos muy poquitos.

Para muchos de mis amigos, la meta era: terminar la prepa, conseguir un trabajo y ayudar a su familia. Yo siempre tuve buenas calificaciones, así que fue un poquito distinto, pero igual...

Alex parece pensativa. Su cara se suaviza.

—Pero llegaste hasta aquí. Eso dice algo. Mucho, en realidad.

Me encojo de hombros, pero sus palabras sí me pegan.

—Sí… pero a veces siento que voy tarde. Como si todos empezaron la carrera con ventaja y yo apenas estoy viendo cómo alcanzarlos.

—No vas tarde —dice Alex, bien segura—. Estás subiendo la montaña. Y sí, es más difícil, pero eso también te hace más fuerte. No estás aquí por accidente, Fer. Te lo ganaste.

Le sonrío, sintiéndome vista.

—Gracias. Y por cierto: ya no eres la *token mexican*. Al menos no mientras yo esté aquí.

Alex suelta una carcajada. Sus ojos brillan.

—¡Exacto! Ahora soy la mexicana cool.

—Eso es debatible —bromeo, dándole un empujoncito en el hombro.

Nos reímos. Y por un momento, todas las diferencias entre nosotras parecen encogerse.

Agradezco saber que no soy la única nadando a contracorriente.

AL QUE QUIERE AZUL CELESTE, QUE LE CUESTE

AURORA

No estoy segura de por qué hoy me pareció el día adecuado para decirles. Tal vez porque me sentía mejor de lo que me había sentido desde la quimioterapia, menos agotada, menos hundida en el peso constante del cansancio. O quizá porque estaba cansada de guardármelo todo.

Así que llamé a mis hijas.

Había practicado las palabras en mi cabeza durante días, pero cuando llegó el momento, aún se me enredaron en la lengua. Escuché cómo sus voces se tensaban, como si tragaran las lágrimas, tratando de mantenerse firmes por mi bien. Pero recibieron la noticia mejor de lo que temía. No hubo pánico, ni promesas desesperadas de que todo estaría bien, solo una comprensión silenciosa.

Por supuesto, me ofrecieron su apoyo, recordándome que no tengo que pasar por esto sola. Y tal vez tenían razón. Segundo también tenía razón cuando me dijo que siempre había cargado demasiado peso yo sola. Nunca he sabido realmente cómo dejar que otros compartan la carga, pero hoy lo hice. Y se sintió bien.

Dejar ir, aunque sea un poco, es un proceso. Pero estoy aprendiendo.

Después de todo, adaptarme es algo que he hecho toda mi vida. Me adapté a mudarme con mis abuelos, luego a dejar Huejosquite, a trabajar para extraños, a construir una vida que fuera solo mía. No fue fácil entonces y no es fácil ahora, pero aprendí a sobrevivir, a seguir adelante incluso cuando el camino por delante era incierto.

Me tomó unos meses, pero poco a poco me estaba acostumbrando a mi nueva vida en la capital. Trabajar para Don Eulalio y Doña Constanza había sido, en cierto modo, más fácil de lo que imaginaba. Era más sencillo ser invisible en este nuevo lugar, donde todos parecían vivir sus vidas sin siquiera notar mi presencia, que en Huejosquite, donde siempre me había sentido como una carga para mis abuelos. Ninguno de los dos sitios me ofrecía un hogar que pudiera llamar mío.

Pero la soledad... La soledad era algo que no esperaba. Era un dolor silencioso que me seguía por la enorme casa, desde los altos ventanales que daban a las calles llenas de vida, hasta los fríos pisos de mármol que hacían eco de mis propios pasos mientras limpiaba.

Extrañaba a mi madre con toda el alma. No la había visto desde el día en que me despedí de ella en la estación de autobuses, con un abrazo rápido, sabiendo que mi única oportunidad de libertad estaba en la ciudad, aunque significara trabajar como sirvienta. Anhelaba escuchar su voz, verla sonreír.

Pero más que a nadie, me preocupaba Pepi. Lo que le pasó me perseguía todos los días, la idea de que un hombre asqueroso la hubiera arrebatado para meterla en una vida que no pidió. Me prometí que eso nunca sería mi destino, pero mientras me movía por esa casa ajena, en esos pasillos extraños, me preguntaba si Pepi alguna vez encontraría una salida. Me sentía culpable por haber escapado cuando ella no pudo. Lógicamente, sabía que quedarme en Huejosquite no habría cambiado su destino, pero ese pensamiento no me daba ningún consuelo.

Lo único que podía hacer diferente ahora que estaba en la ciudad era enviarle dinero a mi madre, dinero que mis abuelos no sabían que existía y que, por lo tanto, no podían arrebatarle. Saber que, aunque fuera solo un poco, le daba independencia, me hacía sentir que al menos estaba haciendo algo por ella.

Aunque mi vida con Don Eulalio y Doña Constanza no era tan mala como temía, tenía sus complicaciones. La casa era grande, impecable, cada rincón pulido y brillante. Pero yo no era más que una sombra en su mundo. Don Eulalio, con su bigote grueso y su eterno cigarro en la mano, siempre fue respetuoso, pero en sus ojos había una indiferencia que dejaba claro que yo no era más que un mueble en su casa. Doña Constanza era aún más distante. Se movía con una gracia innegable, siempre con propósito, pero casi nunca me dirigía la palabra más allá de lo necesario. No esperaban mucho de mí, solo que la casa estuviera limpia y las comidas listas a tiempo. Las mismas tareas sin sentido que mis abuelos me habían impuesto toda la vida.

Las noches, sin embargo, eran lo peor. A veces, Don Eulalio invitaba a sus amigos, en su mayoría hombres de la policía, para jugar dominó. Entonces la casa se llenaba de ruido, de carcajadas, de gritos exaltados, del sonido de los vasos chocando y del humo denso de los cigarros. Recordando siempre el consejo de Carmen, me mantenía al márgen, fingiendo estar ocupada, limpiando la cocina o acomodando el comedor, mientras los hombres discutían sobre política o la mejor estrategia para ganar el juego.

Pero había uno que me ponía especialmente nerviosa. Manuel. A diferencia de los otros, que se dedicaban a presumir su clasismo y machismo antes de largarse, Manuel se conducía de una manera que me helaba la sangre. Era atractivo, con su cabello negro azabache siempre perfectamente relamido y su bigote meticulosamente recortado. Su cuerpo, delgado pero fuerte, parecía hecho para moverse con facilidad, con confianza.

Sabía que las mujeres se sentían atraídas por él, lo veía en su manera de inflar el pecho cuando hablaba de sus conquistas. Pero también podía intuir que ninguna de esas mujeres quería quedarse cerca de él por demasiado tiempo. Había una arrogancia en su forma de ser, en la manera en que se burlaba de los otros hombres. Yo sospechaba que solo toleraban su presencia porque tenía poder, no porque realmente les cayera en gracia.

Pero lo que más me inquietaba era la forma en que me hablaba a mí. No como si fuera una persona. Como si me poseyera. Cuando él estaba en la casa, hacía todo lo posible por quedarme en la cocina, alejada del comedor donde se reunían. Aun así, sentía su mirada cada vez que pasaba cerca.

Por las noches, cuando me acostaba en mi cama, sostenía el pequeño montón de cartas de mi madre, esperando encontrar en ellas noticias de Pepi o de Paco. Y cada vez que abría una, esperando leer algo diferente, me encontraba con el mismo vacío.

Pensaba en volver. Pensaba en hacer mis maletas y regresar a Huejosquite, donde al menos podía estar con mi madre. Pero entonces me detenía. Tres cosas me anclaban a la ciudad. Primero, sabía que mis abuelos nunca me aceptarían de vuelta después de haberme ido a sus espaldas. Para ellos, yo estaba muerta. Lo habían dejado claro cuando le advirtieron a mi madre que no intentara comunicarse conmigo. Segundo, mi madre y Segundo habían sacrificado tanto, habían puesto tantas esperanzas en mí, que no podía fallarles. Y luego estaba Paco, guardadito en un rincón de mi mente y de mi corazón. Siempre admiré cómo se había arriesgado—dejando todo lo que conocía para buscar algo mejor para él y su familia. Si de verdad quería tener un futuro con él, sabía que tenía que encontrar el valor para hacer lo mismo.

Aun cuando trataba de no pensar en él, su recuerdo estaba ahí, imborrable. Si algún día volvía a verlo, quería ser alguien. No sabía qué me deparaba el futuro, pero una cosa sí tenía clara: no podía regresar. No todavía. Tenía que quedarme en esa ciudad de sueños y peligros, porque en algún rincón lejano de mi corazón, creía que alejarme de mi familia era la única manera de salvarlos. Y si eso significaba trabajar como empleada en una casa donde nadie me veía, lo haría. No importaba qué tan sola me sintiera. Había huido de mi destino, pero cada día que pasaba me daba cuenta de que solo estaba corriendo en círculos.

CUANDO EL RÍO SUENA, AGUA LLEVA

PILAR

Es difícil recordar los detalles de ese día. Todo se siente tan lejano, como un sueño, como algo que le pasó a otra persona. Pero todavía puedo sentir su peso, esa tensión en el aire, como si la ciudad entera contuviera la respiración, esperando a que algo se rompiera, mientras yo solo estaba atrapada, corriendo en círculos.

Las protestas habían ido creciendo durante meses, y aunque no entendía completamente todo lo que estaba ocurriendo, podía sentir el cambio en el ambiente. La ciudad estaba viva con rumores y consignas. Todos hablaban de las Olimpiadas, que ya estaban a solo diez días de distancia, del gobierno, de lo que estaba pasando en las calles.

Mi padre intentaba ocultarlo, pretendía que nada estaba ocurriendo. Pero yo notaba cómo lanzaba miradas fugaces a los noticieros, cómo se le tensaba la mandíbula cada vez que alguien mencionaba a los estudiantes. Decía que no había nada de qué preocuparse, que solo era ruido. Pero sabía que mentía. Estaba más irritable que nunca y, en más de una ocasión, lo escuché quejarse con sus compañeros policías sobre el trabajo extra que las manifestaciones les estaban causando.

Aquella mañana, la del 2 de octubre de 1968, recuerdo la quietud en el aire mientras me alistaba para el día. Meño, que siempre estaba lleno de vida, estaba inusualmente callado. Se veía inquieto, con la mirada fija en la puerta, como si estuviera esperando algo. En ese momento no lo entendí, pero en retrospectiva, creo que estaba esperando a que papá se fuera.

Mismo destino, distintos motivos.

Papá me dijo que no saliera, que me quedara en casa. Pero en ese momento pensé que era solo otra de sus prohibiciones sin sentido. Siempre había sido así, dictando órdenes sin explicaciones. Sin embargo, había algo en su mirada ese día, un destello de algo que nunca le había visto antes. ¿Miedo, quizá? ¿O culpa? No hice preguntas. No sabía qué decir.

Sabía que trabajaría todo el día, así que invité a Julia y a Ofelia a casa. No nos habíamos visto en los cuatro días desde la quinceañera, y teníamos tanto de qué hablar. Me sorprendió cuando Ofelia llegó acompañada de Chava. Se suponía que sería uno de nuestros días de chicas, llenos de revistas, chismes y risas. Antes de que pudiera preguntar qué hacía ahí, Meño se puso de pie y anunció que él y Chava saldrían.

Me pidió que, si papá regresaba antes que él, le dijera que no sabía a dónde ni con quién había ido. Aunque Meño nunca me dio una respuesta directa cuando le pregunté, podía sentir que, en temas de política, estaba del lado de Chava. Verlos salir juntos ese día, después de la tensión de la mañana, me llenó de inquietud. Todo en el mundo se estaba moviendo demasiado rápido para que yo pudiera alcanzarlo.

Julia se fue a casa alrededor de las cinco de la tarde. Como ni mi hermano ni mi padre habían regresado aún, Ofelia decidió quedarse un rato más para hacerme compañía.

Alrededor de las seis y media, comenzamos a escuchar el alboroto afuera.

Las sirenas.

Los vecinos saliendo a ver qué estaba pasando.

Los rumores sobre disparos.

Y luego, empezaron a correr las noticias.

El gobierno había abierto fuego contra los estudiantes.

Poco después, la madre de Ofelia llegó a mi casa. Preguntó si había alguien más con nosotras y, al saber que no, nos dijo a Ofelia y a mí que nos fuéramos con ella. No sé qué fue exactamente lo que vi en su rostro, pero me hizo obedecer sin cuestionar. Ni siquiera recordé que mi padre me había dicho que no saliera.

—No sé qué pasó exactamente, pero creo que es algo muy grave —dijo mientras nos llevaba de regreso a su casa con pasos apresurados—. Creo que Chava y Meño estaban ahí.

No recuerdo cómo pasé de escuchar esas palabras a estar sentada en la sala de su casa, junto con Ofelia y don Rafael, su padre. Nos amontonamos alrededor del radio y la televisión. Con el alma en un hilo esperando noticias sobre Chava y Meño.

Nada.

No había noticias. Era absurdo, imposible.

Conforme la noche avanzaba, los nombres empezaron a surgir, pero no a través de los medios, sino por boca de aquellos que iban regresando con información. Para cuando un grupo de hombres que había salido en busca de respuestas volvió, uno de los primeros nombres que escuché fue el de Chava.

—Estaba ahí, en la Plaza de las Tres Culturas —murmuró alguien—. Ya no salió.

La madre de Ofelia cayó de rodillas.

El sonido que escapó de ella no se parecía a nada que hubiera escuchado antes. No era un grito, pero tampoco un llanto. Era algo más. Algo primitivo, desgarrador, un lamento que se sintió como si le hubieran arrancado el alma y la hubieran dejado al descubierto, para que todos pudiéramos sentir su dolor.

Ese sonido llenó la sala, sofocando todo lo demás.

Ofelia se desplomó a su lado, abrazándola con la fuerza de alguien que se aferra a la única cosa que la mantiene de pie.

Apenas tuve tiempo de procesarlo antes de que el pánico me consumiera. Si Chava no había salido, ¿eso quería decir que Meño tampoco había logrado hacerlo?

Y en ese momento, Meño entró.

Su rostro estaba pálido, casi gris, como si la sangre hubiera abandonado su piel. Sus ojos buscaron los míos, y sus labios temblaron ligeramente, como si intentara hablar, pero no encontrara las palabras.

Corrí hacia él y lo abracé con todas mis fuerzas, sintiendo que si lo soltaba, él también desaparecería.

No podía respirar.

Era como si alguien me hubiera arrancado el corazón del pecho.

¿Cómo había estado tan cerca de perderlo?

¿Y cómo alguien como Chava, tan lleno de vida, tan apasionado por un futuro mejor, simplemente dejaba de existir?

Su voz, su risa, sus planes para el futuro. Todo, desaparecido.

Cuando volvimos a casa esa noche, mi padre no dijo nada. Ni siquiera para preguntar dónde habíamos estado.

Estaba sentado en el sofá, su cara más pálida que nunca, sus ojos vacíos, como si hubiera visto algo que lo había roto.

Tal vez lo hizo. Tal vez fue parte de todo. Nunca lo supe. Aún no lo sé. Pero cuando me miró esa noche, vi algo en su expresión que me aterrorizó más que cualquier cosa. No intercambiamos una sola palabra. En la casa de mi padre, el silencio nunca significó paz. Significaba supervivencia.

Meño pasó de largo y se encerró en su habitación. Ni siquiera se miraron el uno al otro.

Y entonces, a la mañana siguiente, mi padre ya no estaba. Sin despedida. Sin nota. Solo desapareció, como si la ciudad se lo hubiera tragado entero. Nadie lo había visto. Nadie sabía a dónde había ido. Los cajones abiertos, la ropa revuelta, dejaban claro que no planeaba volver.

La familia se queda unida, pase lo que pase. Tanta mierda. El mundo se había derrumbado. Y yo con él. Pero no solo yo.

La familia de Ofelia comenzó a empacar. Se iban de la ciudad, huyendo del dolor, de los recuerdos de lo que habían perdido. Los padres de Ofelia ya se habían decidido. No podían permanecer en la ciudad. No se sentía segura para nadie, no con todo lo que había sucedido.

Creo que también huían de las memorias, de las imágenes del rostro de Chava durante sus últimos momentos, las imágenes que los atormentarían por siempre.

No los culpaba por querer huir. Yo solo los seguía, desconectada, silenciosa, no sabía a dónde íbamos... solo que tampoco podía quedarme.

Lo más difícil fue desprenderme de todo.

Fue difícil dejar atrás la ciudad que había llamado hogar por tanto tiempo.

Difícil dejar atrás todo lo que conocía.

Meño y yo no teníamos opción.

Ambos padres nos habían abandonado.

No contábamos con los medios para quedarnos solos en la ciudad. Éramos solo dos menores de edad, desempleados. ¿Qué más podríamos haber hecho? ¿Refugiarnos en la familia de la que nuestro padre nos había mantenido alejados?

Más que nada, creo que los dos pretendíamos simplemente alejarnos de todo el dolor, de las memorias que se nos habían incrustado en el alma.

El día que le avisé a Julia que me iba junto con la familia de Ofelia, fue uno de los más difíciles de mi vida.

—No tienes que irte— me lo dijo como una plegaria—. Puedo hablar con mis padres, convencerlos de que los dejen a ti y a Meño vivir con nosotros. Por lo menos mientras regresa su padre.

Mi amiga, la que normalmente era de carácter tan fuerte, se veía tan rota. Un río silencioso, pero interminable de lágrimas se deslizaba por sus mejillas.

—Odio tener que admitir que las dos nos vamos— le dije con voz quebrantada—. Siempre hemos sido las tres contra el mundo. Odio el saber que estaremos lejos de ti. Pero Meño no ha sido el mismo desde ese día. Lo que sea que presenció, lo despierta por las noches. A veces lo despiertan sus propios gritos. La madre de Ofelia piensa que lo mejor para él sera alejarlo del lugar que le ha causado tanto tormento, y yo creo que tiene razón.

Julia no intentó convencerme de lo contrario. Ella había visto lo que la masacre les había hecho a Meño y a la familia de Ofelia. En cambio, me abrazó con fuerza y las dos prometimos mantenernos en contacto.

Mientras nos alejábamos, en la parte trasera del coche de Don Rafael, yo seguía pensando en mi padre. En la manera en que desapareció, igual que mi madre.

Tal vez él había sido partícipe en lo ocurrido. Tal vez había sabido más de lo que admitía. Pero conocer la verdad probablemente habría sido más doloroso que desconocerla.

Todo estaba tan roto. Dejábamos la ciudad atrás, pero no podía concebir como algún día la ciudad nos dejaría a nosotros. Como sus fantasmas podrían dejar de perseguirnos algún día.

Lo único que nos quedaba era seguir adelante.

Seguir respirando.

Seguir sobreviviendo.

Incluso cuando parecía que no quedaban motivos por los cuales seguirnos aferrando a la vida.

LOS TRAPOS SUCIOS SE LAVAN EN CASA

FER

Estoy sentada en mi segunda clase favorita de este semestre: Estudios de la Mujer 101. Sería mi clase favorita si no fuera porque Alex no está aquí conmigo. Ella está en otra clase a esta hora, lo que significa que estoy sentada aquí entre un montón de desconocidos, aferrándome con fuerza a mi pluma mientras me pierdo en mis pensamientos, imaginando cómo sería si ella estuviera a mi lado.

—Levanten la mano si alguna vez han visto su vagina en un espejo —pregunta la profesora Myers con una sonrisa traviesa que es a la vez pícara y completamente relajada. Es una de esas profesoras que no puedes evitar admirar. Tiene alrededor de cuarenta y tantos o cincuenta años, y sus rizos rubios y alborotados se mueven con cada gesto, libres e indomables, igual que su energía. Se aparta un mechón de cabello de los ojos azules y recorre la sala buscando alguna señal de una mano levantada, mientras un rubor inesperado se extiende por mis mejillas.

La pregunta me agarra desprevenida. En mi familia nunca hablamos abiertamente sobre vaginas o cualquier cosa remotamente relacionada con ellas. Incluso solo pensarlo me pone tensa, y me encojo instintivamente, como si intentara desaparecer. La única persona en la clase que no duda en levantar la mano es una estudiante mayor, probablemente de la edad de mi madre. Levanta la mano como si no fuera gran cosa, y yo solo estoy aquí, a punto de estallar de incomodidad.

No puedo evitar pensar en mi mamá. Ella preferiría morir antes que admitir algo como eso frente a una clase. Recuerdo cuando tenía unos siete u ocho años, vi una caja de tampones en el carrito de compras de una mujer que estaba delante de nosotros en la tienda. Mi curiosidad se despertó y, e inocentemente pregunté en voz alta:

—¿Qué son esos?

La cara de mi mamá se puso roja mientras susurraba:

—No sé.

Lo dijo tan rápido que me hizo soltar el tema en ese momento. No fue sino hasta la secundaria, ya mucho después de haber tenido mi primer periodo, que entendí qué eran los tampones, y todo lo que aprendí sobre el sexo lo descubrí por búsquedas en línea o entre risas y susurros de mis amigas. Nadie me había sentado a explicarme, "Así son las cosas," como lo habían hecho con mis amigas, ni siquiera en la versión de "las abejas y las florecitas." En ese entonces, pensaba que tenía suerte de evitar esas conversaciones incómodas, pero ahora, sentada aquí en esta clase, me pregunto por qué siguen siendo tan tabú estos temas.

Después de unos segundos incómodos en los que nadie quiere levantar la mano, tres estudiantes hacen gestos a medias. Yo definitivamente he visto mi vagina en un espejo. Pero levantar la mano ahora se siente imposible. Así que sigo apretando mi pluma con fuerza y evito hacer contacto visual, deseando que el suelo se abra y me trague.

La profesora Myers se pone de pie al frente del aula, su voz clara y confiada.

—Es importante conocer nuestras vaginas —dice. —Así como nadie se avergüenza de mirar sus manos, no debería haber vergüenza en mirar tu vagina o cualquier otra parte de tu cuerpo. Los hombres tocan sus penes todos los días sin que nadie lo cuestione, entonces, ¿por qué nos enseñan a escondernos de nuestras propias vaginas?

Hace una pausa, dejando que sus palabras se asienten, y luego agrega con una sonrisa astuta:

—Y no se trata solo de la panocha.

La sala estalla en risas, las que surgen del alivio de que la tensión se rompa como una presa.

Cuando ya hemos pasado página a discutir la lectura asignada, mi concentración fluctúa. Sus palabras siguen rondando en mi mente, regresando a la pregunta del espejo que planteó. Pienso en la primera vez que tuve sexo; lo confuso que fue, lo mucho más fácil que hubiera sido si hubiera conocido mejor mi propio cuerpo. Mis pensamientos se desvían hacia donde no deberían. Alex. No puedo evitar preguntarme: ¿su cuerpo es como el mío? ¿Se ve igual o es diferente en formas que no puedo ni imaginar? ¿Le gustará que la toquen de la misma manera que a mí?

El pensamiento me recorre en un escalofrío por la espalda, y me muevo incómoda en mi asiento. No puedo evitarlo. Mi mente es un torbellino de preguntas e ideas que he tratado de ignorar desde ese momento en el almacén. ¿Casi nos...? ¿Fue eso lo que pasó? ¿O solo lo estoy imaginando? Ese momento sigue repitiéndose en mi cabeza, enredado con emociones que no sé cómo nombrar. No importa cuánto intente suprimirlo, el recuerdo no me deja ir.

Han pasado varias semanas desde lo que ahora he llegado a llamar el casi beso con Alex, y sigue dándome vueltas en la cabeza, como una pregunta persistente a la que no puedo encontrar respuesta. Las cosas entre nosotras no han sido raras, no hay tensión ni incomodidad, pero repaso ese momento una y otra vez en mi cabeza. Cada vez que lo pienso, mi estómago da un vuelco y siento que me perdí de algo.

Es raro, porque siempre he sabido que Alex es bisexual. Me lo contó en una de nuestras primeras caminatas hacia The Bargain Bear. Había hecho un comentario casual sobre evitar el carrito de Koala Coffee por un "drama veraniego" con una barista de cabello azul, y ahí fue cuando me lo dijo.

—Entonces, tú…? —le pregunté, tratando de no sonar demasiado obvia.

—Soy bi —dijo Alex antes de que pudiera terminar la frase.

—estás privada de cafeína, era lo que iba a preguntar —bromeé, riendo para desviar la atención.

—Más bien privada de amor —respondió con un gesto dramático. —¿Y tú? ¿Estás viendo a alguien?

Le di la versión rápida de lo de Tres y de alguna manera no la espanté con los detalles más personales de mi vida. Ella se limitó a escuchar y asentir cuando le hablé sobre la infidelidad de mi papá.

Ahora, sentada aquí en clase, al tener que confrontar preguntas sobre mi cuerpo y sobre mi sexualidad, pienso en la honestidad de Alex. Me hace cuestionarlo todo. Antes, me había identificado como heterosexual, pero ahora… ahora ya no estoy tan segura.

Ese casi beso en el almacén sigue regresando a mi mente. Si Charlie no hubiera entrado, estoy bastante segura de que Alex me habría besado. Yo le habría correspondido.

No sé qué es más aterrador, admitirme a mí misma que mis sentimientos por ella son más que amistosos, o darme cuenta de que no tengo ni idea de cómo lidiar con eso. Estoy acostumbrada a considerarme una aliada de la comunidad LGBT, no una parte de ella. ¿Aceptar esta realización? ¿Confrontar a los miembros de mi familia que dicen ser neutrales, pero usan términos como "raritos" y "ese tipo de personas"? ¿Cómo voy a enfrentarme a los miembros de mi familia que ni siquiera se dicen neutrales? No es algo que esperaba. No es algo que quería. Pero estos sentimientos están aquí, y no sé cuánto tiempo puedo seguir aparentando lo contrario.

A LA FUERZA NI LOS ZAPATOS ENTRAN

AURORA

La doctora me advirtió que después de la segunda sesión, lo más probable es que mi cabello comience a caerse. Ya se ha adelgazado después de la primera. Es extraño cómo, ahora que tengo más de setenta, ese pensamiento me pone triste. Cuando era más joven, nunca pensé que me importaría tanto algo tan vano, pero ahora así es. Disfruto despertar, cepillarme el cabello, arreglarme—verme presentable, aunque no tenga a dónde ir.

Sin embargo, hubo una época en la que no deseaba nada más que ser invisible. Una época en la que desaparecer habría hecho mi vida más fácil.

Recuerdo esa noche tan claramente.

Era una de esas tardes de viernes en las que Don Eulalio recibía a sus amigos para su habitual partida de dominó. Yo ya llevaba unos meses trabajando como su sirvienta, acostumbrándome a esas reuniones, quedándome tranquila en un rincón, sólo interviniendo cuando alguien necesitaba más comida u otra bebida.

La casa estaba cálida y llena de conversación, el sonido de los dominó se mezclaba con risas y voces altas. Yo estaba en la cocina, lavando los platos, tratando de mantenerme ocupada, tratando de no ser vista. Ya había aprendido que ser invisible era la forma más segura de estar. Pero entonces, escuché su voz. Manuel. Normalmente ya estaría borracho para esa hora, pero esa noche había llegado ya borracho.

—Aurora —llamó desde el otro cuarto, su voz baja y cargada de alcohol. Me congelé. Mi corazón latía fuerte en mi pecho. Conocía ese tono. Era uno que temía. Traté de ignorarlo, pero luego me llamó de nuevo, más fuerte esta vez—. Ven aquí.

Hice lo que me pidió, mis pies casi se movían contra mi voluntad. Cuando entré al comedor, el peso de sus miradas cayó sobre mí. Manuel estaba de pie, con la mano en el respaldo de su silla, una sonrisa torpe en el rostro.

—Tráenos otra ronda de bebidas —ordenó, su voz demasiado casual, demasiado autoritaria—. ¿Qué estás esperando?

Tragué saliva, tratando de calmar la incomodidad que me invadía.

—Claro, Señor Manuel —dije, forzando la calma en mi voz, aunque sentía la familiar tensión en mi pecho.

Me di vuelta para recoger las botellas, pero al hacerlo, sentí su presencia demasiado cerca de mí. Estaba parado mucho más cerca de lo que debiera. Podía oler el alcohol en su aliento, sentir el calor de su cuerpo. Ignoré el impulso de dar un paso atrás. No debía hacerlo. No era mi lugar.

—Sabes —dijo, bajando la voz hasta convertirse en un susurro—, creo que te estás poniendo más chula cada vez que te veo.

Sus palabras flotaron en el aire, cargadas de algo no dicho.

—Una mujer que sabe cómo quedarse en segundo plano... podrías salir un poco de las sombras. ¿Qué dices? ¿Un traguito conmigo? ¿Una platicadita?

Sus palabras fueron como manos que intentaban tocarme, pero sabía que no debía dejar que me tocaran. Forcé una sonrisa, con la esperanza de que se fuera, pero en lugar de eso, dio un paso más cerca, bloqueando mi camino.

—Ya eres una mujer adulta, ¿verdad? —añadió, sus ojos recorriéndome como si fuera una pieza de su propiedad—. No hay razón para ser tan tímida.

Intenté retroceder, pero su mano salió disparada y me agarró la muñeca, demasiado fuerte, demasiado insistente. Era tan consciente de sus dedos apretando mi piel, pero no podía moverme. Tenía que mantener la calma. Tenía que mantener el control.

—Tengo... tengo que volver a mi trabajo, Señor Manuel —dije, mi voz apenas un susurro.

Su agarre se apretó, y una sonrisa burlona apareció lentamente en sus labios.

—Ándale —dijo, levantando un poco la voz—, no hay por qué ser tan fría. Sólo un trago. Sólo un poquito de compañía.

Como pude, sacudí y logré soltarme de su mano. Mi respiración era entrecortada, ansiosa, pero me mantuve firme. No podía dejar que me viera romperme. No ahí. No así.

—Tengo trabajo que hacer —dije, esta vez más fuerte, tratando de dejar claro que no iba a seguirle el juego.

Manuel parpadeó, su sonrisa se desvaneció por un momento, pero luego volvió, más amplia, más burlona.

—Está bien —dijo, levantando las manos en una rendición fingida —. No hace falta que te pongas así. Pero te estaré esperando, Aurora. Eres una mujer, después de todo. Lo entenderás tarde o temprano.

Se dio vuelta y volvió a su grupo de amigos, dejándome allí, con el corazón acelerado en el pecho, cada músculo congelado. Me sentí pequeña, como si no fuera más que una sombra en el rincón. Pero ya no era invisible. No para él.

Me di la vuelta rápidamente y corrí de vuelta a la cocina. Mi mente daba vueltas, mis pensamientos un torbellino de confusión y enojo. Me sentía enferma del estómago. Él había cruzado una línea, pero lo peor era que ni siquiera lo veía. Para él, todo era un juego.

Sentí que las paredes se cerraban a mi alrededor. Estaba atrapada en un mundo en el que no era más que una sirvienta a su disposición, una sombra a su luz. Y siempre sería solo eso. Hasta que pudiera encontrar una manera de escapar de nuevo. No sabía si sería trabajando para otra familia o probando suerte en otra ciudad. Lo único que sabía era que Manuel había comenzado a prestarme demasiada atención y quedarme allí ya no era seguro.

NO HAY PEOR CIEGO QUE EL QUE NO QUIERE VER

PILAR

Sola en mi habitación, después de descubrir que mi padre se había ido, había abierto el cajón de abajo de mi cómoda hasta llegar al fondo, donde la guardaba, bien escondida. Mi muñeca. Ya no era la gran cosa, su vestido azul que alguna vez fue vibrante se había desvanecido hasta convertirse en un gris pálido, y había una pequeña calva donde su cabello de lana se había caído. Pero era mía.

La tomé con cuidado y pasé mis dedos por el nombre bordado debajo de su vestido. Las letras eran bonitas, aunque desiguales, claramente cosidas a mano, y sabía exactamente quién las había bordado. Mi madre.

No lo entendía. ¿Cómo podía la misma mujer que se había tomado el tiempo de sentarse y bordar cuidadosamente, letra por letra, en esta muñeca, dándole un nombre, ser la misma mujer que abandonó a la niña para la que esta muñeca estaba destinada?

Abracé a Mary contra mi pecho y me senté en la cama. Muchas veces, durante mi infancia, mi padre había intentado quitarme la muñeca. Pero al parecer, incluso cuando era bebé, me aferraba a Mary como si mi vida dependiera de ello. Recuerdo vagamente cómo su olor, tenue y cálido, era lo único que me calmaba por las noches cuando era más pequeña. Mi padre había accedido a regañadientes a dejarme quedármela, pero cuando fui un poco mayor, finalmente entendí que lo mejor era mantenerla fuera de su vista. En ese momento, ella no era solo una muñeca. Era la prueba de que, al menos por un tiempo, uno de mis padres había pensado en mí. La prueba de que tal vez no había sido tan fácil dejarme atrás. Ahora los dos se habían ido, pero Mary seguía conmigo. Era una de las pocas pertenencias que había llevado conmigo al dejar la ciudad de México atrás.

❀✧❀✧❀

Llegamos a Tijuana unos días después, aunque me pareció más bien una vida entera. Era sábado, 12 de octubre de 1968, el día de la inauguración de los Juegos Olímpicos. La ciudad no se parecía en nada a la Ciudad de México que habíamos dejado atrás. Era brillante y ruidosa, sus calles llenas del bullicio de los vendedores gritando, los niños jugando y los coches tocando el claxon mientras avanzaban lentamente por las calles. Los Zonkeys, esos burros pintados de rayas para parecer cebras, estaban orgullosamente a lo largo de las aceras, ofreciendo a los turistas la oportunidad de tomarse una foto. Eran un símbolo peculiar del lado salvaje y caprichoso de la ciudad. Pero por más vibrante que fuera Tijuana, sentía como si la estuviera mirando a través de una ventana empañada, como si fuera un lugar que existiera en el mundo de otra persona, no en el mío. Un mundo al que alguien más había escapado.

La ciudad estaba llena de vida; la gente ajetreada, intercambiando mercancías, hablando animadamente en una mezcla de español e inglés, incluso algo de Spanglish por ahí. Los letreros de neón a lo largo de las calles parpadeaban constantemente, anunciando desde tequila hasta los "mejores tacos de la Baja". El ritmo de Tijuana era rápido, incluso más rápido que el de la Ciudad de México, aunque apenas notaba la diferencia. Mi mente seguía allá, en aquella casa fría y vacía de la Ciudad de México, todavía acosada por los nombres de los estudiantes que habían muerto, todavía tratando de entender el vacío que se había instalado profundamente dentro de mí.

Incluso ahora, días después de huir, el dolor de todo lo que habíamos perdido: Chava, nuestro hogar, la ciudad que conocíamos, permanecía como una fuerza silenciosa que me aplastaba. Casi podía oír los disparos en mi mente, imaginar las caras de los estudiantes cuando los abatieron en Tlatelolco, aún sentía el impacto de la noticia en mis huesos. No podía escapar de ello.

En el coche, mientras nos alejábamos de los recuerdos, escuchaba a los padres de Ofelia hablar, aunque sus voces eran bajas, como si pensaran que todos estábamos dormidos en el asiento trasero. Susurraban sobre lo que había pasado, sobre La Matanza de Tlatelolco. La forma en que lo decían era como si fuera un nombre que no pertenecía a nada real. Los hechos seguían siendo surreales, incluso en mi memoria.

La herida seguía fresca. Podía imaginar las voces de los manifestantes en mi mente. Chava entre ellos. Sus gritos de libertad, por el futuro, cortados de golpe por el sonido de los disparos. ¿Cuántos habían muerto? Nadie lo sabía con certeza. Algunos decían que decenas; otros susurraban que era peor.

La voz de Doña Carmen tembló al hablar.

—No entiendo cómo pueden simplemente seguir adelante, Rafa. Toda la ciudad sabe lo que pasó. Los soldados los mataron como a animales, y ahora... ahora todo es sobre los Juegos Olímpicos. ¿Cómo podemos hacer como si no hubiera pasado?

—Nadie está haciendo de cuenta, Carmen —respondió Don Rafael, su voz baja pero llena de ira—. Pero lo han enterrado. Han enterrado la verdad. Los Olímpicos son su distracción. No quieren que el mundo vea la sangre que derramaron. Pero nosotros la vimos. La vivimos.

Me senté allí, haciéndome la dormida, con Solovino descansando en mi regazo, pero cada palabra que decían se sentía como si me la estuvieran grabando en el pecho. Pensé en Chava de nuevo, en cómo ya no estaba con nosotros. Era solo un nombre entre cientos de otros, sus historias silenciadas, sus muertes escondidas bajo un velo de mentiras gubernamentales y control de los medios. Y aquí, en Tijuana, me sentía a la deriva entre personas que no sabían lo que era ver morir a alguien a quien quieres como un hermano en nombre de algo que se suponía era lo correcto.

Aquí, la vida continuaba. La gente ya hablaba de los Olímpicos, de los atletas, de las ceremonias de inauguración, de las medallas. Nadie hablaba de los estudiantes. Nadie quería recordarlos. Era como si fueran solo una nota al pie de la página en una historia mucho más grande. Una historia que no necesitaba incluir su sangre, su lucha. Las lágrimas de los que quedamos atrás. El mundo tenía los ojos puestos en los Juegos, y todo lo demás parecía olvidado.

El gobierno trató de encubrirlo, hacerlo desaparecer. Más tarde supimos sobre la fuerte censura, sobre cómo sofocaron la verdad. Los periodistas guardaron silencio, demasiado asustados para desafiar al régimen. En la Ciudad de México, la masacre no existía en los periódicos, en las emisiones, ni en los titulares. Todo lo que sabíamos venía de susurros, de las voces crudas y aterradas de quienes lo habían visto de primera mano. En Tijuana, ni siquiera estaba segura de que la gente hubiera escuchado sobre ello.

Y sin embargo, incluso cuando Díaz Ordaz declaraba inaugurados los juegos, incluso cuando el mundo se maravillaba con Enriqueta Basilio, la primera mujer en la historia olímpica en encender el pebetero, la masacre se aferraba a nosotros, a los que habíamos sufrido sus secuelas. Se negaba a ser borrada de nuestras mentes. De nuestros corazones.

Chava se negaba a ser borrado. Era solo un niño. Un poco mayor que yo. Quería gritar. Sacudir al mundo para despertarlo. Forzarlo a ver lo que había pasado. En lugar de eso, dejé que la impotencia me tragara por completo.

CADA AMOR TIENE SU CANCIÓN

FER

A medida que pasan las semanas, Alex, Charlie y yo caemos en una rutina cómoda. El cumpleaños de Alex llega y se va, seguido del de Charlie. El de él lo celebramos en un antro donde, no sé cómo, logra que nos dejen pasar; el de ella, con una mini fogata en la playa con algunas amistades.

Cuando llega mi cumpleaños, me sorprende que una amiga de la prepa realmente se aparece en el departamento. Una con la que, seamos honestas, no he hablado tanto como dijimos que lo haríamos. En las tres celebraciones tomamos Dr. Pepper mezclado con vodka y un "ingrediente misterioso"—la mezcla de Charlie, que él nombró con orgullo como "nuestra bebida". Ni Alex ni yo somos muy fans, pero chocamos nuestros vasos con emoción fingida, y luego vaciamos lo que queda cuando nadie está viendo. Es uno de esos pequeños placeres culpables.

Otro secretito entre Alex y yo. Uno más entre muchos rituales que, poco a poco, me han ayudado a ahogar el dolor del pasado.

Mi mamá me llamó la noche anterior para desearme feliz cumpleaños por adelantado y preguntarme si quería que tuviera pastel de desayuno en casa—algo que hacemos desde que tengo memoria. Mamá y yo somos de desayuno y café. Cuando le dije que no iba a poder ir, sonó triste. Pero no preguntó por qué, ni insistió. Creo que sabía que simplemente no quería regresar a casa y lidiar con papá.

❈✧❈✧❈

En cuanto a la escuela, empiezo a encontrarle el ritmo. Ya no me siento tan perdida, pero saqué una C en mi segundo ensayo para la clase del profesor Johnson. No es un desastre, pero tampoco es como que vaya a mejorar mi promedio. Aun así, voy a pasar, y eso es lo único que realmente me importa por ahora.

Charlie ya tenía planes para el fin de semana antes de Acción de Gracias, así que, dos semanas antes del puente, organizamos un pequeño Friendsgiving en el depa: sándwiches de pavo y "nuestra bebida". Decido saltarme la fiesta de la fraternidad a la que se van a ir después.

Ya dejé que Charlie me arrastrara a una antes, y confirmo: definitivamente no es mi ambiente.

Justo cuando me acomodo en el sillón, con una taza de café caliente en la mano, lista para una noche tranquila, Alex decide de último minuto que está demasiado cansada y que se queda conmigo. El plan: ver *You've got mail*. Aunque la he visto al menos cien veces, la última escena siempre me hace llorar. Y obvio no quiero que Alex me vea así, entonces, justo cuando llega ese momento, empiezo a comer Hot Cheetos como si mi vida dependiera de ello.

Al principio creo que tratamos de agarrar la bolsa al mismo tiempo. Pero luego me doy cuenta: Alex me está tomando de la mano. No va por las papas. Nuestros dedos están entrelazados, y de pronto todo dentro de mí se queda quieto.

Ya llevamos rato de compañeras de cuarto, así que no es raro acabar enredadas en el sillón, riéndonos o viendo reality shows bien chafas. Pero esto… Esto se siente diferente. El mundo se mueve en cámara lenta, y me pregunto, solo me pregunto, si ella también lo está sintiendo.

Alex se mueve apenas, usa su mano libre para tomar la bolsa de papas y ponerla sobre la mesita de centro, despejando el espacio entre nosotras. Pero su mano no suelta la mía. Y mi corazón late más rápido. Trato de concentrarme en la película, de fingir que no estoy cien por ciento consciente de su mano en la mía, pero mientras Meg Ryan dice su famosa línea de, "Lo deseaba tanto, que quería que fueras tú." El nudo de siempre se forma en mi garganta.

—Hey —dice Alex, rompiendo el silencio. Se gira hacia mí, y me congelo—. ¿Te acuerdas de ese día que estábamos organizando libros?

—¿Cuál? —pregunto, aunque sé perfectamente a cuál se refiere.

El día de mi bajón por el ensayo. El día que Charlie apareció justo cuando creía que tal vez algo más iba a pasar entre nosotras.

—El día que nunca hablamos… desde que Charlie interrumpió —dice en voz bajita, sus ojos buscando los míos como si intentara descifrar algo que yo apenas estoy empezando a entender.

Mi corazón se acelera. Está preguntando. Después de semanas de no saber qué pensar… está preguntando. Veo nuestras manos, aún entrelazadas. Ya no puedo fingir. Sus dedos están cálidos, su piel suave, y la línea entre ella y yo… se ha vuelto borrosa.

—Creo que sabes que iba a besarte —dice, bajito, como con cuidado —. Pero me he estado preguntando… ¿tú me habrías besado de vuelta?

No tengo tiempo de contestar. Antes de que pueda procesar lo que acaba de decir, me inclino hacia ella. Sus labios son suaves, tibios, con un toque picante por las papitas, pero es perfecto. En este momento, en este departamento, con nuestras manos unidas en una conexión tranquila pero eléctrica, nada se ha sentido más correcto.

Aunque no estaba lista para decirlo en voz alta… lo he deseado.

Lo he deseado tanto.

❀✧❀✧❀

Me despierto sola en el sillón, con media cobija enrollada en mis piernas y la otra mitad colgando hasta el piso. Me froto los ojos, intentando recordar todo. Y luego, como un golpe de electricidad, lo recuerdo todo.

Besé a Alex.

Sigue ahí esa emoción intensa, vibrante, que me dejó toda sacudida.

Me levanto justo cuando Charlie sale arrastrándose por el pasillo, con cara de "alguien detenga al mundo que me quiero bajar", lo cual solo puede significar una cosa: tuvo una noche épica y la cruda del año.

Me hago a un lado, levantando las manos en rendición para dejarlo pasar mientras se deja caer en el sillón que acabo de dejar. Me lanza su mirada universal de "no me hables hasta que me tome mi café", y pues lo entiendo.

Voy al cuarto y encuentro a Alex a medio cambio, aventando su camiseta sobre la cama.

Cuando me ve, sonríe.

—Código de evacuación —susurro, alzando las cejas y señalando la puerta con el pulgar.

—¿Tanto así? —se ríe, sabiendo bien lo dramático que puede ser Charlie.

Nos cruzamos una mirada que dice todo: salimos por un café y lo dejamos lidiar con su miseria en paz.

Sentadas en una banca afuera, con café y bagels, Alex respira hondo, sus dedos dando vueltas alrededor de su taza.

—Entonces… lo de anoche —dice con una sonrisa pequeñita, medio nerviosa—. Me gustas. Me gustaría que esto fuera algo oficial. Pero sé que esto es nuevo para ti, así que si prefieres que solo seamos amigas, no hay problema. Lo entiendo.

Sus palabras me caen como una revelación. Este año ha sido todo cambios, y la mayoría ni siquiera fueron decisión mía. Pero anoche… eso sí fue nuestro. Se sintió real. Como un paso hacia algo que sí quiero. Pero poner todo eso en palabras… es otra historia. No sé cómo decirle que me hace sentir segura. Que anoche fue algo que ni sabía

141

que me hacía falta.

Así que, obvio, suelto lo primero que sale de mi boca:

—No quiero ser tu amiga —digo, y en cuanto sale, quiero morderme la lengua.

Veo su expresión caer un poquito. Ay, no.

—Espera, no —me corrijo de inmediato, negando con la cabeza—. Lo que quería decir es… no quiero *solo* ser tu amiga.

Sus ojos se suavizan.

—¿Entonces estás diciendo que…?

Lo repito más despacio, asegurándome de no regarla otra vez:

—Estoy diciendo que no quiero ser *solo* tu amiga.

Me acerco y la beso. Y dejo que eso diga el resto. Cuando nos separamos, Alex sonríe. Sus ojos brillan.

—Mi mamá se va a emocionar tanto —dice riéndose—. No te sorprendas si quiere llamarte.

Solo de pensarlo me da un microinfarto. Solo he hablado con ella una vez, por teléfono, porque insistió en conocer a la "nueva compañera de cuarto". Es de esas personas que llevan la conversación solitas, mientras yo solo digo "ajá" de vez en cuando. Alex es más tranquila, pero claramente heredó esa calidez y franqueza de su mamá. Aun así, pensar que me va a llamar me pone los nervios de punta.

Alex parece notarlo, porque añade en voz bajita:

—No significa que tengas que decirle a tus papás o a nadie, hasta que estés lista. No hay presión. Mi mamá es solo de esas que lo notarían en cuanto me vea en Acción de Gracias.

Suelto el aire. Le sonrío, agradecida.

—Gracias. En realidad, este año ni voy a ir con mis papás. Así que no habrá anuncios familiares de mi parte.

Es cierto. El Día de Acción de Gracias nunca ha sido la gran cosa para nosotros. Mis papás, nacidos en Tijuana, ni crecieron celebrándolo. Últimamente lo pasábamos en casa de unos amigos, con cena grande y toda la cosa. Pero este año, la idea de sentarme a esa mesa con gente que solo conoce la versión "bonita" de nosotros… me da flojera emocional.

Que mis papás digan lo que les dé la gana. De seguro dirán que estoy ocupada con cosas de la escuela. Mantendrán las apariencias, como siempre.

Alex se ilumina con una idea.

—Oye… ya sé que es súper *last minute*, pero… si estás libre… ¿por qué no vienes conmigo?

Hilos de su trenza

ENTRE LA ESPADA Y LA PARED

AURORA

Estos últimos días de bienestar me han dejado cuestionándolo todo. Por primera vez desde que comencé la quimioterapia, he tenido energía—energía de verdad. Suficiente como para sentarme afuera y deleitarme con el calor del sol en mi rostro, suficiente para disfrutar de una comida completa sin que la náusea se me cuele. Suficiente para sentirme como yo misma.

Y ahora, me pregunto.

¿Realmente quiero seguir pasando por esto? ¿Quiero soportar la agotadora fatiga, la enfermedad, la lenta y creciente pérdida del cuerpo que una vez conocí? ¿O quiero aprovechar los buenos días que me quedan y sacarles el máximo provecho?

Hablé con mis hijas por teléfono sobre esto, tanteando las aguas. Ellos escucharon, aunque pude oír las palabras no dichas, *por favor, no te rindas*, en la forma en que contuvieron la respiración antes de responder. Realmente quieren que intente al menos una ronda más. Entiendo por qué. Si estuviera en su lugar, querría lo mismo. Así que acepté. Una ronda más y después veremos.

Ese fue el plan con el que me quedé anoche. Pero la verdad es que he estado tomando decisiones difíciles toda mi vida, y no todas se han sentido como decisiones reales. Hubo un tiempo cuando decidir mi propio destino era un privilegio que no podía permitirme.

Exactamente una semana después de mi incómoda interacción con Manuel, mientras terminaba de preparar la bandeja de la mañana, don Eulalio me llamó a su estudio, su rostro serio y los ojos fríos. Me quedé allí, con las manos entrelazadas, esperando cualquier instrucción que tuviera para mí, pero sus palabras me golpearon como una bofetada.

—Aurora —dijo con voz baja—, me temo que ya no se requieren tus servicios aquí. Tienes que recoger tus cosas y salir para el mediodía del lunes. No necesitaremos tu ayuda este fin de semana, así que siéntete libre de usar ese tiempo para empacar.

Por un momento, estuve segura de haberlo entendido mal. Había hecho todo lo que me había pedido. Me mantenía en silencio, trabajaba más duro que nadie y nunca me quejaba.

—No entiendo —balbuceé, buscando sus ojos en busca de alguna pista de razonamiento—. ¿Hice algo mal? ¿Hubo un error?

Él no me miró.

—No hay error. He tomado mi decisión. Eso es todo lo que necesitas saber.

No había suavidad en su tono, ni espacio para rogar. Miraba más allá de mí, ya preparado para que me fuera. No tenía sentido. Sabía que podría intentar razonar con él, pero algo en su expresión me decía que ninguna palabra mía cambiaría su decisión.

Bajé la cabeza y retrocedí, murmurando:

—Sí, Señor.

Fui a la habitación que ocupaba para recoger mis cosas, metiendo mis pocas pertenencias en un pequeño paquete. El reloj hacía tic-tac, marcando cada segundo que pasaba mientras empacaba mi vida en silencio. Dos días para decidir qué hacer no parecía ser suficiente.

Luego dejé mi habitación y me dirigí hacia la puerta trasera con una misión: encontrar un trabajo. No podía regresar a Huejosquite con las manos vacías después de tantos meses de ausencia.

Manuel estaba allí, apoyado en la pared, con las manos en los bolsillos, observándome. La forma en que se paraba allí, una leve sonrisa dibujada en sus labios, me decía que ya lo sabía. Debía haber sabido que esto pasaría mucho antes que yo.

—Entonces, Aurora —dijo con voz baja y suave—, parece que necesitas un nuevo arreglo.

Su mirada me pesaba, sus ojos se quedaban sobre mí demasiado tiempo, leyendo cosas que no estaban allí. Mi estómago se retorció, pero me quedé en silencio, sin saber qué diría a continuación. Se apartó de la pared, acercándose.

—No deberías regresar a ese pequeño pueblo tuyo, no después de lo que has logrado. Sabes que no hay futuro para ti allá. Pero aquí, conmigo… —hizo una pausa, dejando que las palabras calaran—. Bueno, una mujer como tú podría tener una vida estable, una buena vida.

Pensé en aquellas últimas semanas en Huejosquite, en Pepi, y en los esfuerzos frenéticos de mi madre por protegerme de un destino similar. El peso de la decisión que tenía frente a mí caía sobre mí, pesado e implacable, dificultándome la respiración.

—Perdón, señor Manuel, se me hace tarde para encontrarme con una amiga —mentí y me apresuré a pasar junto a él.

—¡Solo piénsalo! —llamó tras de mí—. No te faltará nada a mi lado.

Seguí caminando sin mirar atrás.

Brevemente consideré pedirle ayuda a Carmen, pero ella ya había hecho suficiente por mí y tenía un bebé pequeño que cuidar. Sabía que había estado luchando con todo lo que implica ser madre primeriza, así que no me parecía el momento de agregar mis problemas a la lista de cosas con las que lidiaba. Además, su esposo, aunque mucho más amable, se movía en el mismo círculo que don Eulalio y no quería causarles ningún problema.

Pasé todo el viernes y sábado caminando por las calles, buscando trabajo, encontrando puerta tras puerta cerrada para mí.

El domingo por la mañana, hice un último intento desesperado. Fui a las pocas chicas con las que había hecho amistad para pedirles alguna recomendación. Chicas que, al igual que yo, eran sirvientas de pueblos pequeños. Fue entonces cuando me di cuenta de que, aunque la ciudad era grande, seguía siendo un mundo pequeño cuando se trataba de recomendaciones de boca en boca para empleadas. Manuel, con su alcance e influencia, se había asegurado de que ninguna otra familia me recibiera en su casa.

Pensar en regresar a casa, a Mamá, a ese lugar donde todo mi esfuerzo se reduciría a susurros de fracaso, si es que mis abuelos siquiera me aceptaban de nuevo... me dejaba vacía. ¿Qué podría decirles? ¿Que después de huir, ignorando lo que hicieron por mí, solo regresaría a ser otra boca que alimentar?

Pero Manuel... mudarme con él significaría renunciar a la vida que había querido, la vida que había luchado por mantener. La idea de que eso también significara renunciar a la posibilidad de un "felices para siempre" con Paco era casi insoportable. Aun así, si me iba con él, podría seguir enviando dinero a Mamá. Podría asegurarme de que tuviera suficiente. Ese pensamiento, más que cualquier otro, se asentó como un peso en mi corazón.

Cuando regresé a la casa de los Vega, sin tiempo y aún sin saber qué hacer, Manuel estaba justo afuera de la cerca.

—¿Has pensado en mi propuesta, Aurora? Muchas mujeres estarían encantadas de estar en tu lugar, y no estoy acostumbrado al rechazo.

Lo miré, observando la leve sonrisa en su rostro.

—Si acepto... ¿prometes que podré seguir enviando ayuda a mi madre? —pregunté, sopesando mis opciones.

—Claro —dijo, como si fuera lo más sencillo del mundo—. Tendrás todo lo que necesites, y más. Estarás bien cuidada, y también mi futura suegra.

¿Cómo le diría a mi madre que había caído en la misma situación que ella intentó evitarme? Decidí que no lo haría. Lo que ella no sabía no podría romperle el corazón. Si Manuel cumplía su palabra sobre permitirme enviar dinero, podría hacerle creer que había encontrado un mejor trabajo. Que estaba feliz en la capital. Que sus sueños de un mejor futuro para mí se estaban haciendo realidad.

Con un suspiro, asentí, aceptando la oferta de Manuel. Me dije a mí misma que era una elección, que podría irme cuando quisiera.

Pero en el fondo, sabía que no era así.

MIENTRAS UNOS LLORAN, OTROS VENDEN PAÑUELOS

PILAR

Junto con la familia de Ofelia, nos establecimos en la ciudad. La casa en Tijuana era más pequeña de lo que esperábamos, especialmente para alguien como Ofelia, que estaba acostumbrada a espacios más grandes y cómodos. En la Ciudad de México, su familia vivía en una casa espaciosa, con muebles de madera fina y cortinas que siempre olían a limpio. Ahora, nuestro mundo se reducía a paredes de azul deslavado y un jardín con más polvo que flores. Pero al menos nos sentíamos seguros, y en ese momento, sentí que esa era la decisión que nos mantenía a flote.

Meño encontró trabajo casi inmediatamente, como vendedor en un puesto de ropa en el centro, donde rápidamente comenzó a aprender el inglés básico necesario para interactuar con el interminable flujo de turistas estadounidenses. El poco tiempo que pasaba en casa, lo pasaba en silencio, apenas hablaba, su mirada siempre perdida en algún punto lejano. Ya no era el mismo. Cuando sus gritos llegaban por la noche, la madre de Ofelia o yo corríamos a su lado para abrazarlo hasta que se quedaba dormido de nuevo. Yo tampoco era la misma. Pero no decía nada, solo seguía intentando darle sentido a lo poco que podía en un mundo que ya no lo tenía.

Ofelia y yo compartíamos una habitación. Nuestras camas no eran más que un par de colchones de segunda mano. Una noche, durante nuestra primera semana en Tijuana, ella se dejó caer sobre uno de ellos, y de inmediato la absorbió hacia el centro, como si hubiera caído en una trampa.

—No te sientes en esa esquina —me advirtió, levantándose y señalando el colchón—. Se hunde como aguas pantanosas. Creo que se tragó uno de mis calcetines.

No pude evitar reír, por primera vez en días.

Esas primeras semanas en Tijuana las pasé explorando la ciudad en busca de un trabajo que me permitiera contribuir a nuestro nuevo hogar. Caminaba por calles llenas de color, pasando frente a mercados bulliciosos donde vendían de todo, desde frutas frescas hasta baratijas, sintiéndome como un fantasma. Mis pensamientos seguían en la

Ciudad de México, atrapados en recuerdos de caos, sangre derramada y el destino incierto de mi padre. Era más fácil dejar que la ciudad a mi alrededor se desvaneciera en el fondo, hacer como si no estuviera aquí, como si no hubiera dejado todo atrás.

Con el paso de los meses, los padres de Ofelia pasaban la mayoría de sus días tratando de organizar su nueva vida. Don Rafael, que había trabajado durante años como contador de familias adineradas en la Ciudad de México, ahora tomaba cualquier trabajo temporal que encontraba, desde ayudar en un taller hasta descargar mercancía en el mercado.

—Me tomará un tiempo reconstruir mi clientela —decía—, pero lo lograré. Mientras tanto, quiero tener cuidado con nuestros ahorros.

Nunca se quejaron, pero se podía sentir su dolor por el pasado y sus preocupaciones por el futuro en los silencios que llenaban las noches.

—No entiendo por qué no intentan vender su casa de la Ciudad de México —le confesé a Meño una noche.

—Cuando algo es tan doloroso que necesitas dejarlo atrás, a veces es mejor no mirar hacia atrás —me respondió.

Entonces comprendí que debía dejar de preguntarle sobre nuestra madre. Meño había estado listo para dejar el pasado atrás hacía mucho tiempo, pero yo seguía forzándolo a mirar hacia atrás.

En cuanto a mí, aún estaba intentando adaptarme. La desaparición de mi padre me había dejado algo entre la incomodidad y el resentimiento, y no sabía cómo calmarlo. Afortunadamente, la familia de Ofelia nos acogió a Meño, a mí y hasta a Solovino como si fuéramos parte de la suya. Encontré trabajo más rápido de lo que esperaba, como cajera en un puestecito de souvenirs cerca del trabajo de Meño. Aunque el sueldo no era gran cosa, me dio la oportunidad perfecta de pasar tiempo a solas con mi hermano durante nuestros trayectos de ida y vuelta al trabajo—uno de los pocos momentos en los que no podía encerrarse en su cuarto y aislarse del mundo, como solía hacer en casa.. Pero sabía que nuestra situación no era la misma. Ellos enfrentaban sus propias luchas, lidiaban con su propio dolor, y yo intentaba no ser otra carga más.

Ofelia, sin embargo, aunque tenía sus momentos en los que lloraba por Chava, no dejaba que la situación la tumbara por completo, como casi sucedió con el resto de nosotros.

Una mañana, me arrastró al mercado local con la promesa de encontrar "tesoros". Entre los puestos de ropa usada y cajas de juguetes de segunda mano y otras baratijas, encontró un vestido floral y se lo probó encima de la ropa.

—Mira, Pilar —dijo, girando frente a mí—, ¿no parezco una estrella de cine?

—Claro —respondí con una sonrisa—. Como Dolores del Río en su último estreno, "Gangas de tianguis en domingo".

Solovino, que nos había seguido como siempre, eligió ese momento para saltar sobre Ofelia, dejando una gran huella de pata sucia en el vestido. Ella soltó un grito teatral y agitó los brazos como si pudiera sacudir la mancha con el aire.

—¡Solovino! Este vestido, así en oferta y todo, cuesta más que toda tu comida de la semana —exclamó.

—Creo que te quiere decir que no eres tan glamorosa como piensas —dije, riendo.

Ofelia intentó fruncir el ceño, pero terminó riendo también.

—No sabe nada de moda.

De noche, el calor en la habitación era tan intenso que podría haber derretido las paredes. Nos acostábamos sobre nuestras sábanas, hablando en voz baja mientras los sonidos desde el patio, un grillo perdido o el persistente rascar de Solovino, llenaban el silencio.

—Pilar, ¿qué vas a hacer cuando las cosas mejoren? —me preguntó una noche, volteando para mirarme desde su cama.

—¿Cuándo mejoren? —respondí, mirando el techo—. Creo que primero tendría que saber qué estoy haciendo ahora para empezar.

Ofelia dejó escapar un pequeño suspiro, y aunque estábamos en la oscuridad, casi podía verla rodar los ojos, no con desdén, sino por costumbre.

—Bueno, yo ya lo sé. Voy a abrir mi propia tienda de ropa, llena de vestidos como ese —dijo, y vi la sombra de su mano señalando el vestido floral que colgaba en un rincón.

La envidié por eso, por su capacidad para soñar a pesar de todo. Pero también sabía que, aunque no pudiera imaginar el futuro, necesitaba a alguien como ella. Alguien que me empujara a verlo de manera diferente. Aunque todo estaba lejos de ser perfecto, Ofelia me seguía enseñando, día tras día, que incluso en los momentos más oscuros, siempre había espacio para la risa.

Poco a poco, Tijuana se fue colando bajo mi piel. El olor de carne asada y tortillas en el comal llenaba el aire. Las rápidas y decididas zancadas de su gente me recordaban una vida antes de que todo se desmoronara. No una vida a la que pudiera regresar, claro. En ese momento, todo lo que tenía era el peso del presente y la incertidumbre del futuro. Aun así, había momentos en los que casi podía ver un atisbo de esperanza. Tijuana tenía su propio ritmo, un ritmo que no se preocupaba por lo que había pasado en la Ciudad de México. Aquí, la gente seguía adelante, o al menos fingía hacerlo. Tenían sus propios asuntos, sus propias vidas que vivir, y no les importaba el dolor que cargábamos desde el pasado.

Las conversaciones en el mercado no eran sobre protestas ni masacres; eran sobre horarios de autobuses o qué discoteca tenía la mejor música esa noche, sobre qué tiendas al otro lado de la frontera tenían las mejores ofertas. Era como si el mundo simplemente hubiera seguido girando, indiferente a los pedazos rotos que había dejado atrás. Y, de alguna manera, eso resultaba reconfortante. Era un recordatorio de que la vida podía seguir, incluso cuando todo lo que conocías desaparece en un instante.

DAR Y RECIBIR ES DE SABIOS CONVIVIR

FER

Mi última clase antes del descanso de Acción de Gracias empieza a las dos de la tarde, pero cuando llego a la puerta, hay una nota pegada que dice: *"Clase cancelada. ¡Disfruta tus vacaciones!"* Yo no soy de discutir con el destino, así que me regreso al depa.

Para las dos cuarenta y cinco ya empacé, desempacé y volví a empacar mi mochila como tres veces. Cada vez le meto algo que probablemente ni voy a usar, como una linterna y una chamarra de invierno toda gruesa, por si las dudas. Con la mochila lista, solo me queda esperar a que Alex regrese de su clase para poder arrancarnos. Pensar en el fin de semana que tenemos por delante me emociona un montón. Es ese tipo de recordatorio de que, sin importar lo que me tenga preparado la vida, siempre hay algo bonito que me hace seguir.

Quedamos de salir a las seis, porque Alex jura que esa es la única manera de esquivar el tráfico estilo apocalipsis-pre-Thanksgiving y llegar a casa de sus papás como a medianoche. Pero mientras la espero, entro en ese estado raro donde ni me puedo relajar, pero tampoco concentrarme. Me la paso dando vueltas por el depa, sentándome en cada lugar como si hiciera algo útil… pero la neta, solo estoy contando los minutos.

Por fin, a las tres cuarenta y dos, Alex entra y, en cuanto me ve, ya sabe.

—Bueno —suspira, dejando caer su mochila—. Con tanto ajetreo que traes, ya vi que ni de broma voy a poder echarme una siestita antes del viaje. Mejor vámonos ya, ¿no?

En cuanto lo dice, ya estoy fuera de la puerta, arrastrando la mochila como si me la fueran a quitar.

—Puedo manejar parte del camino —le digo, emocionada—. O todo el camino, si quieres. Tengo energía suficiente como para correr un maratón, literal.

Alex solo sonríe mientras se sube al asiento del conductor.

—Gracias, pero prometo que te aviso si me da sueño y necesito parar. La verdad, me gusta manejar de noche. Ahora, en el regreso… te toca a ti, eh.

Durante la primera hora y media vamos cantando a todo pulmón desde "Wannabe" de las Spice Girls hasta "El son del dolor" de Cuca, como si fuéramos un par de profesionales en roadtrips. Pero conforme pasa el tiempo, el ambiente se pone más tranquilo, cada quien disfrutando del paisaje ya medio oscuro, entre snacks y pláticas de vez en cuando.

Como a las diez de la noche, paramos por café. Y no sé por qué, pero esa parada cambia todo el ambiente. Ahora el carro se siente más chiquito, más privado, como si de pronto estuviéramos en una burbujita. Le doy un trago a mi mezcla de chocolate caliente con café, y miro a Alex. El momento es tan perfecto que no quiero romperlo. Pero no soy buena con los silencios… y este ya me está retando.

Mirando al frente, hacia la carretera iluminada por la luna, suelto:

—Mi abue solía inventar juegos para entretenernos a mis primos y a mí cuando nos quedábamos en su casa. ¿Quieres jugar uno?

Alex levanta una ceja, con esa expresión de *ok, I'm listening*.

—¿Cuál?

—Uno de mis favoritos se llama "Lo Mejor y Lo Peor" —le explico, encogiéndome de hombros—. Es súper simple, pero siempre nos hacía reír, probablemente porque ninguno de nosotros podía tomárselo en serio.

—Me intriga —dice, sonriendo.

—Una persona dice cualquier cosa y todos tienen que decir qué es lo mejor y lo peor de eso. Ganas puntos extra si haces reír a los demás.

—Perfecto. Empieza tú.

—Ok... los tenedores-cuchara.

Jugamos por rato.

Vamos diciendo cosas random como gatos, cotonetes y escaleras. Cada tema trae una historia: la vez que terminé en urgencias por un Q-tip, o cuando Alex se quedó atorada en el barandal de una escalera durante una hora cuando era niña.

Para cuando llegamos al tema "la noche", ya nos duele la cara de tanto reír.

—¿Lo mejor de la noche? —dice Alex bajito, casi como un secreto—. Es cuando terminas teniendo esas pláticas profundas que solo pasan después de medianoche.

Asiento, genuinamente impresionada.

—¿Y lo peor?

—Definitivamente esas desveladas cuando estás tan cansada que te quieres echar un clavado a la cama, pero todavía te falta terminar algo y ni modo.

Me río.

—Sí, eso es tal cual.

Luego, después de una pausa, Alex suelta:

—El amor.

Me tomo un momento.

—¿Lo mejor? Las parejitas de viejitos que todavía se toman de la mano, supongo. Hay algo en eso que me hace pensar que tal vez el amor sí vale la pena.

Sonríe, con ternura en los ojos.

—Buena respuesta.

—¿Y lo peor? —añado—. Ese momento intermedio en el que sabes que ya se acabó, pero todavía no rompen oficialmente. Tortura.

Guardamos silencio por un minuto, el peso de esa idea flotando entre nosotras.

—Entonces, ¿cuál fue tu peor ruptura? —pregunta Alex en voz bajita.

—Ah, fácil. Tuve un novio que se llamaba Ángel al final de mi último año de prepa —digo.

—Oh, ya no sigas. Todos sabemos que un Ángel rara vez le hace honor a su nombre —responde con una risita traviesa.

—De hecho, él estaba conmigo cuando vi a mi papá engañando a mi mamá. Así que sí... cosas fuertes. —Hago una pausa, buscando cómo decirlo—. Esa misma noche se convirtió en mi primer... ya sabes.

Me siento toda colorada, pero sigo.

—De todos modos, me dejó diciéndome que quería "explorar" sus opciones en el colegio comunitario. Y, espérate, lo mejor: todavía me preguntó si podía quedarse a dormir porque "ya era muy tarde para irse a su casa".

Alex se tapa la cara.

—Por favor dime que lo sacaste por la ventana. ¡Desnudo!

—¡Bueno fuera!. No, lo dejé dormir en el suelo —digo, haciendo una mueca de pena.

Ella sacude la cabeza, riéndose.

—Vaya. Eso es... otro nivel de descaro.

Me encojo de hombros, riendo con ella.

—Es cierto. Pero al menos no mintió, así que supongo que eso es algo. De todos modos, ¿y tú?

La expresión de Alex se suaviza.

—Esto no se lo he contado a nadie —dice en voz baja—. Pero cuando tenía quince, estuve embarazada. El muchacho era un senior, y yo pensaba que él era "el bueno", ¿sabes? —Suspira—. Me dejó el día que le conté.

Le aprieto la mano, dándole apoyo sin decir nada.

—Me dijo que debería abortar. Lo pensé, pero luego tuve un aborto espontáneo unas semanas después. Cuando se lo conté, me dijo: "Qué alivio." Fue como si me patearan el estómago. Él se sentía "aliviado", mientras yo sentía todo lo demás.

Estoy tratando de no llorar. Me impresiona su fuerza. Le doy otro apretón.

—Lo siento mucho, Alex. Eso... eso suena difícil.

Deja escapar un largo suspiro, con una pequeña sonrisa.

—Está bien. Estoy en un lugar mejor ahora. Su familia... bueno, digamos que no estaban encantados con que saliera con una muchacha mexicana. Su papá siempre decía cosas como "Hola, señorita" con un acento todo exagerado, o me soltaba frases en español cada vez que estaba cerca, aunque sabía que mi inglés es mucho mejor que mi español. Siempre me preguntaba cuándo les iba a hacer "tortillas auténticas", como si eso viniera incluido. Sacude la cabeza con una risa bajita. No puedo evitar reírme de lo ridículo que suena.

—Déjame adivinar. ¿Nunca probó tu comida, verdad?

Ella se ríe fuerte.

—¡Exacto! Y qué suerte para él. ¡Charlie todavía no me deja olvidar cuando embarré toda la estufa de queso derretido tratando de hacer quesadillas! —Suspira—. En ese entonces fue muy duro. La gente habla, y aunque perdí al bebé, sentía como si me hubieran pegado una etiqueta imposible de quitar. Fue justo entonces que Charlie y yo nos hicimos mejores amigos.

Sus ojos brillan, y suelta una risita.

—Él ya era senior, ya éramos amigos, pero un día me sorprendió muchísimo. Me dijo que no tenía por qué enfrentar todo eso sola, que si quería, podíamos decir que él era el papá. ¿Puedes creerlo? ¡Charlie!

Sonrío.

—¿Y qué le dijiste?

—Le dije: "¡Como si alguien se fuera a tragar ese cuento!" —dice, riéndose—. Pero para mí significó mucho. Le valía lo que pensaran. Solo quería asegurarse de que no estuviera sola.

—Eso es increíble —digo, negando con la cabeza, de verdad impresionada—. No me extraña que ustedes dos sean tan cercanos.

Ella asiente, con una sonrisa suave.

—Así es Charlie.

El resto del viaje se siente más ligero, lleno de historias tontas, risas y recuerdos compartidos. Para cuando llegamos a la entrada de la casa de sus papás, me siento más cerca de Alex que nunca, como si el lazo entre nosotras hubiera crecido con cada kilómetro.

Cuando por fin llegamos, ya pasada la medianoche, lo primero que veo es una casa de dos pisos con un jardín tan bien cuidado que parece de revista. Está lo suficientemente cerca de una de las ciudades más caras del país como para que se sienta como si estuviéramos llegando a la casa de alguna celebridad. Y justo ahí, me cae el veinte: no crecimos en el mismo universo.

De repente me siento chiquita, insegura. La casita de dos recámaras donde crecí, que ya era un lujo comparada con el tráiler donde viví los primeros trece años, ahora parece tan lejana. Nunca me había sentido así con Alex. Su mamá había sido súper amable por teléfono la semana pasada, incluso hizo que me pasaran el teléfono solo para decirme que estaba feliz de que yo fuera con ella... pero ahora, parada con mi mochila, me siento... fuera de lugar.

Dentro de la casa todo está oscuro, las luces apagadas, señal de que todos ya están dormidos. Caminamos de puntitas, y le pregunto:

—Entonces... ¿dónde voy a dormir?

—Pues en mi cuarto, ¿dónde más? —responde como si no fuera nada del otro mundo.

—¿Tu cuarto? —le digo a media voz, entre sorprendida y en pánico silencioso.

Sus papás saben que compartimos cuarto en el depa, obvio, pero siempre hemos dormido en camas separadas. No creo que aquí tengan una cama extra.

—¿Estás segura de que a tus papás no les molesta? No quiero empezar con el pie izquierdo.

Alex se ríe bajito y me susurra:

—Mientras no me embaraces y me dejes, todo está bien.

Honestamente, no creo que haya nada de lo que Alex no pueda hacer una broma.

—Además, mis papás ya esperan que seamos responsables ahora. Créeme, la última vez me hicieron una presentación de PowerPoint sobre "los pajaritos y las abejas" con diapositivas extra sobre "tomar buenas decisiones". Muy detallado.

Me relajo un poco con su humor y las dos nos metemos a su cama, agotadas.

Para la mañana siguiente, ya estoy mucho más tranquila, sobre todo después de que sus papás por fin bajan, justo cuando ya llevamos dos cafés encima y hasta limpiamos el desayuno.

Su familia es cálida y buena onda, y eso me pone a gusto al instante. Para la cena hasta se me olvida que esta casa es como tres veces más grande que la mía. Conozco a sus hermanos, que parecen salidos de una comedia, junto con sus novias, que según Alex son chidas, pero basándose en el historial de relaciones de sus hermanos, probablemente no sobrevivan al siguiente brunch familiar.

El viernes lo pasamos jugando juegos de mesa con su familia. De niña nunca sentí que me faltaran hermanos; con el drama de mis primos tenía más que suficiente. Pero al ver lo mucho que se divierten entre ellos, me pregunto si me perdí de algo especial. Luego, cuando nos acomodamos para ver una peli navideña, Alex apoya su cabeza en mi hombro y toma mi mano.

Es un gesto sencillo, pero provoca esa calidez en el pecho que me vuelve loca por ella.

❀✧❀✧❀

A la mañana siguiente, nos despedimos y Alex les da un abrazo a todos, prometiendo volver en las vacaciones de invierno. No vamos a regresar a San Diego hasta mañana porque Alex tiene planeado un día completo de turismo con sorpresa incluida: pasar la noche cerca de Los Ángeles para que el regreso no sea tan pesado. ¿Lo primero en la lista? Cruzar el Puente Golden Gate, uno de los pendientes de mi lista de cosas por hacer.

—Entonces, ¿qué piensas? —me pregunta Alex cuando ya lo cruzamos.

Le doy un pequeño encogimiento de hombros.

—Pues… fue… un puente.

Las dos soltamos la carcajada, porque sí, era solo un puente, y supongo que pensaba que iba a ser más emocionante.

—Buen intento de venderlo —se ríe ella.

—No, sí estoy feliz de haberlo cruzado contigo. Pero creo que lo puse en mi lista porque es lo que la gente hace. Nunca he sido de las que dices ¡qué bruto, cuánto le apasionan los puentes!… ni anti-puentes, ¿sabes? —ya estoy divagando, y ella me ve como si estuviera tratando de descifrar mi cerebro con una lupa invisible—. Lo que quiero decir es —intento otra vez—, el puente en sí fue meh, pero estar aquí contigo… no fue meh.

Ella sonríe.

—Bueno, te garantizo que lo que sigue hoy no va a ser decepcionante.

De ahí nos vamos a Fisherman's Wharf, donde insisto en que nos hagan una caricatura porque no puedo resistirme a ser una turista cursi. Compartimos una crema de almejas en un pan que me devoro, a pesar de mi desconfianza hacia las almejas. Después, paseamos por Chinatown, donde nos tomamos una foto besándonos bajo las linternas de papel, y terminamos en un restaurancito acogedor con la comida más deliciosa que he probado en mucho tiempo.

—Este siu mai de camarón y cerdo podría poner en peligro mi lealtad a las carne asada fries —digo, lo que provoca una inhalación dramática de Alex, que sabe perfectamente de mi obsesión con esa maravilla quesuda, carnosa, fiesta-en-tu-boca, de San Diego.

—Ay no, no sabía que había traído a una traidora a mi lugar secreto familiar —bromea ella—. Mis hermanos me van a querer matar si se enteran que te traje aquí sin ellos.

—Te juro que guardaré el secreto —digo, extendiendo mi meñique para enroscarlo con el suyo.

Terminamos la tarde con pastelitos y café de una panadería china antes de agarrar camino hacia Los Ángeles. Mi estómago está tan lleno que es un milagro que pueda caminar, pero no lo cambiaría por nada.

Llegamos al hotel poquito después de las nueve, cansadas y medio entumidas del viaje, pero todavía sin sueño. Después de hacer una parada en el 7-Eleven de la esquina, extendemos una montaña de snacks sobre la cama mientras vamos cambiando de canal hasta que dejamos un episodio de *Hell's Kitchen*. Los concursantes están en un reto donde están vendados y tienen que adivinar lo que están probando.

—Apuesto a que es de esos retos que suenan fáciles, pero en el momento te quedas en blanco —dice Alex, riéndose mientras un pobre concursante es humillado por decir "puerco" cuando le dieron pollo.

—A menos que me den uno de esos famosos tragos de Charlie, ese sí lo reconozco en cualquier parte —bromeo.

—¡Ay, por favor! Podría tener amnesia y todavía sabría que es esa cosa —añade Alex.

Ambas nos reímos, y se me ocurre una idea.

—¿Y si lo intentamos? —digo, señalando nuestros snacks, sonriendo.

Ella empieza, dándome un Hot Cheeto. Fácil. Le atino. Luego le doy un M&M de cacahuate. También acierta. ¡Vamos bien! ¡Tómala, en tu jeta, Chef Ramsay! Luego me da otro Hot Cheeto.

—Oye, ¿me estás tratando de engañar? —río.

—¿Por qué no te daría tu favorito? —dice ella, con esa sonrisa coqueta.

—Uy, ahora te voy a besar, y no porque haya funcionado esa frase, es para evitar más cursilería.

Me acerco a besarla, las dos apartando bolsas de snacks a tientas mientras nos acercamos.

 El picante que me dejó el Hot Cheeto hace que el sabor dulce de su beso con chocolate sepa aún mejor, y trato de poner la bolsa de papitas en la mesita sin despegarme. Estoy muy consciente de mi respiración, temblorosa e irregular, mientras me adentro en este territorio desconocido.

—Déjalo —susurra contra mis labios, guiando mi mano de vuelta hacia abajo y quitando suavemente la bolsa mientras sus dedos trazan mi brazo y se deslizan debajo de mi blusa.

En poco tiempo, nuestras blusas están fuera, lanzadas a alguna parte en la montaña de snacks. Su piel envía olas de calor a través de mi cuerpo, y no sé si estoy jadeando o hiperventilando, o ambas cosas, mientras sus manos exploran, enviando pequeños escalofríos por mi cuerpo. Mi corazón late con una mezcla de emoción y ansiedad, cada movimiento es nuevo y abrumador, en el mejor de los sentidos.

Luego —¡oh, wow!— hay un calor repentino y abrasador en un lugar muy, pero muy, no intencionado.

—¡Oh! ¡Ay! —grito, retrocediendo.

Sus ojos se abren alarmados.

—¿Te lastimé? ¿Estás bien? —pregunta.

—Sí, digo, no, digo… sí, pero es… ¡son los dedos de Hot Cheeto! —tartamudeo.

Nos miramos horrorizadas antes de estallar en carcajadas. Ambas estamos sonrojadas y seguimos riendo mientras nos dirigimos rápidamente hacia la regadera, quitándonos lo que queda de ropa. En cuanto el ardor se calma, las manos de Alex vuelven a encontrarme, su boca siguiéndolas de cerca, hasta que soy un desastre tembloroso y sin aliento. Apenas puedo estar de pie, pero de alguna manera ella me estabiliza, sus labios se mueven hacia los míos. La intensidad de nuestra pasión se adhiere a ella, y yo me envuelvo en el momento. Mi corazón late con fuerza, y una emoción nerviosa me recorre, es mi primera vez haciendo algo como esto, pero no quiero nada más que explorarla toda.

Apago el agua, y regresamos a la cama, donde descubro cada centímetro de ella con la misma atención. Un nerviosismo ligero llena mi pecho, haciendo que mi respiración se detenga mientras trato de concentrarme en ella. Mis manos tiemblan ligeramente, delatando mi falta de experiencia, pero no puedo separarme de ella. No quiero. Ella me acerca más y pasamos el resto de la noche envueltas la una en la otra, perdiendo la noción del tiempo mientras vamos de un sueño al otro. Enamorarme de ella es como dejar ir el suelo bajo mis pies: liberador, desconocido, e imposible de retroceder.

A la mañana siguiente, la luz del sol se cuela por una pequeña rendija en la cortina, dándome de lleno entre los ojos. Somnolienta pero contenta, sonrío al recordar la noche. Alex agarra su laptop y se acomoda junto a mí, pasando las fotos de nuestro fin de semana y subiéndolas a Facebook, incluida una de nosotras besándonos bajo las linternas en Chinatown. Por la forma en que mira la foto, sé que no se trata solo del hermoso escenario, se trata de nosotras y de lo que significa tenerme aquí con ella.

Yo solo tengo MySpace, y nuestros grupos de amigos no se mezclan mucho, pero me pregunto si tal vez es hora de cambiar eso. Sin embargo, Alex no menciona nada, solo aprieta mi mano, su mirada aún suave en esa foto.

NO HAY FECHA QUE NO LLEGUE NI PLAZO QUE NO SE CUMPLA

AURORA

Mi segunda ronda de quimioterapia se acerca en solo unos días, y antes de que el agotamiento me tome nuevamente, quiero escribir. Quiero sacar más de mi historia mientras aún tengo energía, antes de que la quimioterapia me hunda otra vez.

El primer año con Manuel fue una mezcla de alegría y dolor. Nuestro hijo, el pequeño al que nombramos como él, era todo lo que había soñado. Un bebé hermoso y de carácter dulce. Había temido tener un hijo con Manuel, pero ahora que lo tenía, él era perfecto.

Esa fue la alegría.

Pero junto con la alegría vino mucho dolor.

⊗✧⊗✧⊗

Recuerdo esa mañana, justo después de que nació nuestro hijo, el tres de junio de mil novecientos cincuenta y uno. Manuel sonreía, orgulloso de ser padre, y me acercó, presionando un beso en mi frente.

—Voy a ir a celebrar con mi compadre —dijo, los ojos brillando de emoción—. El padre de un machito merece una pequeña celebración, ¿sabes?

Asentí, tratando de ocultar el nudo en mi estómago. No lo amaba, no de la forma en que alguna vez esperé amar. Casarme con él fue un último recurso desesperado en primer lugar. Sentía que, no importa cuánto intentara escapar de mi destino, nunca era lo suficientemente rápida. Lo acepté, pero eso no significaba que tuviera que gustarme.

—¿Preparo la cena? —pregunté, mi manera de preguntar si se quedaría fuera hasta tarde. Él me hizo un gesto con la mano, ya camino hacia la puerta.

Pero las horas se convirtieron en días. Dos días que poco a poco me fueron exprimiendo la esperanza de que, tal vez, convertirse en padre transformaría a Manuel en alguien mejor.No me preocupaba por él, no de la manera en que la mayoría de las esposas lo harían. No me importaba si estaba allá afuera bebiendo o con quien hubiera encontrado en el bar. Lo que me preocupaba era cómo iba a cuidar a mi bebé sola, cómo iba a salir adelante sin ayuda. Mi hijo me necesitaba, y tenía que arreglármelas.

Me había dejado sola con el bebé, preguntándome cuánto tiempo podría seguir pretendiendo que todo estaba bien. Cuando finalmente tropezó por la puerta, oliendo a alcohol, no sentí alivio. Sentí… nada. No se disculpó, no ofreció ninguna explicación. Solo murmuró algo sobre necesitar liberar tensión. No estaba enojada porque se hubiera ido. No me importaba lo suficiente para eso. Pero la cruda realidad se asentó: una vez más, me había dejado con todo: el bebé, la casa, el peso de todo. Mientras él se perdía en su propio mundo. No era la primera vez, y no tenía razones para creer que sería la última.

Y en su mundo, no había espacio para que yo tuviera el mío.

A Manuel no le gustaba que tuviera amigas. Nunca lo dijo directamente, pero le gustaba que dependiera completamente de él. Hizo que fuera tan difícil, tan agotador, mantener contacto con Carmen, la única amiga cercana que tenía en la Ciudad de México, que eventualmente se me hizo más fácil dejar que la amistad se desvaneciera.

La soledad se instaló sobre mí como una segunda piel, y la única calidez que me quedaba era mi hijo. Mi dulce y perfecto, pequeño niño que me sonreía como si yo fuera su universo. Y lo amaba más que nada. Más de lo que alguna vez habría creído posible.

No le había contado a mi madre sobre él.

No porque me avergonzara de él —nunca podría estar avergonzada de él— sino porque aún podía escuchar su voz, llena de esperanza, diciéndome que soñara tan grande como quisiera. Contándome que su mayor sueño, un sueño que alguna vez también fue el de mi padre, era que yo lograra el mío. A pesar de lo duro que había sido todo en Huejosquite, ella creía que yo iba a ser enfermera, que iba a ayudar a la gente, que de alguna manera escaparía de las limitaciones que la sociedad nos había impuesto. Cada vez que miraba a mi hijo, veía mi futuro alejándose de los sueños que ella había mantenido para mí. Pero la verdad que estaba escondiendo me apretaba el pecho de pura culpa.

❀❖❀❖❀

Luego estaba la otra parte. Esa que se me revolvía en el estómago cada vez que pensaba en las cosas que Manuel había hecho… en lo que había dicho. La noche de nuestro primer aniversario fue una de esas. Me había jurado que estaría en casa, que haríamos algo especial. Pero en vez de eso, llegó tarde, tambaleándose al entrar. El olor a alcohol llegó antes que él. Trató de sonreír, pero la sonrisa le salió forzada, chueca. Por un segundo pensé en preguntarle dónde había estado, pero su silencio me dejó claro que esa pregunta podía salir cara. Y entonces, me pegó.

Con el tiempo aprendí a leer las señales, a saber cuándo venían los golpes. Pero esa vez, cuando apareció después de estar días "celebrando" el nacimiento de nuestro hijo, el golpe vino tan de repente que ni lo vi venir. No alcancé ni a gritar antes de que Manuel me tirara al suelo, con sus manos apretándome los brazos, sacudiéndome mientras gritaba.

—Ni siquiera te importa saber dónde he estado, ¿verdad? ¡Nomás te quedas aquí, esperando, haciendo como si todo estuviera bien! —su voz era rasposa, llena de coraje.

—Mi padre fue un desgraciado que ni se preocupaba si mi madre y yo nos moríamos de hambre, pero yo sí estoy aquí, partiéndome el lomo para darte una buena vida, ¿y así me pagas? No agradeces nada.

Sentí el pecho apretado, la respiración se me hizo cortita, y no le dije nada. Ni valía la pena. No le pregunté dónde había estado porque, en el fondo, ya lo sabía. No era la primera vez. Pero esta vez me había dejado sola con nuestro bebé recién nacido por días, y ahora tenía el descaro de enojarse porque no le supliqué que regresara.

Quería gritarle. Decirle que no era justo. Que me había dejado con todo: el niño, la casa, las promesas rotas. Decirle que ya estaba harta. Pero no pude. No lo hice. Solo me quedé callada, tragándome las lágrimas, intentando proteger a mi hijo lo mejor que podía. Aún era tan chiquito… ¿Cómo iba a explicarle lo que estaba pasando?

Lo único que Manuel sí cumplió fue mandar algo de dinero a mi mamá. No mucho. No lo que había prometido. Pero al menos era algo.

❈✧❈✧❈

La carta de mi madre llegó unas semanas después de que nació el bebé. Pepi estaba con Segundo. Él se la había llevado a la ciudad después de que su papá no la dejara volver a casa. Como era de esperarse, mis abuelos se pusieron furiosos cuando supieron que Segundo estaba gastando su tiempo y su dinero en hacer una vida con Pepi, y decidieron que ya no querían saber nada más de él. Mi mamá nunca lo dijo en voz alta, pero yo lo sentía: eso la había dejado más sola y vulnerable que nunca. Ahora tenía que hablar con sus dos hijos a escondidas, por medio de cartas.

Esa carta la leí tantas veces que casi se deshacía entre mis manos. Le escribí a Pepi y a Segundo una vez, pero cuando ellos me respondieron preguntándome cómo estaba, no tuve el valor de contestarles. Yo quería ser como Pepi. Quería sentirme libre. Pero no podía. Tenía que quedarme. Aunque, muy dentro de mí, ya presentía que si las cosas con Manuel seguían así… tal vez no iba a sobrevivir mucho más.

EL TERCER HILO: Las flores de nuestras raíces.

EL PASADO ALCANZA HASTA AL MÁS VELOZ

PILAR

Tijuana era una ciudad de paso, de movimiento, y yo pretendía seguirle el ritmo. En aquel entonces, yo creía que el cambio era sinónimo de progreso. Pero no era así. A veces el cambio solo es sinónimo de seguir corriendo en círculos, pero en otro lugar.

A los dos años de llegar, conseguí trabajo en la tienda departamental donde todavía seguía. Al principio fue un alivio: un horario fijo, un sueldo seguro, una manera de aportar en la casa, que en ese entonces aún compartía con la familia de Ofelia. Pero ese alivio ya se había esfumado hace rato. El trabajo no me llenaba. No me daba sentido, pero era fácil. Predecible. Y sin darme cuenta, dejé que los años se me fueran así nomás, sin moverme del mismo lugar.

Don Rafael y Doña Carmen habían logrado reconstruír todo lo que habían perdido cuando salimos de la Ciudad de México. Al menos en lo material. El negocio de don Rafael volvió a prosperar, y la familia estaba bien. Meño se había ido a vivir a San Diego, todo porque se enamoró de una muchacha de allá que conoció en un antro de Tijuana. Acababan de tener a su primer bebé, y aunque todavía venía a vernos seguido, ya era parte de otro mundo. Uno diferente al mío. Pero se le veía feliz, más feliz que nunca, y eso me daba gusto.

Y Ofelia… Ofelia nunca se detuvo. Estaba estudiando diseño, haciendo planes, soñando con la boutique que pronto iba a abrir. Tenía una meta, una visión, algo por lo cual levantarse cada mañana.

Yo también llegué a soñar así.

Alguna vez llegué a creer que la libertad era la solución para cualquier problema. No sabía que la libertad venía acompañada de deudas, nudos en el estómago, y la sensación de fracaso que se asienta cuando nada cambia. Resulta que querer más nunca es suficiente. Necesitas saber pedir las cosas que deseas. Yo nunca lo hice… Había imaginado una vida llena de aventura, de decisiones tomadas bajo mis propios términos. Pero ahora que tenía la libertad alguna vez deseada, no sabía que hacer con ella.

Don Rafael y Doña Carmen nunca me pusieron trabas. Al contrario, siempre me alentaron. Siempre fueron buenos conmigo, siempre me trataron como si fuera parte de la familia. Si hubiera querido regresar a estudiar, ellos me habrían apoyado sin pensarlo.

Pero no hice nada.

En lugar de eso, dejé que la tienda departamental se convirtiera en mi rutina, mis días se mezclaban unos con otros. Dejé de preguntarme qué quería.

❆❆❆

Esa tarde, llegué a casa después de otro largo y poco memorable día de trabajo. El olor familiar a comida llenaba la casa, y el murmullo de conversaciones llegaba desde la cocina.

Al entrar, don Rafael y Doña Carmen ya me estaban esperando.

—Pilar, siéntate —dijo Doña Carmen, con un tono inusualmente serio.

Miré entre ellos, tratando de entender qué estaba pasando. Ofelia también estaba allí, parada cerca de la mesa, su expresión era neutral, pero nos conocíamos demasiado bien. Algo no estaba bien.

Don Rafael aclaró su garganta, mirando un pedazo de papel en sus manos.

—Hoy recibimos una llamada. De alguien de tu familia —dijo con cautela.

Me tensé. Nunca había sido cercana a mi familia cuando vivíamos en la Ciudad de México. Ahora, en Tijuana, rara vez recordaba que siquiera tenía una.

—De tu tía —añadió Doña Carmen.

Don Rafael deslizó el papel sobre la mesa.

—Dejó un número. Dijo que tenía noticias importantes sobre tu padre.

Miré el número sin moverme.

Pasé saliva, tratando de estabilizar mi voz.

—¿Dijo algo más?

Don Rafael negó con la cabeza.

—Solo que debías devolverle la llamada.

El silencio se extendió entre nosotros. Sus ojos estaban sobre mí, como esperando una reacción, pero no sabía qué decir.

Mi padre había sido una sombra en mi vida durante tanto tiempo, una figura de un pasado que había tratado de dejar atrás. No estaba segura de querer escuchar qué noticias podían ser estas.

Pero también sabía que no podía ignorarlo.

Ofelia se acercó a mí, extendiendo su mano.

—Sea lo que sea, no tienes que enfrentarlo sola.

Tomé el pedazo de papel con una mano que se sentía demasiado

inestable.
　—Voy a llamarle —dije finalmente.

MÁS SABE EL DIABLO POR VIEJO QUE POR DIABLO

FER

En cuanto entro al *driveway* de mis papás, puedo notar en la cara de mi papá que algo está mal. Me observa con los ojos entrecerrados, los labios tensos y apretados, esperando a que me termine de estacionar y me baje del carro. En cuanto salgo de mi destartalado Camry 2001, que acabo de comprarle a uno de los amigos de Charlie, veo lo que tiene en las manos. Es la caricatura de Alex y yo en Fisherman's Wharf.

—¿Me puedes explicar esto? —me pregunta.

Su tono cortante me dice que, en lugar de una explicación, solo busca confirmación de lo que ya se imagina. En la caricatura, yo estoy besando el cachete de Alex y estamos rodeadas de corazoncitos. Por un segundo, pienso en mentir, decirle que solo somos amigas y que la caricatura exagera nuestro cariño amistoso. Total, esas caricaturas siempre exageran para hacer reír, ¿no?

No había planeado tener esta conversación hoy. No cuando apenas me estoy acostumbrando a estar otra vez con mis papás. Durante el último año escolar, rechacé varias invitaciones de mis papás para pasar el fin de semana en su casa. He hablado con mi mamá por teléfono, siempre en llamadas iniciadas por ella, pero la idea de regresar a casa y ver a mi papá solo me hacía sentir coraje. Sin embargo, Alex y Charlie se fueron a casa por el verano y, de alguna manera, terminé dejando que mi mamá me convenciera de pasar el verano con ellos.

—No puedes quedarte enojada con tu papá el resto de tu vida, Fer. Por favor, ven solo unos días y, si de verdad estás tan miserable con nosotros, puedes regresar a tu departamento. Los dos te extrañamos muchísimo.

Para mi sorpresa, cuando le conté a Alex y Charlie sobre la invitación de mi mamá, Charlie se puso rápido de parte de ella.

—No estoy tratando de justificar a tu papá, Fer, pero no lo has visto en todo un año. Tu mamá te invita a cada rato, a pesar de tus constantes rechazos. ¿De verdad planeas quedarte enojada con él para siempre y castigar a tu mamá de paso? No te enojes conmigo, pero lo que quiero decir es que si mis papás se esforzaran tanto por tenerme en su vida, les daría una oportunidad.

Parte de mí quería enojarse con Charlie, decirle que no se metiera en lo que no le importaba. Pero en el fondo, sabía que tenía razón. Además, yo lo había metido en mis asuntos, no podía enojarme con él solo por no decir lo que yo quería escuchar.

—Cuando me fui de la casa y vivía en mi carro, mis papás no hicieron el mínimo esfuerzo de contactarse conmigo ni una sola vez —añade Charlie, su voz se quiebra y sus ojos están llenos de lágrimas—. Eventualmente cedí y los contacté yo.

Mi cara se ruboriza de vergüenza por lo que debí haber parecido para él, una niñita chiqueada que quiere todo peladito y en la boca.

Cuando finalmente acepté la invitación de mi mamá para pasar el verano en casa, Alex mencionó que el verano anterior habían subarrendado el departamento, y como ninguno de nosotros lo usaría, podríamos hacerlo otra vez para ahorrar algo de dinero. La idea de no tener a dónde regresar si las cosas no salían bien con mis papás hizo que mi estómago se retorciera, pero no queriendo ser egoísta, acepté.

Ahora, la mirada en los ojos de mi papá me hace pensar que cometí un gran error al ceder y venir a su casa para el verano. En retrospectiva, unas visitas aquí y allá durante los fines de semana habrían tenido más sentido, pero aquí estamos.

—¿Qué parte necesitas que te explique, papá? —Trato de sonar firme, pero por dentro, la posibilidad de rechazo es casi más de lo que puedo soportar. No sé por qué el rechazo del hombre al que he evitado por un año me aterra tanto.

—En nuestra familia no somos así, Fer, ¿qué van a decir si se enteran que andas con tus cosas?

Mi mamá asoma la cabeza por la puerta.

—Entren. No hace falta que todos los vecinos los oigan discutir.

La sigo, mi pulso martillando en mis oídos.

—¿Qué quieres que te explique, papá? —insisto—. ¿No que estabas muy preocupado de lo que pensaran de que viviera con un hombre? Alex no es un hombre, así que ¿cuál es tu problema ahora?

Mi papá exhala de manera exagerada.

—No te hagas la tonta, Fer. Sabes perfectamente de lo que hablo. ¿Entonces esto significa lo que creo? ¿Ella es tu novia?

El coraje hirviendo dentro de mí ahoga el miedo.

—Sí, es mi novia, papá. Lo ha sido por meses. Estamos en una relación seria y *fiel*.

Mi mamá se pone tensa. No ha dicho una palabra desde que entramos, pero el dolor en sus ojos me dice que mi pedrada a papá también le pegó.

La voz de mi papá sube de tono.

—Sí, cometí un error, Fer, pero eso no quiere decir que puedas culparme por cada error que cometas.

—¡Alex no es un error! —le contesto, igualando su volumen.

—Bueno, no quiero ese tipo de cosas cerca de mí. Si esa es la persona en la que has decidido convertirte, tal vez hiciste bien en mantenerte alejada.

—Pues no te preocupes que ahorita mismo me largo de aquí.

Me doy la vuelta y voy a mi cuarto antes de que pueda responder. Mi corazón late con fuerza mientras aviento ropa dentro de una bolsa, mis manos tiemblan tanto que no puedo ni cerrarla bien. Afortunadamente, mi laptop y otros materiales escolares están todavía en el carro.

Cuando paso rápidamente por la sala, mi mamá está llorando. Mi papá le pregunta si ya sabía lo de mi relación con Alex. Nada de eso importa. La puerta sigue abierta y salgo sin mirar atrás.

Sin un departamento al que regresar y con las dos personas a las que normalmente iría a cinco horas de distancia durante el resto del verano, manejo hacia la única otra persona con la que siempre he podido contar.

Treinta minutos después, me estaciono en paralelo justo frente a la casa de mi abuelita. El momento no podría ser más perfecto: justo cuando apago el motor, la voz de Rubén se desvanece con la última línea de "Esta Vez". He puesto la canción en repetición todo el camino, dejándola llegarme un poco más hondo cada vez. Me fascinan esos pequeños momentos curiosamente perfectos, como llegar a mi destino justo cuando una canción termina. Es como si el universo me hubiera dado este pequeño pedazo de perfección, y aún así, el tiempo puede ser tu peor enemigo. Por ejemplo: si no me hubiera dormido exactamente diez minutos más, no habría estado tan apresurada saliendo de la casa de mis papás, no habría llegado tarde a clase, ganándome un portazo en la cara. Sobre todo, no habría estado tan apurada que dejé la caricatura de Alex y yo a la vista, y no habría tenido esa conversación tan temida con mi papá forzada, en lugar de tenerla bajo mis propios términos. Qué curioso cómo un pequeño retraso puede poner tu vida patas arriba. Ahora aquí estoy, mirando mis ojos hinchados en el espejo retrovisor, preguntándome cómo voy a pasar a un lado de Abue sin que se dé cuenta. ¿Qué excusa pondré si lo hace?

Toco el timbre que está en el cerco frente a su casa y empiezo a raspar el esmalte amarillo de mis uñas. El amarillo parecía un color alegre hace solo dos días. Ahora es el detalle más irónico de mi día. Abue aparece en la puerta con una sonrisa suave.

—¿Y eso, que nos visitan las estrellas? —me saluda, siempre haciéndome sentir como una especie de celebridad.

Logro una risa forzada, sin saber qué decir ni cómo explicar por qué estoy aquí. Mientras ella juega con la cerradura, enfoco mi vista en el candado, evitando su mirada. Abue abre el portón, y me lanzo a darle un abrazo antes de entrar a toda prisa, rezando para que no haga preguntas.

Afortunadamente, Abue nunca ha sido de preguntar mucho, es la reina de no meterse en lo que no le incumbe. "Zapatero a tus zapatos", como siempre dice, y parece vivir bajo ese lema. En su lugar, empieza a listar sus opciones para la cena, recitándolas como una poeta en una noche de micrófono abierto:

—Tortitas de papa, chicharrón con tortillas calientitas, nopalitos...

Mi garganta se aprieta mientras trato de contener un sollozo.

—Gracias, pero no tengo mucha hambre —digo, forzando el tono más alegre que puedo. —Solo preguntaba si las estrellas podrían quedarse aquí un rato.

No necesito decir más, Abue ya está asintiendo con la cabeza. Me lleva al cuarto de huéspedes y simplemente me dice que baje cuando esté lista para la cena.

Pongo mi laptop sobre la cómoda, con la intención de enviar el correo de disculpas a la profesora que casi me rompe la nariz con la puerta del salón. Qué injusticia, ella me cierra la puerta en la cara y yo soy la que tiene que disculparse. Pero no puedo permitirme reprobar esta clase, no cuando me ha costado tanto esfuerzo. Apenas abro la laptop cuando un montón de fotos viejas atrapadas bajo la tapa de vidrio de la cómoda llama mi atención. Hay una foto de mi graduación de preparatoria, algunas instantáneas de mis primos y yo cuando éramos niños, y hasta una foto en blanco y negro de Abue, joven y hermosa; ella está sosteniendo a un bebé y junto a ella hay una niña de unos dos años, que se ve mucho como mi mamá, pero mi tía Marta, la hija de en medio, es diez años menor que mamá, así que no estoy muy segura de quiénes están en la foto. No hay muchas fotos de Abue cuando era joven, ni de mamá cuando era niña, así que hago una nota mental para preguntarle a Abue sobre esta más tarde.

Entre las fotos hay recortes de revistas y anuncios de periódicos descoloridos. Uno anuncia una lucha libre con El Perro Aguayo. Otro es un recorte de una actriz mexicana famosa, de esas que siempre pasaban de la pobreza a la riqueza. Sonrío, recordando los días cuando mis mayores preocupaciones eran evitar las botellas de "agüita de riñón" llenas de pipí que los fanáticos de la lucha libre se lanzaban entre sí o protestar cuando me mandaban a dormir antes de que terminara la novela.

Mi estómago ruge, regresándome a la realidad. He sobrevivido con nada más que café del carrito de Koala Koffee que tomé de camino a casa de mis papás esta mañana. El correo puede esperar. Aviento mi único cambio de ropa en un cajón y bajo, donde Abue ya tiene la mesa puesta con tortitas de papa, tortillas y una bolsa de plástico con chicharrón. Me da una taza de café instantáneo; no es mi favorito, pero en su casa, por alguna razón sabe diferente.

—¿Te acuerdas cuando mis primos y yo éramos niños? —le pregunto, mi voz suave con la nostalgia de esos días—. ¿Cómo siempre nos quedábamos a dormir en tu casa?

Abue se ríe, sus ojos brillando con el recuerdo.

—Claro. Tu abuelo y yo invitábamos a toda la bola de primos cuando alguno de sus papás salía y necesitaba que los cuidáramos. Siempre nos llenaba de tanta alegría tener una casa ruidosa con todos ustedes corriendo por ahí.

Sonrío, recargándome mientras las memorias invaden mi mente.

—Los sábados eran lo mejor. Nos amontonábamos todos en el sofá para ver esas mismas películas de Pedro Infante o de la india María en Televisa.

Ella se ríe otra vez, un poco más fuerte esta vez.

—¡Ay, sí! Y luego tenía que convencerlos a todos que el primero que se levantara a golpear la TV cuando se ponía estática era el ganador, o si no, ninguno se dignaba a levantarse. —¿Te acuerdas de cómo la pantalla se congelaba y tenías que golpearla del modo exacto?

Asiente, riendo. —Pensarías que habríamos aprendido a hacerlo antes, pero no. Todos esperabamos hasta que la pantalla estuviera borrosa, y luego era una carrera para ver quién llegaba primero. Menos mal que siempre has sabido cómo convertir todo en un juego.

Abue niega con la cabeza, todavía divertida por el recuerdo.

—¿Quién le da un chingadazo? —digo, imitando la forma en que mi abuelo preguntaba quién se levantaba a arreglarla.

Pienso en la primera vez que mi abuelo me contó su historia de amor con Abue. Acabábamos de ver *La de la Mochila Azul* por enésima vez cuando suspiró:

—Qué triste cuando el amor se va.

—Pero tú tienes a Abue —le respondí, siempre la pequeña sabelotodo.

—No creo que ella se vaya a ningún lado. Y es medio lenta, ¡así que probablemente la alcanzarías aunque lo intentara!

Él se rió, y luego me contó cómo él y Abue se conocieron desde niños, pero se perdieron de vista por unos años.

—Pero a donde el corazón se inclina, el pie camina —me dijo—. Así que, una vez que la encontré nuevamente aquí en Tijuana, supe que no podía dejarla ir. Poco a poco construimos esta casa juntos, no te imaginas cómo era cuando empezamos a vivir aquí. Y bueno, el resto es historia.

La casa de mis abuelos realmente es tan hermosa que no me imagino cómo podría dejar de serlo. Los ojos de Abue siempre brillan con tanto orgullo cuando menciona cómo mi abuelo la construyó con sus propias manos, para ella y para nosotros. Sus hijas y nietos. Estoy tan agradecida de que mi abuelo haya construido esta casa, que guarda la mayoría de mis mejores recuerdos de la infancia.

—Lo extraño —suspiro, y al instante me arrepiento de contagiar mi tristeza.

Ella suspira también, luego niega con la cabeza.

—Si todavía pasan esas mismas películas en el canal doce, tu abuelo probablemente anda haciendo ronda golpeando todas las televisiones en el cielo.

Las dos nos reímos.

Después de la cena, subo nuevamente y me siento a escribir ese maldito correo de disculpas. Adjunto la tarea que se suponía debía entregar esta mañana, prometiendo llegar puntual el resto del verano. Estoy a punto de cerrar la laptop cuando Abue toca suavemente la puerta entreabierta, con una caja de galletas en manos.

—Hay artículos de tocador debajo del sink si necesitas algo. ¿Estás segura de que estás bien con esa cobija? Puedo traerte otra por si acaso.

—Gracias, estoy bien —digo, pero mi voz tiembla, y antes de poder detenerla, una lágrima resbala por mi mejilla.

Me doy la vuelta, maldiciéndome a mí misma por ser tan chillona.

—Es por Alex —balbuceo, y Abue se sienta a mi lado, con la caja de galletas en su regazo.

—¿Te dijo mi mamá que me convenció de pasar las vacaciones de verano en casa?

—Sí, porque tus compañeros de cuarto se fueron a casa por las vacaciones.

Respiro profundamente.

—Más o menos… Abue, Alex no es solo mi compañera de cuarto. Es mi novia. Mi papá me corrió de su casa después de que se lo dije. Seguía preguntando cómo iba a explicárselo a la familia. Mi mamá… solo se quedó callada.

Abue me mira, sus ojos llenos de calidez.

—Sabes que eres bienvenida aquí todo el tiempo que lo necesites. No hiciste nada malo, mi estrella.

Me limpio los ojos.

—Solo hasta que empiece el semestre —respondo—. ¿No estás decepcionada de mí?

Abue me aprieta la mano.

—Nunca podría estar decepcionada, especialmente no por ser honesta con respecto a alguien a quien amas. Cómo me gustaría haber sido tan valiente cuando tenía tu edad. Tus papás van a cambiar de opinión, ya lo verás.

—¿Por qué ser honesta sobre quién soy tiene que ser un acto de valentía? —susurro.

Ella suspira.

—Solo Dios sabe, pero algún día vas a ver que todo tiene sentido.

Realmente no lo creo, pero no tengo el corazón para decírselo. Solo asiento, tratando de aferrarme a su consuelo.

—A veces, las cosas a las que más trabajo nos cuesta aferrarnos son las que más nos importan. ¿Pero sabes qué es algo que siempre me animaba? —dice, sacando unas galletas de la caja y metiéndolas en su boca. Para mi sorpresa, empieza a cantar *El Noa Noa* de Juan Gabriel, completamente distorsionada por lo llena que tiene la boca. No puedo entender ni una palabra, pero reconocería esa melodía en cualquier parte. Tengo la sospecha de que Abue eligió esa canción porque Juan Gabriel dijo famosamente *"Lo que se ve no se pregunta"* cuando le cuestionaron sobre su sexualidad, y *El Noa Noa* es una de sus canciones más icónicas. Esto es su manera de decirme que mi sexualidad no es asunto de nadie más que mío. Me uno a ella, cantando entre risas. Las cosas pueden estar complicadas ahora, pero con Abue aquí a mi lado, siento que tal vez, solo tal vez, todo estará bien.

❈❖❈❖❈

A la mañana siguiente, me arde la garganta como si le hubieran pasado lija, una mezcla de desahogarme cantando anoche y el dolor que quedó después de llorar hasta quedarme dormida. Reviso el cel y veo dos mensajes de Alex:

10 pm: *Te extraño. ¿Cómo te fue con el ensayo?*

12 am: *Porfa contesta, solo quiero saber que estás bien. Intenté llamarte, pero la línea suena como si estuvieras en México, así que supongo que lo de quedarte con tus papás no funcionó. ¿Estás con tu abuelita?*

Le contesto: *Mala señal. Te marco más tarde. Estaré bien. Te quiero.*

Cuando bajo, Abue ya está en la cocina, meneando una olla de avena en la estufa.

—Voy a ir por algunas de mis cosas, pero regreso en la tarde, si está bien —le digo.

—Claro que sí —responde, sacando una copia de la llave de la casa de su pantalón y poniéndomela en la mano—. ¿Vas a estar bien?

No puedo decir "sí" así que solo me encojo de hombros, le doy un abrazo rápido y salgo.

⌗✧⌗✧⌗

Al estacionarme frente a la casa de mis papás, el corazón me late tan fuerte que juro que la pareja que está al otro lado de la calle puede escucharlo; hasta su perro se detiene a verme. Con los dedos temblorosos, le mando mensaje a mi mamá:

¿Está ahí?

En menos de diez segundos, su cara aparece en la ventana de mi carro. Tiene los ojos hundidos, con un tono gris que nunca le había visto, como si el sueño la hubiera abandonado por completo.

—Tu papá no está —murmura—. Pensé que tal vez vendrías por tus cosas, así que te empaqué unas bolsas. Puedes pasar por más si quieres. Tu abuelita me dijo que estás quedándote con ella.

Ayer pensé que el silencio de mi mamá significaba que estaba de acuerdo con mi papá, que no tenía nada que decir a mi favor. Pero ahora, al verla aquí, invitándome a entrar mientras él no está, me doy cuenta de que no es que esté decepcionada de mí. Simplemente no está dispuesta a enfrentarlo. Y por alguna razón, eso duele más.

No me había traído muchas cosas del depa para mi estancia de verano en casa de mis papás, así que solo echo al asiento trasero lo que mamá empacó, esperando que ahí venga todo lo que necesito, y me voy con un simple:

—Gracias, bye.

De regreso a casa de Abue, mi coraje se va contra todos lados: contra mi papá, contra mi mamá, contra mí misma, hasta contra ese pinche carrito caguengue de Koala Koffee y esa barista pitufo-frustrada con pelo azul. Grito, sin importarme que traigo la ventana abajo porque el carro ya ni A/C tiene. La pareja del carro junto al mío en el semáforo me ve como si estuviera loca, y tal vez sí lo estoy, pero me vale madres.

No dejo de pensar en todo el tiempo que me tardé en salir del clóset con mis papás. Conmigo misma. En cómo nunca hablé realmente de quién soy. ¿No es igual de malo que no defenderme? Tengo los ojos más hinchados y rojos que ayer, pero ya ni me importa.

Cuando entro a casa de Abue con mi llave nueva, ella no está abajo para darse cuenta. Me voy directo al refri, pensando en hacerme un pan tostado con mantequilla y azúcar, uno de mis snacks de consuelo de siempre, antes de subir a decirle que ya regresé. Abro el bote de la mantequilla y en lugar de mantequilla, hay un montón de frijoles, y ya, ahí está, mi último pedacito de compostura está a punto de pelarse a la roña.

Si no me río, voy a llorar por un maldito bote de mantequilla lleno de frijoles. Empiezo a buscar y encuentro al menos otros dos botes con frijoles, más uno de Nutella que en realidad tiene salsa de tomate. Me decido por mermelada de fresa para mi pan y subo las escaleras. Cerca de la parte de arriba, escucho a Abue hablando por teléfono:

—Perdón por haberme tardado tanto en decirte todo esto, y perdón por hacerlo por teléfono, pero aún estás a tiempo de buscarla. No cometas el mismo error que yo.

No sé a qué se refiere con "error", para mí, mi abue es el ser humano más perfecto del universo, pero creo que está hablando con mi mamá. Se me revuelve el estómago; aquí hay un gato encerrado del que nunca he preguntado. Me detengo un segundo antes de decir:

—¡Abue, ya llegué!

—Pásale, mija —responde, y entro a su cuarto con mi pan en la mano.

—Si quieres, te hago uno también —le digo.

Hace un gesto con la mano y sonríe.

—No, gracias. A ver, cuéntame, ¿cómo te fue?

Me siento y le cuento todo.

—Nomás no entiendo por qué mi relación le tiene que importar a alguien más, por qué a alguien que no sea Alex o yo le importa. Sus papás están súper bien con todo. Ojalá los míos pudieran ser igual.

Mi abue escucha, asiente, y luego dice:

—Justo acabo de hablar con tu mamá. Llamó para preguntar cómo estabas, le preocupó que te fueras tan enojada. Le dije que tenía que hablar ella contigo. Pero, mija, hay algo que necesito decirte y que tal vez no te va a gustar. Conozco a otra persona que también estuvo enojada por las decisiones de alguien más sobre su relación. ¿Se te ocurre quién?

Cruzo los brazos, ya a la defensiva:

—Esto es diferente, Abue.

Ella ladea la cabeza, con esa paciencia de siempre:

—¿De verdad?

—¡Sí! Lo que hizo mi papá… él rompió la familia. Eso no fue solo cosa de ellos, fue algo que afectó a los tres. No solo la traicionó a ella, también me traicionó a mí. Y no entiendo por qué tengo que fingir que eso no me dolió.

—Nadie está diciendo que no te dolió —responde Abue, con suavidad—. Pero tu mamá, aunque tú no estés de acuerdo, decidió perdonarlo. No es la infidelidad de tu papá lo que está rompiendo a tu familia, mija. Es el coraje que sigues cargando.

Niego con la cabeza:

—Eso no es justo. Yo no fui la que arruinó todo.

—No, pero sí eres la que no deja que sane.

Miro hacia otro lado, apretando la mandíbula. Alex entendería. Ella fue la que estuvo ahí cuando todo se vino abajo. Fue quien me dijo que no era solo un error, que los hombres como mi papá no cambian.

—No fue la primera vez, Abue. Ya le había puesto el cuerno antes, y lo va a hacer otra vez. Y yo no quiero quedarme viendo cómo mi mamá sigue siendo lastimada una y otra vez.

Abue suspira, con el rostro más suave:

—Eso mismo me dijo tu mamá de ti y de Alex.

Parpadeo.

—¿Qué?

—Me dijo que la gente juzga. Que te van a lastimar por eso, que no quería verte sufrir. —Niega con la cabeza—. Mija, no podemos evitar que lastimen a la gente que queremos, pero sí podemos ser una presencia tranquila a su lado, recordándoles que no están solas mientras sanan.

Inhalo con fuerza, sintiendo como si me hubieran sacado el aire de golpe. He pasado tanto tiempo enojada, convencida de que mi mamá era débil, de que dejaba que mi papá la pisoteara. Pensando en por qué no podía ver que iba a salir lastimada otra vez si seguía por ese camino. Pero ¿no pensó ella lo mismo de mí? No estaba avergonzada de mí—estaba asustada por mí. ¿Y qué hice yo? Me alejé. La traté como si fuera el enemigo.

Llevo más de un año furiosa con mi mamá por las malas decisiones de mi papá. Le di la espalda, convencida de que se traicionó al perdonarlo, pero nunca me detuve a pensar en lo que ha pasado ella. No solo ha tenido que cargar con la vergüenza de que le pusieran el cuerno—¿por qué siempre termina cargando la vergüenza la persona traicionada?—, también ha tenido que lidiar conmigo, fría y distante, justo cuando más me necesitaba.

¡Hasta me fui a pasar el verano a su casa sin apenas hablarle! ¿Qué tan soberbia he sido? Y aún así me recibió, aceptando las migajas emocionales que le quise dar.

Me arde la cara del puro coraje que me da conmigo misma al recordar lo cercanas que solíamos ser. Tal vez no éramos "besties" como Alex y su mamá, pero sí éramos unidas. Abrazo a Abue, le doy las gracias, y le pido usar su teléfono fijo.

Casi no tengo señal en Tijuana, así que agradezco que ese teléfono viejito todavía sirva. Abue sale del cuarto para darme privacidad, y marco el número, cruzando los dedos de manos y pies para que conteste mi mamá y no mi papá.

—¿Bueno? —su voz suena al otro lado de la línea, y me inunda un alivio enorme.

Quedamos de vernos mañana en Artemio's, nuestro lugar de siempre para los burritos de desayuno y el café.

Hay tanto que quiero decirle: disculpas, anécdotas de la escuela, detalles sobre Alex.

Y quiero que ella me cuente todo lo que ha vivido. Por primera vez, quiero dejar de estar enojada y escucharla.

DONDE HAY VIDA, HAY ESPERANZA

AURORA

Se lo dije a Rosa. Protegerla de la misma vergüenza y arrepentimiento que he cargado durante años finalmente me dio la fuerza para soltarlo todo.

Me senté en el silencio de mi habitación; el teléfono presionado contra mi oído, mis manos temblando ligeramente. Era la conversación que había estado evitando, la que sabía que tenía que hacer. Ese tipo de conversación en la que las palabras nunca salen fácilmente, se enredan en el pecho como un nudo que nunca puede deshacerse, donde se quedan atoradas en la garganta y dejan un sabor amargo. Pero era hora. Rosa necesitaba escucharlo.

En el momento en que levanté el teléfono, pude escuchar el peso del día anterior aún presente en su voz.

—Rosa —dije suavemente, tratando de estabilizarme—. Tengo algo que decirte. Y así, dejé que todo saliera. El pasado que había guardado durante tanto tiempo. Cómo el diagnóstico que pesa sobre mí, como una nube oscura, ha proyectado una sombra sobre todo lo que pensaba que aún tenía tiempo para hacer.

—Los dejé, Rosa. A tus hermanos. Los dejé atrás —susurré, con la voz temblorosa mientras hablaba al teléfono—. Y no sé si alguna vez podré arreglarlo. Tengo miedo de ni siquiera tener la oportunidad.

Hubo una larga pausa al otro lado. Pude escuchar su respiración, como si estuviera procesando lo que acababa de decir, su silencio pesado con preguntas a las que nunca habría podido responder antes. Me estremecí, sintiendo el peso de su silencio. No se lo había contado, no porque no quisiera que lo supiera, sino porque no sabía cómo explicarlo.

—Nunca supe cómo decirlo. Los dejé atrás cuando pensé que no podía darles la vida que se merecían. Pero he cargado con la culpa todos los días, y ahora tengo miedo de que ya sea demasiado tarde.

Su voz sonó a través del teléfono, firme ahora, llena de convicción.

—Las cosas han cambiado, mami. Ahora hay maneras de encontrarlos. Cosas que no existían antes. Puede ser posible rastrearlos, y yo te ayudaré a hacerlo. Te lo prometo.

Una pequeña chispa de esperanza brilló en mi pecho, pero el miedo la apagó rápidamente. ¿Y si ya es demasiado tarde? Pensé. ¿Y si han vivido todos estos años pensando que no me importaban? ¿Y si ya les he fallado irremediablemente?

—No busco perdón —dije, mi voz temblando—. Solo no quiero que ellos carguen con los "qué hubiera pasado" después de que me vaya. Quiero que sepan que nunca dejé de pensar en ellos, aunque no pudiera estar allí.

Al otro lado de la línea, escuché la voz de Rosa, más fuerte ahora, llena de convicción.

—Los vas a encontrar. Los vamos a encontrar. Tienes más tiempo del que crees, y me tienes a mí contigo en cada paso del camino. No dejes que el miedo te detenga. Nunca es tarde para hacer las cosas bien.

Pero incluso mientras decía esas palabras, una duda persistente permanecía en mí. Los años que había perdido parecían un abismo imposible de cruzar, y el miedo de que ya fuera demasiado tarde para encontrarlos me desgarraba por dentro.

—No quiero que cometas los mismos errores que cometí —dije al fin —. Necesitas aferrarte a lo que tienes. Tu relación con tu hija. Yo dejé que el miedo tomara demasiadas decisiones por mí. Huí de cosas que debería haber enfrentado. Y ahora… ahora no puedo regresar en el tiempo y cambiar todo. Tú aún puedes. Perdón por haberme tardado tanto en decirte todo esto, y perdón por hacerlo por teléfono, pero aún estás a tiempo de buscarla. No cometas el mismo error que yo.

Justo cuando colgué el teléfono, escuché la voz de Fer llamándome.

—¡Abue, ya llegué!

EL TIEMPO ES EL MEJOR DOCTOR

PILAR

El aire en la Ciudad de México se sentía diferente a como lo recordaba, las calles más llenas, los edificios más altos, los rostros más apurados. Era como si la ciudad misma se hubiera transformado, pero algunas cosas seguían siendo las mismas. No había planeado regresar, no después de todos esos años. Pero cuando contestaron la llamada, la voz al otro lado —la de mi tía— cambió todo.

—Tu papá falleció —me dijo, las palabras golpeándome más fuerte de lo que esperaba.

—Cirrosis —añadió. Confirmación de que había seguido por el mismo camino, un camino que hacía que fuera un milagro que hubiera sobrevivido tanto tiempo.

Habían pasado años desde la última vez que hablé con él, desde que se fue, pero aún había una parte de mí que necesitaba estar allí. Sentí la necesidad de algo que no podía ignorar. Ofelia fue conmigo, como siempre lo hacía, entendiendo las cosas no dichas que nadie más comprendía.

Meño no fue. Había dejado claro que no formaría parte de ese capítulo, no después de todo lo que había pasado. Lo llamé, pero su respuesta fue tajante, sin vacilaciones.

—No voy al funeral, Pilar —dijo con voz distante—. No tengo nada más que decirle a ese hombre.

Hice una pausa, sin saber cómo responder. No esperaba nada diferente de él, pero escuchar esas palabras aún dolió.

—Yo ya dejé el pasado atrás. Tú también deberías hacerlo.

Él se quedó viviendo su vida sin necesidad de cerrar ciclos. Lo envidié y lo admiré por eso. Pero para mí, esto era algo que tenía que enfrentar, algo que necesitaba reconocer. Así que volé de regreso, me paré frente al hombre que, para bien o para mal, había sido mi padre, y le dije adiós.

Después del funeral, sentada en ese bullicioso café, el ruido de la Ciudad de México me envolvía de nuevo, y sentí el peso extraño y agridulce del momento. La ciudad había cambiado, pero los fantasmas de lo que habíamos vivido aún flotaban en el aire.

Ofelia estaba sentada frente a mí, removiendo su bebida con una pequeña cucharita plateada, sus ojos recorriendo el café y detendiéndose de vez en cuando en la puerta. Una campanita sonó, y sentí cómo el aire se escapaba de mis pulmones. Levanté la vista y vi a Julia de pie en la entrada. Sus ojos se abrieron, reflejando la misma mezcla de emoción e incertidumbre que yo sentía. Nos miramos un momento antes de que ella rompiera en una sonrisa. Me levanté instintivamente para encontrarla.

—¡Julia! —Mi voz tembló mientras abrazaba a mi amiga de la infancia.

—Sigues igualita —susurró, alejándose ligeramente pero sin soltarme de los brazos, como si intentara convencerse de que esto era real.

Nos sentamos juntas, las risas brotaron mientras intercambiábamos pequeñas historias sobre el viaje, pero las charlas ligeras pronto dieron paso a algo más profundo.

—Casi no te reconozco —admití, observándola. Su cabello que antes llevaba en ondas perfectamente estilizadas ahora caía suelto y recto, aunque no menos elegante.

—El tiempo no pasa en vano —respondió con una sonrisa suave, teñida de algo como nostalgia.

Ofelia y yo hablábamos a menudo de cuánto extrañábamos a Julia. Pero la vida nos había llevado por diferentes rumbos, y no habíamos mantenido el contacto tanto como habríamos querido. Al principio, el dolor y los cambios nos separaron. Luego, después de unas cartas intercambiadas, nuestra comunicación fue disminuyendo.

Ofelia había reconectado con Julia unos meses antes de la muerte de mi padre. Cuando le pregunté por ella, Ofelia me miró con una mirada conocedora.

—Si quieres saber de ella, tienes que hacer el esfuerzo de acercarte.

Ella tenía razón. Pero la culpa y el tiempo habían creado una distancia que no sabía cómo cruzar.

—Tenemos mucho de qué ponernos al día —dijo Ofelia mientras nos acomodábamos. —¿Cómo has estado?

Julia dio un sorbo al café que le habíamos pedido antes de responder.

—Bueno, no voy a mentir. Después de que se fueron, hubo momentos en los que me sentí dejada atrás. Pero con los años, llegué a entender que éramos solo unas niñas. No teníamos mucho de dónde escoger. Si somos honestas, ustedes dos fueron las que más sufrieron. Pero eso no me hizo extrañarlas menos. Ni me hizo sentir menos envidia de que todavía se tuvieran la una a la otra.

Esa honestidad, directa y sin tapujos, era la Julia de siempre.

Después de una pausa, continuó.

—Me casé unos años después. Ricardo es un buen hombre. Tuvimos un hijo juntos.

Una punzada intensa de culpa y tristeza me atravesó. ¿Cómo me había permitido perderme tanto de la vida de Julia?

—¿Y luego? —pregunté, notando un pequeño cambio en su expresión.

Dejó la taza y respiró profundamente.

—Luego el trabajo y la rutina nos alcanzaron. No hubo peleas grandes, ni traiciones. Solo distancia. Un día nos dimos cuenta de que ya no éramos una pareja.

—¿Pero aún mantienen contacto? —preguntó Ofelia suavemente.

Julia asintió.

—Nuestro hijo siempre ha sido nuestra prioridad. Ricardo lo sigue frecuentando, aunque ha formado una nueva familia. Somos cordiales. Es un buen padre, y siempre le estaré agradecida por eso.

—Siento no haber estado allí para ti —dije, tratando de imaginar lo que había pasado.

Julia se encogió de hombros, una calma cubriéndola.

—Al principio, te resentí. Pero también pude haber puesto más de mi parte. Eso ya está en el pasado. He aprendido a valorar mi paz por encima de todo. Mi divorcio me enseñó que no todas las historias tienen un villano y una heroína. Solo personas, haciendo lo mejor que pueden. Nunca pensé que sería madre soltera a los veinticinco, pero a pesar de todo, estoy bien. Mi hijo está sano. Tengo un buen trabajo como asistente dental. No es la vida con la que soñaba, pero es una buena vida. Y por ahora, eso es suficiente.

La miré en silencio, abrumada por el alivio, la admiración, y la disolución lenta de la culpa que había cargado durante años.

—Siempre has sido tan sensata, Julia. Incluso en los momentos más difíciles.

—Excepto esa vez que le diste a esa chica una lección —y a su vez, un boleto de primera fila a tus puños— por meterse con Pili —agregó Ofelia, haciendo que todas nos riéramos.

Julia sonrió.

—No siempre. Pero la vida te enseña —su mirada se desvió hacia la ventana—. Tanto ha cambiado. La ciudad, nosotras. Pero de alguna manera, aquí estamos.

Asentí.

—Aquí estamos.

Ofelia exhaló.

—Nosotras también tuvimos que cambiar. Pero poco a poco, hemos aprendido a seguir adelante.

—A veces siento que nunca nos fuimos —agregué.

Julia nos observó, su expresión seria.

—No puedo imaginar lo que eso debe haber sido. Yo traté de fingir que las cosas no estaban rotas. Pero lo estaban. Nunca te vas del todo, ¿verdad?

Negué con la cabeza.

—No. Simplemente aprendes a sobrevivir.

Por un largo momento, nos quedamos en silencio, el peso de la historia presionando sobre nosotras. Luego, Julia sonrió.

—Me da tanto gusto que estén aquí.

Alcancé su mano a través de la mesa, apretándola suavemente.

—Yo también. Y no quiero que el tiempo ni la distancia vuelvan a interponerse.

Ofelia asintió en acuerdo.

—Ya hemos pasado por tanto. Tal vez ahora podamos recuperar el tiempo perdido.

Julia exhaló, un calor envolviendo su rostro.

—Me gustaría eso.

El momento quedó suspendido entre nosotras, callado pero lleno de comprensión no dicha.

Luego, el rostro de Julia se iluminó con picardía.

—Bueno, Ofelia me contó que Meño acaba de convertirse en papá. ¡Quiero escuchar todos los detalles de tu sobrino! ¿Cómo le está yendo a Meño con la paternidad? ¿Y cómo te trata la vida de tía?

Las risas volvieron a surgir, el peso del pasado dando paso a algo más liviano. A pesar de todos los cambios, a pesar de todo lo que habíamos perdido, había algo que seguía: nos teníamos unas a otras. Y eso, al menos, era algo que valía la pena mantener.

Antes de salir del café, nos miramos a los ojos y prometimos que, sin importar los kilómetros que nos separaran, nunca más dejaríamos que la distancia física enfriara el lazo que habíamos construido. Porque, al final, nuestra amistad no se trataba de la proximidad, sino del esfuerzo por seguir presentes en la vida de cada una.

EL QUE TIENE RAÍCES, TIENE ALAS

FER

Llego a Artemio's cinco minutos antes de la hora acordada y veo a mi mamá ya sentada hacia el fondo, meneando nerviosamente su café. Se ve tan ansiosa como me siento yo. Mis piernas se sienten débiles, y sigo repitiéndome a mí misma, "No llores, no llores, no llores", mientras camino hacia a la mesa y me siento frente a ella.

—No sabía qué querías para desayunar, pero te pedí un café —dice, empujando una taza hacia mí—. Es de la olla —añade, al verme agarrar un sobre de azúcar.

Pongo el azúcar de vuelta, probando el café, que con el piloncillo y la canela me calienta la garganta mientras trato de ordenar mis pensamientos. Esto es más difícil de lo que pensaba.

Respiro hondo.

—Cuando fui con mi abue después de contarles a ti y a mi papá sobre Alex, pensé… pensé que también estabas enojada y decepcionada de mí. Y me dolió, porque siempre he querido que estés orgullosa de mí. Pero luego, después de verte otra vez cuando fui por mis cosas, ya no estaba tan segura. Pensé que tal vez no estabas decepcionada, alomejor solo no me ibas a defender con mi papá. Y de alguna manera, eso se sintió peor.

Las lágrimas empiezan antes de que pueda terminar. Los ojos de mi mamá se suavizan, llenándose de sus propias lágrimas mientras me escucha.

—Siento mucho haberte hecho sentir así, mija. Para serte honesta, me va a tomar un tiempo entender todo esto. Pero no estoy enojada ni decepcionada. Solo tengo miedo por ti. No quiero que te hagan daño ni que te juzguen. Esto es algo nuevo para nosotros. Para nuestra familia —explica suavemente.

—Eso es lo que pasa, mamá —digo, pasando saliva con dificultad—. Después de hablar con Abue, me di cuenta de que te he estado haciendo lo mismo que tú me estás empezando a hacer a mí. Te debo una disculpa. Estaba tan enojada por la infidelidad de papá, y cuando tú lo perdonaste, no podía entenderlo. Tenía tanto miedo de que te lastimara otra vez que terminé lastimándote aún más. Y lo siento tanto, tanto.

Nos quedamos en silencio por un momento, dejándolo todo

asentarse.

—Debí haberte buscado primero. Te prometo que lo haré mejo. Voy a hablar con tu papá, le voy a recordar que esa también es mi casa. Siempre serás bienvenida, le guste o no —ella extiende su mano sobre la mesa, poniéndola sobre la mía—.

—No estoy lista para verlo aún, así que creo que me voy a quedar con mi Abue durante el resto de las vacaciones de verano. Pero me gustaría que nos mantuviéramos más en contacto. Te he extrañado —le digo, y realmente lo siento.

—Ay, mija —susurra—. Yo también te he extrañado. Entiendo que no quieras verlo, y respeto tu decisión de tomarte todo el tiempo que necesites. Sé que esto no excusa lo que hizo—se pasó, dijo cosas hirientes que no debió decir, y debí haberlo detenido. Pero él también tiene miedo, aunque tenga una manera terrible de mostrarlo. Estoy segura de que eventualmente lo entenderá —añade, apretando mi mano con la suya.

—Eso es lo que dice mi abue también, pero… sigo tan enojada con él que no sé si eso importa.

La siguiente semana pasa tranquila y, honestamente, bastante bien. A excepción de la hora de espera cada mañana para cruzar la frontera en mi camino a la clase. Por las tardes, Abue y yo nos sentamos a platicar. Recordamos a mi abuelo, compartimos historias de cuando era niña corriendo con mis primos, e incluso me cuenta algunas historias divertidas sobre la infancia de mi mamá. Al parecer mi mamá no siempre fue tan tranquila y serena, como cuando intentó "hornear" pasteles de barro para Abue y se le incendió el horno, o cuando cortó un trozo de las cortinas porque quería hacerle un vestido a su muñeca.

A mitad de semana, mi profesora me responde el correo, aceptando mi ensayo y llamándolo "impresionante." Okay, tal vez exageré un poco cuando dije que casi me rompe la nariz con esa puerta. Como este es un curso remedial de verano, puedo reemplazar la D+ que saqué en la clase del profesor Johnson con la A que saqué este verano.

❀✧❀✧❀

El día que finalmente regreso al depa, llego antes que Alex o Charlie. Me dejo caer en el sofá con un suspiro fuerte, pensando que en solo unas semanas cumpliré un año viviendo aquí. Este año, de alguna manera, ha tenido más drama que todos los 18 años anteriores. Un par de horas después, Charlie irrumpe por la puerta, luciendo desordenado y de inmediato exclama:

—¡Ni me preguntes!

No pregunto, pero, por supuesto, eso no lo detiene de lanzarse en una explicación completa de su drama veraniego, solo pausando una vez para inhalar en medio de su monólogo. Justo antes del atardecer, llega Alex. Ignoro el hecho de que estoy al menos veinte libras más pesada que ella y me lanzo sobre ella como un koala. Cuando terminamos de mostrar todo el PDA que Charlie puede manejar sin vomitar, naturalmente, él vuelve a contar toda su historia desde el principio, aunque—para que conste—Alex tampoco le preguntó.

Para su crédito, los detalles siguen siendo consistentes y probablemente sea la única persona en el mundo que podría contarme la misma historia un millón de veces y aún así me parecería divertida.

—Por cierto, si mi mamá llama y pregunta si te gustaron las snickerdoodles que te mandó, te encantaron. Yo me las comí en el camino, perdón —me dice Alex, y trato de poner una cara de enojo, pero me gana la risa.

A medida que el sol se pone afuera, una ligereza se apodera de mí. Este año ha sido difícil, claro, pero con Alex y Charlie aquí, me doy cuenta de que no estoy sola, y tal vez este es el lugar en el que debía estar todo este tiempo. La distancia entre mi mamá y yo finalmente comienza a sanar también. Después de todo, estamos encontrando nuestro camino de vuelta la una a la otra, poco a poquito. No es perfecto aún, pero hay una sensación de paz al saber que las cosas están mejorando y que las dos estamos aprendiendo lentamente a estar ahí la una para la otra otra vez.

En los siguientes meses, caigo en un ritmo agradable. Mis clases este semestre se sienten mucho más manejables, y me encanta mi curso de Estudios Chicanos. El primer día, el Profesor López entra con paso firme, hace una introducción rapidita y luego nos hace la pregunta:

—Entonces, ¿quién aquí me puede decir qué significa "Chicano"?

Tan pronto como la palabra sale de su boca, siento una chispa de reconocimiento. Es la primera vez que estoy en un salón de clases donde mi identidad no es algo que justificar. Aquí, se reconoce, incluso se celebra. Me doy cuenta de lo importante que es verse reflejada en lo que aprendes, saber que tu historia, tu cultura, es digna de ser estudiada y entendida. Algo dentro de mí hace clic, un sentido de pertenencia.

Un alumno, sentado justo en la primera fila, levanta la mano con confianza y dice:

—¿Los mexicanos pandilleros que usan, como, pantalones guangos y bandanas y cosas así?

Por un segundo, toda la clase guarda silencio mientras tratamos colectivamente de averiguar si está bromeando. Puedo sentir el *cringe* colectivo recorriéndonos. Una chica cerca de mí me lanza una mirada que silenciosamente pregunta lo mismo que yo me pregunto, y un chico al fondo murmura:

—No mames...

Contengo las ganas de darme un *facepalm*, aunque me doy cuenta de que hay mucho sobre mi cultura que todavía estoy aprendiendo también.

El Profesor López no pierde el ritmo.

—No exactamente —dice, sonriendo amablemente—. Pero me alegra que estés aquí con nosotros. Una de las cosas que haremos en esta clase es derribar algunos estereotipos y explorar el movimiento chicano a lo largo del camino. Por ejemplo, ¿sabías que miles de chicanos pelearon en la Segunda Guerra Mundial junto a otros ciudadanos estadounidenses?

Y así, empezamos con el pie derecho.

❀✧❀✧❀

Últimamente, he estado hablando más con mi mamá, llamándola casi todas las noches y viéndola siempre que puedo los fines de semana. Estoy tan emocionada de contarle todo lo que estoy aprendiendo, cosas de las que nunca escuché ni una palabra en la preparatoria. Incluso me acompaña a dos excursiones requeridas por una de mis clases—una a Chicano Park y la otra a Balboa Park. Mientras recorremos cada parque, admirando los murales y la arquitectura, con el profesor López explicando las historias que se han ido transformando con el tiempo, y los símbolos de resistencia que habitan en cada esquina, me pega la nostalgia pensando en como pasé un año entero enojada con mi mamá. Pero no puedo regresar el tiempo; solo puedo apreciar hoy lo increíblemente afortunada que soy de compartir esta parte de mi educación con ella, y sentirme tan agradecida de que ella haya echo todo esto posible. En esos momentos, puedo ver con más claridad cómo las raíces migrantes y de diversas culturas comparten no solamente estos parques, sino el país en el que vivimos hoy en día. Y, aunque me he llegado a sentir fuera de lugar en la universidad, algo acerca de estar aquí, aprendiendo junto a mi mamá, me permite entender que sí pertenezco.

Mi mamá y yo hemos estado yendo regularmente a Tijuana para ver a Abue. Después de que mamá y Abue me sentaron para contarme sobre el cáncer de Abue, me he propuesto pasar todo el tiempo posible con ella. Después de su segunda ronda de quimioterapia, su cuerpo tardó mucho en recuperarse. La tercera ronda fue aún peor y una revisión a mitad de camino determinó que la quimioterapia no estaba ayudando tanto como todos esperábamos. Así que, aunque fue difícil para todos aceptarlo, su doctor apoyó su decisión de dejar la quimioterapia y seguir con un tratamiento alternativo, con la calidad de vida como prioridad. Afortunadamente, ha estado relativamente bien a pesar de todo, y el cáncer está progresando más lentamente de lo que el doctor había predecido inicialmente.

Me encanta pasar tardes enteras con ellas poniéndonos al día sobre todo lo que nos perdimos durante esos meses en los que estuve lejos. Una vez invité a Alex a unirse a nosotras, y ahora viene con nosotras casi siempre. Abue y Alex están prácticamente obsesionadas la una con la otra. Abue le enseñó a Alex a trenzar flores en mi cabello, como lo hacía conmigo y mis primas todo el tiempo cuando estábamos chiquitas y jugábamos a ser princesas. La última vez, incluso las caché conspirando sobre algo entre risitas calladas como niñas en un campamento de verano. Tener a mi mamá, Abue y a Alex todas juntas, compartiendo una comida o viendo una película de la era dorada, es una felicidad que no puedo describir con palabras. Es como revivir la noche que conocí a la familia de Alex, excepto que esta vez, es mi familia haciéndola sentir como una más de nosotros.

Luego, una noche, después de otro día con Abue, Alex y yo regresamos al apartamento, y finalmente me convence de unirme al resto de la humanidad en Facebook. MySpace ha estado dando patadas de ahogado últimamente, y aparentemente todos están haciendo el cambio. Ella se sienta junto a mí mientras configuro mi perfil, y para mi primera publicación, subo una foto de nosotras de ese día: yo sentada en el comedor de mi abue con Abue, mi mamá y Alex, sonriendo a la cámara mientras levantamos nuestras tazas de café. La subtitulo con: "Nada supera una buena taza de café con aún mejor compañía. Tan agradecida de pasar el día con mi abue, mi mamá y mi novia Alex." Le doy enviar, y mi pulso se acelera, como si acabara de aventarme a un espacio desconocido.

En el momento en que la publicación está en línea, Alex se inclina y me da un beso rápido y orgulloso. Está radiante, y me doy cuenta de que esta es la primera vez que públicamente la llamo mi novia. Con un pequeño clic, salí del closet.

—¡Hell yeah mis queer lovers favoritas! —grita Charlie desde su cuarto al otro lado del pasillo, y sé que vió mi publicación.

Varios meses después de lo que hubiera querido, pero salí del closet. Y por primera vez en mucho tiempo, mi vida, aunque aún no perfecta, es más que suficiente. Es bastante increíble.

A LO HECHO, PECHO

AURORA

Tres rondas de quimioterapia. Tres ciclos de agotamiento, náuseas y de esperar resultados que nunca llegaron. En mi última cita, el rostro del doctor me dijo todo antes de que hablara. No hubo progreso suficiente.

Las palabras no me sorprendieron. Lo había sentido en mi cuerpo, profundamente, la manera en que el agotamiento se instalaba más rápido, cómo no me estaba recuperando como debería. Escuché mientras me exponía las opciones, mientras le explicaba a mis hijas lo que podría significar continuar con el tratamiento, pero al final, ya sabía mi respuesta.

Decidí dejar las quimioterapias.

No fue una decisión fácil; no quería que mis hijas pensaran que me estaba rindiendo. Pero es una decisión con la que estoy en paz. He pasado toda mi vida luchando. Luchando por sobrevivir, por escapar, por crear algo mejor para mi familia. Ahora solo quiero aprovechar el tiempo que me queda.

Rosa viajará conmigo a la Ciudad de México mientras aún tengo la fuerza para hacerlo.

Hay una última cosa pendiente.

He tardado tanto en contar esta parte de mi historia, la he mantenido oculta, pensando que era mejor dejarla sin decir. Pero ya no hay más escondites.

Fui tan cuidadosa, metiendo dinero en el compartimento escondido bajo la cama, guardando el boleto de autobús como si fuera mi salvavidas. Ahorré cada peso, poco a poco, durante meses. Unos pesos aquí, un poco más allá. El boleto era para un autobús que salía al día siguiente. Recientemente había recibido la noticia de que mi madre había desarrollado bronquitis crónica. No importaba si mis abuelos estaban dispuestos a recibirme o no, quería estar cerca de mi madre, cuidarla. Esto, junto con la posibilidad de escapar de Manuel, de su mano rápida y su temperamento corto, me había dado la fuerza para intentar regresar a Huejosquite.

Escuché su voz antes de verlo.

—Aurora.

Me congelé, el pecho apretándome mientras giraba lentamente hacia la puerta del cuarto. Ahí estaba, parado en el umbral, mirándome como si fuera una extraña. Sus ojos estaban oscuros, entrecerrados, y ya podía ver la tormenta formándose detrás de ellos.

—¿Qué es todo esto? —preguntó, su tono agudo.

Tragué, tratando de encontrar mi voz, pero se me atoró en la garganta.

—Yo… Solo iba a llevar al bebé a casa de mi madre por unos días —balbuceé, la mentira sabiendo amarga al salir de mi boca.

Él no se movió al principio, solo se quedó allí, mirándome con esa expresión de piedra. Luego, sus ojos se desviaron hacia el compartimento oculto bajo la cama. El que tenía el dinero.

El que tenía el boleto de autobús.

—Ajá —murmuró, sus labios curvándose en una mueca. —¿Entonces, necesitabas esconder dinero bajo la cama solo para ir "por unos días"?

El corazón se me fue a los pies. Mi pulso retumbaba en mis oídos mientras lo veía dar pasos lentos hacia mí. Antes de que pudiera reaccionar, sacó el dinero y el boleto de autobús. Los sostuvo frente a mi cara, sus ojos brillando con furia.

—¿Creías que no me iba a dar cuenta? —dijo, su voz baja y peligrosa. —¿Pensaste que soy tan estúpido que no notaría que escondías dinero a mis espaldas? ¿Realmente pensaste que podrías desaparecer así?

Traté de dar un paso atrás, pero fue demasiado rápido. Me agarró de la muñeca, su agarre apretado, doloroso.

—¿A dónde crees que vas, Aurora? —escupió, su aliento caliente contra mi mejilla. —¿Crees que voy a dejar que te lleves a mi hijo? ¿Crees que voy a dejar que te vayas como si tuvieras derecho a salir por esa puerta?

—Yo… no… —traté de hablar, pero las palabras se atoraron en mi garganta. ¿Para qué? Él no estaba escuchando. Nunca escuchaba.

Los ojos de Manuel se llenaron de algo más oscuro ahora, algo que había visto demasiadas veces antes. Una posesividad, un sentimiento de derecho. No solo quería que me quedara; necesitaba controlarme. Necesitaba que lo necesitara.

Con un movimiento repentino y violento, me empujó, tirándome sobre la cama. Jadeé, luchando por respirar mientras caía pesadamente sobre el colchón, el aire me fue arrebatado. Antes de que pudiera recuperar el aliento, él estaba sobre mí, sus manos sujetándome con una fuerza de hierro.

—He sido bueno contigo, ¿no? —dijo, su voz extrañamente

tranquila. —Te lo he dado todo. ¿Y así me lo pagas? ¿Tratando de irte con mi hijo?

No dije nada. ¿Qué sentido tenía? ¿Qué había que decir? Sus manos se movieron bruscamente, sujetándome, y cerré los ojos, tratando de bloquear el sonido de su voz, el peso de su cuerpo sobre el mío. Podía oírlo respirar pesadamente, cada exhalación saliendo como un gruñido.

—No te voy a dejar ir, Aurora —susurró en mi oído. —No te voy a perder. No de esta forma.

No pudía pelear con él. Lo sabía él, y lo sabía yo.

Esa noche, a pesar de todo— a pesar de mi deseo de irme, a pesar de los planes que había hecho para mi libertad— fue concebida nuestra segunda hija. Una hija que no había planeado, que no había querido. ¿Quién querría traer a una niña a este mundo? No cuando había aprendido, de la forma más cruel, lo que México le hace a sus mujeres: cómo las silencia, las rompe, las usa sin piedad. No soportaba la idea de otra alma inocente naciendo en una vida donde su cuerpo podría nunca pertenecerle, donde la injusticia acechaba en cada sombra, donde su valor siempre sería cuestionado, su voz rechazada.

Y en ese momento, mientras yacía allí, atrapada una vez más, me di cuenta de que había perdido. No solo mi lucha por irme, sino mi esperanza de algo mejor. Para mí, y para ella.

Luego llegó el día en que todo cambió, el día en que descubrí que estaba esperando otro hijo, apenas cuatro meses después de haber dado a luz a mi hija. Para ese entonces, la violencia física de Manuel hacia mí ya se había convertido en el pan de cada día. No podía verme viviendo así, embarazarme parecía ser la forma de Manuel de mantenerme dependiente de él, y aunque nunca había puesto una mano sobre nuestros hijos, me estaba destruyendo criarlos en una casa donde constantemente serían testigos de la violencia hacia su madre. Así que finalmente reuní el valor de ir a la delegación. Pensé que tal vez alguien allí me escucharía, que alguien me ayudaría antes de que fuera demasiado tarde. Pero mirando hacia atrás, veo que era tan ingenua como la chica que llegó a la ciudad por primera vez, creyendo que podría hacer una vida por su cuenta allí.

Recuerdo cómo la cara del oficial se torció en una sonrisa burlona cuando mencioné el nombre de Manuel. Se recostó en su silla, cruzó los brazos, sus ojos brillando de diversión mientras miraba a su compañero detrás del escritorio. Se rieron juntos cuando él dijo:

—¿De verdad quieres que arrestemos a Manuel? ¿Qué hizo, llegó un poco tarde?

Ni siquiera se molestó en esconder el desdén en su voz. Supliqué, tratando de explicar las cosas que él había hecho, las amenazas que había hecho, pero solo sacudieron la cabeza, riendo entre dientes. Luego, uno de ellos murmuró:

—Tal vez deberíamos decirle que pasaste por aquí...

Y sentí cómo la sangre se me helaba.

Salí de allí con la cabeza agachada, el peso de lo que tenía que hacer asentándose en mi pecho como una piedra. No habría ayuda, no de ellos, ni de nadie allí. Tenía que irme. Tenía que sacar a mis hijos de ahí. El peso de mi hija dormida presionando suavemente contra mi hombro mientras tomaba pasos cuidadosos hacia afuera de la estación de policía, mi corazón latiendo fuertemente con cada golpe. Contuve la respiración, temiendo que si exhalaba, perdería el frágil hilo de resolución que me mantenía en pie. Se habían reído de mí allí dentro, sonriéndose y susurrando mientras suplicaba mi caso, como si cada palabra que decía fuera un chiste. Observé sus caras, sus amigos, leales a Manuel de formas que no lograba entender; prácticamente desafiándome a insistir más.

Volví a la casa con un plan, justo lo suficiente como para irnos los tres, pronto a ser cuatro, de la ciudad. Empaqué solo lo que necesitábamos, moviéndome lo más rápido que podía, tratando de ignorar el malestar en mi estómago, el malestar que me decía que esto era real, que estaba completamente sola.

Hogar, por supuesto, no era la palabra que habría usado para describir el lugar donde Manuel tenía el poder sobre mí, donde cada noche se volvía una nueva prueba de paciencia y oración, donde los llantos de mi hijo se volvían cada vez más suaves, más asustados, y donde había aprendido a dejar de mirarlo a los ojos cuando me preguntaba por qué su papá gritaba tanto. No podía dejarlos quedarse allí, lo sabía ahora con certeza. Y por más que intenté planear otra fuga, otra opción, el alcance de Manuel, sus amenazas, la sofocante certeza de que siempre me encontraría... me mantenían allí, atrapada, día tras día.

Pero esa noche, después de la risa de esos hombres en la estación a pesar de mi ojo morado y mi labio inferior hinchado, después de pensar que sus palabras llegarían a los oídos de Manuel, supe que no podía esperar. Mis manos temblaban mientras empacaba, ignorando el dolor de mi espalda, el miedo que me roía al pensar que ya era demasiado tarde, que en cualquier momento escucharía los pasos pesados de Manuel afuera de la puerta.

Ya había envuelto a mi hijo en su pequeño abrigo y tomado la cobijita de mi hija cuando escuché el inconfundible crujido de la puerta principal. Mi corazón se detuvo, congelando cada músculo cuando los pasos pesados de Manuel se acercaban por el camino. Había llegado temprano. Estaba borracho. Y estaba furioso.

Mi pulso martillaba en mi garganta mientras miraba a mis hijos, con los ojos abiertos y confundidos, sintiendo el cambio en el aire. No había tiempo para esconder lo que había hecho, no había tiempo para meter la maleta que había empacado apresuradamente en el closet o inventar una excusa de por qué estábamos todos vestidos y listos para irnos. Las llaves tintinearon en la puerta, y supe que no podía arriesgarme a quedarme, no podía quedarme a enfrentar lo que él haría si me veía lista para irme.

Me agaché,

—Quédate aquí con tu hermana, mijo. Mamá tiene que irse— susurré a mi hijo, forzando una voz firme.

—Mamá...— gimió él, aferrándose a mí, el miedo llenando sus pequeños ojos.

Le aparté las manos con suavidad, dándole un último abrazo. Rápidamente metí a Mary bajo el brazo de Pili.

—Por favor, ayúdame a cuidarlos— le pedí en silencio a la muñeca. A mi padre. A ambos.

—Quédate calladito, Meño. Voy a volver por ti, te quiero— murmuré, aunque no sabía si podría cumplir esa promesa.

Justo cuando comencé a caminar hacia la puerta trasera, la puerta del frente se abrió de golpe, la figura de Manuel proyectando una sombra oscura en la entrada. Sus ojos se posaron sobre la bolsa empacada en el piso, luego se dirigieron a mí, dándose cuenta en un instante lo que había intentado hacer. Su rostro se torció en rabia, su boca se curvó en un gruñido, y en ese momento, supe que era capaz de cualquier cosa. Capaz de terminar con mi vida y la del bebé que crecía dentro de mí.

—¡Aurora!— rugió, tropezando hacia mí con ojos de asesino. — ¿Crees que puedes dejarme así?

No había tiempo para pensar, no había tiempo para explicar. Me giré y corrí, atravesando la puerta y saliendo a la noche, mis pasos resonando por el callejón mientras sus gritos retumbaban detrás de mí. No miré atrás, no me atreví a arriesgarme a voltear para ver si me estaba siguiendo. Lo único que podía esperar era que él siguiera concentrando su ira en mí y no en los niños.

Cuando llegué a la estación de autobuses, estaba sin aliento, mi rostro surcado de lágrimas que ni siquiera había notado que caían. Huejosquite ya no era una opción, no podía arriesgarme a que Manuel me encontrara. El primer autobús que salía de la ciudad iba a cualquier otro lugar, y eso era todo lo que necesitaba saber. Con manos temblorosas, saqué los pesos que Carmen había metido en mi bolsillo y compré mi boleto. Subí como si mi vida dependiera de ello, porque por todo lo que sabía, así era. Cada paso lejos de allí era una oportunidad menos para que él me encontrara.

A medida que el autobús se alejaba, las luces de la ciudad se desvanecían a lo lejos. Puse mi mano contra la ventana, rezando para que mis hijos estuvieran a salvo hasta que pudiera traerlos conmigo. Las palabras de Carmen resonaban en mi mente, su voz firme pero amable mientras hacía su promesa.

—Vete, Aurora. Haz lo que necesites hacer. Yo veré por Meño y Pili hasta que puedas venir por ellos. Van a estar a salvo conmigo. Te lo juro.

Pasar por su casa había sido riesgoso, pero su tranquilidad era lo único que me mantenía de no desplomarme completamente. Aun así, la culpa me devoraba, consumiéndome con cada kilómetro que pasaba, aunque sabía en el fondo que había hecho lo único que podía hacer en ese momento.

Reposé mis manos suavemente sobre mi vientre, su suave curva recordándome la vida que llevaba dentro. En silencio, me prometí a mí misma que encontraría la manera de traer a Muño y a Pili conmigo, sin importar lo que costara. Por el momento, tenía que confiar en la promesa de Carmen y seguir adelante.

❁❖❁❖❁

Me bajé del camión en Tijuana, el murmullo fuerte de la ciudad zumbando en mis oídos mientras sentía el peso de lo que había hecho oprimiéndome el pecho. Las calles estaban iluminadas por una luz cegadora, anuncios en neón parpadeando en todas direcciones. Pero nada de eso importaba. No me importaban ni el ruido ni el caos a mi alrededor. Tenía una meta: mantenerme escondida y sobreviviendo hasta encontrar la manera de recuperar a mis hijos.

Con solo lo suficiente en efectivo para una noche en un motel barato, encontré el primero que pude pagar y me hundí en la cama. Las sábanas mohosas se aferraban a mi piel como si quisieran devorarme entera. Apenas dormí, mi mente estaba a mil por hora, las imágenes del rostro de Manuel, su ira retorcida, daban vueltas y vueltas en mi cabeza. La culpa insoportable de haber llevado a cabo uno de los actos más despreciables que puede hacer una madre.

Pero la mañana llegó, y con ella, la dura realidad de lo que tenía que hacer a continuación. No podía descansar demasiado tiempo. Tenía que seguir en movimiento, seguir construyendo algo para mí misma y para la criatura creciendo en mis entrañas.

Para cuando recorrí la primera calle, el sol ya estaba alto en el cielo, el calor del día oprimiéndome. Mi estomago rugió, recordándome lo poco que tenía. Pero al pasar por una pequeña fonda, el letrero solicitando ayuda llamó mi atención. No lo pensé dos veces. Entré y encontré a la dueña, una mujer que llevaba demasiado maquillaje y cuya voz igualaba la rudeza de la ciudad. No me hizo demasiadas preguntas. Tras explicarle que era nueva en la ciudad y que necesitaba trabajo, me entregó un delantal y me dijo que podía empezar de inmediato.

Atender mesas no era el camino más sencillo fuera del desastre en el que estaba metida—definitivamente no era lo que había soñado que estaría haciendo a mis veinte años—pero era un trabajo decente. Mantuve la vista abajo, me movía con rapidez y hacía lo mejor para evitar hablar demasiado. Las propinas eran pequeñas y escasas, las horas larguísimas, pero era suficiente. Lentamente, día con día, me hice de una rutina. Mi vientre crecía, un recordatorio constante de la criatura de la que pronto tendría que hacerme cargo como una madre soltera. Al pasar de los meses, el cansancio me pesaba cada vez más, pero también había un cierto orgullo en saber que estaba sobreviviendo sola, sin nadie que me dijera qué hacer ni cómo vivir.

Luego, una tarde, mientras limpiaba una mesa cercas de la ventana, una voz familiar me agarró desprevenida. Me congelé. La respiración se me atoró en el pecho.

—¿Aurora?

Volteé, y ahí estaba.

CUANDO UNA PUERTA SE CIERRA, OTRA SE ABRE

PILAR

El sol se estaba poniendo cuando salí del aeropuerto, de regreso a Tijuana, el resplandor naranja del horizonte derramándose sobre las calles. No miré atrás cuando el taxi se detuvo frente a nosotras y el chofer nos hizo una seña para que subiéramos. Ya estaba cansada de mirar atrás.

La ciudad, en los últimos años, había comenzado a sentirse como hogar, a su manera ruda y resiliente. Pero hoy, al pasar por las calles familiares, se sentía diferente, como si regresara a algo, pero no exactamente a lo mismo. No me di cuenta de cuánto seguía cargando conmigo hasta ese momento.

El funeral había sido el cierre que necesitaba, y ahora era el momento de seguir adelante. La muerte de mi padre no había sido una sorpresa, no realmente. No había hablado con él en años, ni siquiera cuando supe que había vuelto a la ciudad. Sin embargo, allí, frente a su ataúd, me di cuenta de cuánto de él aún vivía en mí.

Miraba por la ventana, observando cómo la ciudad se desplegaba ante mí. Tijuana no había cambiado mucho desde el primer día que llegamos, pero yo sí. Sentía una ligereza que no había conocido en mucho tiempo, como la primera respiración profunda después de haber aguantado la respiración por años.

—¿Estás bien? —La voz de Ofelia interrumpió mis pensamientos, suave, como siempre. No había dicho mucho durante el viaje de regreso, dejándome ser, dejándome procesar todo a mi propio ritmo. Asentí, mirándola.

—Sí —respondí, y por primera vez, lo dije con toda sinceridad—. Estoy bien.

Ella sonrió, su mano alcanzando la mía, y pude ver el alivio en sus ojos. No necesitábamos palabras para entendernos. Nunca lo habíamos hecho.

Al llegar a nuestra colonia, los paisajes familiares de Tijuana me recibieron. Las calles polvorientas, las pequeñas tienditas, el bullicio de la vida que nunca parecía detenerse. Ya podía escuchar el sonido de los niños jugando, el zumbido distante de una radio, y sentí una presión en el pecho. Aquí era donde construiría mi vida, donde encontraría una manera de sanar, de crecer, de hacer algo con la rotura. Era hora de dejar atrás mi zona de confort trabajando en la misma tienda departamental en la que llevaba ocho años y empezar a construir algo de lo que pudiera estar orgullosa.

Agarré mi bolsa cuando el taxi se detuvo frente a la casa que aún compartía con mi familia elegida. Una ola de nostalgia me golpeó cuando Doña Carmen… mamá, salió corriendo a saludarnos, pero no de una manera pesada. Más bien, como una invitación silenciosa a avanzar, a abrazar lo que vendría.

Cerré los ojos por un segundo, dejando que los recuerdos de la Ciudad de México se desvanecieran en la distancia. Dejando que los ecos de la muerte de mi padre se asentaran en algún lugar profundo dentro de mí, donde pertenecían. El pasado siempre sería parte de mí, pero ya no tenía que definir quién era. Estaba lista para algo nuevo, algo que me perteneciera solo a mí.

Entré, mi corazón más ligero de lo que había estado en años. Y por primera vez en mucho tiempo, no sentí que llevaba el peso del mundo sobre mis hombros. Había llegado a Tijuana para escapar del pasado, pero ahora, estaba aquí por otra cosa… mi futuro, esperando que me adueñara de él.

EL TIEMPO TODO LO TRAE Y TODO SE LO LLEVA

FER

Es viernes por la tarde, y entro al Bargain Bear, sintiendo la emoción familiar del fin de semana. Ayer, Facebook me recordó que ha pasado un año desde que anuncié mi relación públicamente, y Alex me pidió que la esperara después de su turno para celebrar. Mi día ha sido bueno, hasta podría decir que productivo, ya que terminé toda la tarea de la clase de ayer. Se supone que Alex ya debería estar aquí, pero no la veo. Tal vez está en el almacén.

Cuando abro la puerta de atrás, me golpea algo que no puedo procesar de inmediato. Alex está sentada en el piso, su cuerpo temblando mientras se limpia los ojos. Se ve como si el mundo se le hubiera venido abajo. El corazón se me frena en seco y se me hace un nudo en la garganta. Alex nunca llora.

Antes de que pueda decir algo, ella se levanta apresuradamente y me envuelve en sus brazos, su voz apenas por encima de un susurro, temblando con cada palabra.

—Lo siento mucho, Fer, es tu abue. Hubo un accidente. No sobrevivió.

El mundo deja de girar, pero no escucho nada. Todo está amortiguado, solo un sonido de zumbido en mis oídos, como una alarma distante que no puedo callar. No siento la urgencia de gritar, llorar ni hacer preguntas. Es como si mi cuerpo estuviera congelado en el tiempo, sin saber cómo reaccionar ante una pérdida tan aguda, tan incomprensible. Ni siquiera puedo respirar.

Alex debe haberse encargado de todo porque, diez minutos después, Charlie entra y cubre mi turno sin decir una palabra. Solo me lanza esa mirada, la que dice "Yo me encargo", y no tengo que preguntar. Alex me ayuda a llegar al carro, y sin decir palabra alguna, nos lleva al hospital. Sé que Alex nunca ha manejado en Tijuana. Manejar aquí es como un juego de "¿cuántas reglas puedes romper y aun así llegar con vida?", pero de alguna manera, ella lo hace con una determinación que iguala mi propio pánico silencioso.

El viaje es un borrón. Apenas soy consciente del mundo exterior, solo trato de mantener mis pies firmemente plantados en el suelo mientras la mano de Alex agarra la mía como un salvavidas. Cuando finalmente llegamos al hospital, me encuentro en una pesadilla en cámara lenta. Mis pies caminan por los pasillos, pero no estoy completamente allí. La puerta se abre y allí están, mi familia. Mi mamá y papá están parados en la esquina más lejana del cuarto, abrazándose en una versión frágil de consuelo. Mis tías, tíos y primos están reunidos alrededor de la cama, todas sus caras demasiado borrosas para reconocerlas al principio. El cuerpo de mi abue está allí, inmóvil, sin vida, pero el dolor en la habitación… ese dolor está vivo.

Veo a mi tía abuela Pepi sosteniendo la mano de abue, su cabeza descansando sobre el hombro de mi tío abuelo Segundo. Mi tío abuelo Segundo, que es como un segundo abuelo para mí, le acaricia la espalda suavemente, el único consuelo que puede ofrecer. Siento la mirada de mi mamá antes de girarme hacia ella. Ella levanta la cabeza y, como si estuviera esperando permiso, papá da un paso lento hacia adelante y me abraza. El abrazo es fuerte, casi sofocante, pero no me importa. Lo necesito.

Escucho fragmentos de lo que sucedió. Abue estaba cruzando la calle, la atropelló un carro que se pasó un semáforo en rojo. Estaba viva cuando la trajeron, pero inconsciente. Primero, me siento casi inmóvil, pero una oleada de ira se enciende dentro de mí cuando escucho a mi tía Lucía susurrar:

—Ya está descansando.

¿Descansando? ¿Descansando? Esa palabra me duele como una traición. Mi abue nunca dejó de moverse, nunca dejó de hablar, reír o vivir. Ni siquiera el cáncer logró apagar su luz. Al principio insistimos en que debía descansar, pero mi abue era terca como una mula. Eventualmente, todos nos dimos cuenta de que lo mejor era dejarla ser. Justo el fin de semana pasado, nos tenía llorando de risa contándonos historias sobre sus primeros días en la Ciudad de México.

—Una vez, el viento me levantó la falda hasta los hombros cuando subía al camión. Me tapó los ojos y casi me caigo por las escaleras. ¡La gente de atrás tuvo que levantarme! —se reía, con los ojos brillando.

—¡Ay! Yo hubiera preferido que el camión me atropellara en lugar de eso —bromeé, haciéndola reír aún más.

Y ahora esa imagen, esa risa, ese momento; su dulzura se convierte en algo amargo en mi boca, y la culpa entra como un torrente. ¿Yo causé esto? ¿De alguna manera le eché la sal con mi broma? ¿Cómo pude no saber que la última vez que reímos juntas sería la última vez que lo haríamos?

Los sollozos fuertes de tía Marta me sacan de mis pensamientos, y me recuerdo a mí misma que el duelo toma diferentes formas. Algunas personas lloran en torrentes, otras murmuran las mismas frases choteadas de siempre para calmar el dolor, algunas lo entierran dentro. Todos estamos solo tratando de sobrevivir esto de la única manera que podemos.

Finalmente, nos vemos obligados a salir del cuarto para que el cuerpo de mi abue sea preparado para ser trasladado a otro lugar. Nunca veré las sábanas negras de la misma manera después de ver su cuerpo envuelto en ellas mientras lo trasladan. Odio las pinches sábanas negras. También odio las camillas con llantitas estúpidas.

Más tarde, Alex lleva a papá de regreso a casa para que mamá y yo nos quedemos con el carro en el que llegaron. La noche en casa de abue es un caos de llamadas telefónicas y arreglos funerarios, el aire denso con el peso de las decisiones que deben tomarse en un momento como este. Mi prima Nora y yo tenemos la tarea de armar el folleto de obituario. Mientras revisamos las viejas fotos, me detengo en una que me llama la atención: abue con dos niños pequeños. No sé quiénes son, pero sé que he visto esa foto antes. Claro, es la que me había propuesto preguntar a mi abue el día que mi papá me corrió, pero nunca lo hice.

—Esta está bonita —le digo a Nora, señalándola. Todavía no sé quiénes son los niños, pero es una de las pocas fotos que tenemos de abue cuando era joven.

Ella se encoge de hombros, insegura, pero está de acuerdo, y decidimos agregarla al folleto. Es tan raro; decidir qué pedazos de la vida de abue vamos a compartir con los demás. La mujer que fue todo para mí, y ahora es solo una colección de momentos en fotos y palabras.

Después de una noche sin dormir, salimos a hacer copias del obituario. Nora ve una pequeña tienda, Papelería Pili. Entramos, y el olor a papel viejo y algo dulce llena el aire. Una niña detrás del mostrador está coloreando un perrito con un crayón morado. Con una mirada aburrida, grita:

—¡Abuela Pili, hay clientes!

Unos segundos después, una mujer sale con una sonrisa cálida y ofrece ayudarnos. A pesar de estar tan desconcertada, no puedo evitar notar lo bien vestida que está, su atuendo combina con la hermosa estética de la tienda. Nos dice que le dará prioridad a nuestras copias, y le doy mi nombre y número. El peso de todo pesa más y más con cada minuto que pasa. Todo esto es demasiado. Demasiado rápido. Pero sigo avanzando, porque eso es todo lo que puedo hacer.

DONDE HUBO FUEGO, CENIZAS QUEDAN

AURORA

Tuve que parpadear varias veces para asegurarme de que realmente era él, que mi mente no me estaba jugando una mala pasada. Pero no. Era él. El mismo chico al que había amado, el hombre con el que alguna vez imaginé un futuro. Ahora se veía diferente, más grande, su rostro marcado por el tiempo, pero esa chispa seguía ahí, la misma que me había atraído hacia él. Estaba en la puerta del restaurante, sus ojos abiertos de par en par al ver mi vientre creciente, y había algo en su presencia que hacía el lugar más pequeño, más sofocante.

—Paco.

La palabra apenas logró salir de mis labios antes de que tuviera que apartar la mirada, mi corazón latiendo con fuerza en mi pecho. No soportaba que me viera así. Pero él ya estaba dando un paso hacia mí, su mirada suavizándose mientras llegaba a la mesa donde yo seguía congelada.

—Realmente estás aquí —dijo, con la voz baja—. Pensé que… bueno, pensé que nunca más te volvería a ver.

Quería decir algo. Quería contarle todo. Pedirle perdón por haber hecho imposible que pudiera localizarme en estos últimos años, explicarle, decirle todas las cosas que se habían quedado sin decir entre nosotros. Pero no podía. No ahora. Ya no era la misma chica que él había conocido.

—Paco —susurré, finalmente encontrando su mirada—. Ha… ha pasado mucho tiempo.

Él sonrió, pero no fue una sonrisa completa.

—Demasiado tiempo.

Sentí al bebé moverse dentro de mí, un recordatorio de lo que había dejado atrás. Pero ahí estaba él. Paco. Y por un momento, era como si los años no hubieran pasado. Era como si estuviéramos de vuelta en ese tiempo, en ese espacio, cuando podríamos haber sido cualquier cosa, haberlo tenido todo. Juntos.

Pero la vida había cambiado. Yo había cambiado.

Me limpié las manos en el delantal, intentando mantener la compostura.

—Siéntate —dije suavemente, señalando el asiento vacío frente a mí —. Te voy a preparar un café. Es lo menos que puedo hacer.

Asintió, sus ojos aún fijos en los míos, como si intentara leer algo en ellos que no estaba lista para compartir. Y por primera vez en años, me permití preguntarme qué hubiera pasado si no me hubiera ido de Huejosquite. Sacudí el pensamiento, intentando concentrarme en el presente.

Le entregué el café, mis manos temblando ligeramente mientras me sentaba frente a él. Paco sostuvo la taza con las manos, su mirada alternando entre mi cara y la curva de mi vientre. Hubo un silencio que se alargó entre nosotros, pesado con todas las cosas que no habíamos dicho en años.

—Estás aquí, en Tijuana —dije lo obvio, rompiendo el silencio, aunque mi voz temblaba —tengo tanto qué contarte.

Asintió, su expresión sombría.

—He estado aquí un tiempo. El programa Bracero... —se detuvo, sacudiendo la cabeza con una risa amarga—. No fue lo que esperaba. Nos hicieron trabajar duro y nos pagaron poco. No pude ahorrar nada. Así que vine aquí, pensando que probaría suerte en la frontera antes de regresar a casa con las manos vacías.

Sus palabras me tocaron algo profundo. Pude ver el cansancio en su rostro, la decepción de sueños incumplidos.

—Huejosquite —murmuré. Sólo mencionar el nombre del pueblo donde compartimos aquel beso hace tanto tiempo, donde tuvimos que decir adiós, trajo una avalancha de recuerdos, tanto dulces como dolorosos—. ¿Sigues pensando en regresar?

—No lo sé —dijo, recostándose en la silla—. He estado intentando ahorrar dinero, no sé aún si quiero regresar a Huejosquite o traer a mis padres aquí conmigo, dos de mis hermanos también están en Tijuana.

Miré hacia abajo, incapaz de sostener su mirada.

—Yo también he estado ahorrando —dije suavemente—. No para regresar, sino para traer a mi madre aquí. Está enferma, Paco. No creo que le quede mucho tiempo.

Mi voz se quebró, y me llevé una mano al vientre, obligándome a mantener la compostura.

—Quiero tenerla cerca, para poder cuidarla. Quiero ahorrar lo suficiente para traerla antes de que sea demasiado tarde.

Sus ojos se suavizaron, las líneas duras de su rostro desmoronándose en algo más tierno.

—¿Está lo suficientemente fuerte para viajar?

—Si puedo traerla rápido, aún lo estará. Quiero darle la oportunidad de vivir lejos de mis abuelos. Que tenga al menos un poco de felicidad antes de… —Dejé la frase incompleta, no podía terminar de poner en palabras lo que tenía en mente. Era demasiado doloroso.

—Aurora —dijo, con voz suave pero firme—. Siempre has sido la persona más fuerte que conozco. Si alguien puede hacerlo, eres tú.

Quería creerle, pero el peso de todo: mis hijos, mi madre, mi bebé no nacido, se sentía asfixiante.

—No se siente así —admití—. Cada día me despierto y me pregunto cómo voy a lograrlo. Tengo miedo, Paco. Miedo de fallar.

—No lo harás —dijo con firmeza, extendiendo la mano a través de la mesa para tomar la mía. Su toque era cálido, reconfortante, y por un momento, me dejé aferrarme.

—Nunca me olvidé de ti, Aurora —añadió suavemente—. Ni una sola vez.

Sus palabras flotaban en el aire, y no sabía cómo responder. Yo tampoco lo había olvidado, no realmente. Pero la vida nos había llevado en direcciones tan diferentes, y ahora estábamos aquí, sentados frente a frente como fantasmas de lo que pudo haber sido.

Sus ojos volvieron a mi vientre.

—¿Eres feliz con él?

Sabía que no se refería al bebé.

—Él ya no está en mi vida… —admití, retirando mi mano suavemente—. A veces pienso en Huejosquite —dije—. En la vida que podríamos haber tenido si las cosas hubieran sido diferentes.

Paco asintió, su mirada firme.

—Pero no lo fueron. Y estamos aquí ahora. Tal vez eso signifique algo.

No sabía qué decir. Lo único que sabía es que en ese momento, sentada frente a frente con Paco, el ruido del restaurante desapareció, y por primera vez en mucho tiempo, sentí algo parecido a la esperanza.

❈✧❈✧❈

El sol de la mañana filtraba a través de las cortinas deshilachadas, iluminando los bordes desvaídos de la pequeña mesa de madera que estaba en el pequeño espacio que servía tanto como comedor como sala de estar. Nuestra casita en Tijuana, con sus paredes de cemento pintadas de un amarillo desgastado y su techo de metal corrugado que crujía con el viento, no era mucho, pero era nuestro refugio. Las esquinas olían a humedad tapada con un limpiador de pisos de limón de marca barata, pero Paco siempre decía que el verdadero calor venía de las personas que vivían allí, no de las paredes.

En la sala, Rosa lloraba, sus pequeños sollozos subiendo y bajando como olas. Desde la cocina, mientras removía los frijoles en la sartén, la llamé con cariño:

—¡Ya voy, Rosita!

Antes de que pudiera apartarme de la estufa, Paco apareció en la puerta, con el cabello desordenado y los ojos aún hinchados por el sueño.

—Yo la cuido, Aurora —dijo, con la voz ronca por el sueño, pero suave.

—¿Estás seguro? Acabas de despertar —respondí, pero él ya estaba a su lado, tomándola en brazos con una naturalidad estremecedora.

Unos segundos después, lo escuché cantando una canción de cuna. Era la misma que mi mamá me cantaba cuando era pequeña, la de la manzanita para Dios, un susurro suave que parecía calmar no solo a Rosa, sino también a mí. Seguía removiendo los frijoles mientras el sonido me envolvía, agradecida por la calma que Paco traía a nuestras vidas, incluso en los momentos más difíciles.

Paco regresó con Rosa en sus brazos, su cabello aún revuelto por la siesta.

—Ya está tranquila —dijo, plantándole un beso en la pequeña frente. Rosa balbuceó felizmente en respuesta.

—¿Cómo está tu mamá? —preguntó, acomodándose en una silla junto a la mesa con Rosa aún aferrada a su camiseta.

Suspiré mientras servía dos tazones de frijoles.

—Tuvo una noche difícil. No paraba de toser, así que me levanté a darle un jarabe, y eso ayudó un poco, pero... —Mi voz se desvaneció, como siempre sucedía cuando pensaba en ella.

—Aurora —comenzó Paco, usando el tono decidido que empleaba cuando ya había tomado una decisión—, podríamos buscar otro doctor, alguien que le dé un mejor tratamiento.

Negué con la cabeza mientras me sentaba frente a él.

—Paco, apenas estamos sobreviviendo, y trabajas tanto que casi no duermes. No quiero que te sobrecargues más de lo que ya haces por nosotros.

Paco tomó mi mano con la paciencia que siempre me demostraba.

—Aurora, no es una carga. Es familia. Y siempre haré lo que sea necesario.

Me quedé en silencio, algo dentro de mí se rompió un poco. Sabía que Paco decía lo que sentía, pero también sabía que ya estaba trabajando turnos interminables en la fábrica de plásticos, regresando cada noche con las manos adoloridas y la espalda encorvada. Por mi parte, cosía ropa y limpiaba casas cuando podía, pero el dinero apenas alcanzaba para los medicamentos de mamá, los pañales de Rosa y algunos víveres.

Más tarde, mientras Rosa dormía la siesta, Paco salió a arreglar la cerca. Yo seguía lavando ropa en el fregadero improvisado junto al tanque de agua. El aire fresco de la mañana se iba calentando, y con cada prenda que escurría, mi mente divagaba hacia Meño y Pilar. Sabía que estaban bien cuidados económicamente, pero eso no impedía que los extrañara cada día o que sintiera esa culpa insoportable por haberlos dejado con Manuel.

Debería haber hecho más. Debería haber luchado más, rogado a alguien por ayuda, encontrar una manera de llevarlos conmigo. Pero estaba embarazada, aterrada, apenas manteniéndome entera, y el pensamiento de que Manuel volcara su ira contra el bebé que llevaba dentro—contra todos nosotros—me paralizaba. Me decía a mí misma que estaba protegiendo a un niño al irme, pero al hacerlo, abandonaba a los otros dos. Debería haber arriesgado todo. Debería haberme quedado y soportado lo que tuviera que soportar, porque ¿qué clase de madre huye por su vida dejando a sus bebés atrás? Debería haber sido más valiente, más fuerte, más. Y no importaba cuántas veces lo repasara, no importaba cuántas formas tratara de reescribir ese momento en mi mente, el final siempre era el mismo. Me había ido. Y ellos se habían quedado.

—¿Qué estarán haciendo ahora? —musité para mí, imaginando a Meño con su uniforme escolar y a Pili jugando en alguna guardería. Meño siempre tenía esa expresión seria, como si cargara con el peso del mundo sobre sus hombros, mientras Pili probablemente seguía teniendo esa risa ligera, tratando de hacerle sonreír.

Dolía haberlos dejado atrás, pero sabía que aquí en Tijuana, con lo poco que teníamos, no podía ofrecerles la vida que merecían. Paco insistió en que encontraríamos una manera de traerlos, pero no podía hacerlo todavía. No sería justo para él ni para Rosa. Si Manuel sentía siquiera la mitad del orgullo por Pili que sentía por Meño, entonces tal vez no sería justo para ellos tampoco. Por ahora, todo lo que podía hacer era aferrarme a lo poco que teníamos.

Esa noche, después de acostar a Rosa y asegurarme de que mi madre estuviera cómoda, me senté en la mesa de la cocina con mi cuaderno de gastos. Bajo el débil parpadeo de la bombilla desnuda, revisaba los números una y otra vez, tratando de estirarlos como si fueran masa para tortillas.

Paco entró, cansado pero sereno, y se sentó a mi lado.

—¿En qué piensas? —preguntó, mirando las columnas de números.

—Pienso que no sé cómo aún lo estamos logrando —respondí, dejando el lápiz.

Él tomó mi mano y la apretó suavemente.

—Lo hacemos porque somos fuertes. Porque, aunque tenemos tan poco, tenemos a Rosita, a tu mamá, y... nos tenemos los unos a los otros.

Apoyé mi cabeza en su hombro, cerrando los ojos mientras el cansancio del día me alcanzaba.

—Gracias, Paco. Por todo.

—Hasta el final, Aurora —susurró, con voz cálida, como un susurro en la oscuridad—. Hasta el final.

❈✧❈✧❈

Una tarde, estaba lavando los trastes mientras Paco trabajaba en el sink. Sus intentos por detener la fuga con un trapo y una llave eran tan tercos como él. Desde el cuarto de mi madre, se escuchaba otra vez esa tos, un sonido que se había vuelto tan constante que a veces lo olvidábamos, como una canción que suena sin parar en la radio hasta que dejas de notarla.

—¿Cuánto crees que dure esto? —pregunté, más para distraerme que porque en ese momento me importara el sink.

—Unos días, con suerte —respondió Paco, encogiéndose de hombros. Pero su voz sonaba demasiado tranquila, como si estuviera ocultando algo.

Estaba a punto de insistir cuando escuché el motor de un carro detenerse frente a la casa. Miré por la ventana y vi una camioneta verde, cargada hasta el tope. Y entonces, la oí.

—¡Aurora, sal, ya llegamos!

Esa voz. Esa voz no había cambiado nada, aunque habían pasado años desde la última vez que la escuché en persona.

Solté el trapo y corrí al porche. Ahí estaba Pepi, bajando del asiento del copiloto como si acabara de regresar de un mandado y no de horas y horas de camino. Se sacudió el polvo de los hombros con esa actitud de quien siempre tiene el control. Detrás de ella, Segundo bajó del lado del conductor. Llevaba el sombrero ladeado, la sonrisa amplia, pero sus ojos buscaron los míos con una mezcla de alegría y algo más... algo que reconocí al instante: preocupación.

—¡No lo puedo creer! —exclamé, llevándome la mano al pecho.

—¡Sorpresa! —gritó Pepi, abriendo los brazos mientras se acercaba a mí.

Quise correr hacia ella, pero los pies me pesaban, anclados por los años que habían pasado desde la última vez que los vi. Años largos, llenos de los silencios que yo misma había alimentado. Sabía que habían intentado comunicarse, que insistieron, pero no pude. No quería que vieran en lo que se había convertido mi vida con Manuel, ni las cicatrices visibles ni las invisibles.

—¿Qué hacen aquí? —pregunté, ahora mirando a Segundo, que se acercó con los brazos abiertos.

—Ya era hora de que estuviéramos juntos otra vez, hermana —dijo, envolviéndome en un abrazo. Su fuerza seguía siendo la misma de siempre, esa que me hacía sentir segura cuando éramos niños—. Mamá nos necesita, nosotros nos necesitamos… y yo tenía que conocer a mi sobrina.

Rosita. Sus palabras me golpearon con fuerza. Rosita, con casi dos años, nunca había conocido a su tío Segundo ni a Pepi.

—Gracias —susurré, separándome de él. No pude mirarlo a los ojos sin sentirme pequeña, avergonzada por los años que dejé pasar sin buscarlos. Por todas las cosas oscuras de mi vida que él no sabía… cosas que no me atreví a compartir.

Paco apareció en el umbral de la puerta, su sonrisa confirmando lo que ya sospechaba.

—¿Tú planeaste esto? —pregunté, con los ojos llenos de lágrimas.

—Por supuesto. Segundo y yo llevamos semanas organizándolo. Sabía que tú no lo harías.

Pepi puso las manos en la cadera.

—¿Y cómo iba a faltar yo? No te iba a dejar sola con todo esto. Además, ya era demasiado tiempo. ¿Y qué tan cabezón ha de ser Segundo para aceptar esta distancia? —bromeó, guiñándole un ojo a mi hermano.

Segundo soltó una carcajada mientras bajaba una caja de la camioneta.

—Menos güiri güiri y más trabajo. Aurora, ¿dónde quieres que pongamos todo esto?

Rosita apareció en la puerta, sujetándose del borde de mi vestido con su manita. Pepi se agachó a su altura, sonriendo con calidez.

—¡Mírala! Es igualita a ti cuando eras niña, Aurora.

Rosita se escondió detrás de mí, riendo nerviosa.

Segundo regresó en ese momento, y al ver a Rosita, su expresión cambió. Se agachó y extendió los brazos.

—Ven acá, chiquita. Soy tu tío Segundo.

Rosita dudó un segundo antes de dar un paso hacia él. Segundo la levantó con facilidad y la acomodó en su hombro.

—He esperado mucho tiempo para conocerte —le dijo con suavidad.

Verlos juntos me llenó el corazón de una manera que no había sentido en años.

Más tarde, mientras cenábamos en la sala, el ambiente se sentía más ligero, como si los años de distancia se estuvieran desvaneciendo poco a poco. Pepi hablaba sin parar mientras servía enchiladas, Segundo y Paco discutían las mejores rutas para moverse por Tijuana, y mi mamá, desde su silla, sonreía débilmente mientras Rosita jugaba con los botones de su blusa.

LA VERDAD SIEMPRE SALE A LA LUZ

PILAR

—¡Abuela Pili, hay clientes! —me llamó la voz de mi nieta Zuri, bueno en realidad la nieta de Ofelia, pero el lazo entre nosotras no sabe de esas cosas. Me dirigí al mostrador al escucharla. Dos jóvenes, quizás adolescentes o a principios de los veinte, estaban al otro lado, sus ojos pesados con algo que conocía demasiado bien: el dolor. Ese que no siempre se muestra en lágrimas, sino en el peso callado que tira de su postura, el que se asienta en el pecho y se queda allí.

Las saludé con una sonrisa, pero me pareció que se quedó corta, demasiado forzada. Ya lo había visto antes, demasiadas veces. Conocía esa mirada. El dolor toma formas diferentes, pero siempre deja una marca. Una de las chicas deslizó un folleto sobre el mostrador. Eché un vistazo: un obituario. Las palabras se desdibujaron en mi mente por un momento mientras me preguntaba a quién habían perdido, qué parte de su vida les había sido arrebatada.

A pesar de la pila de papeles en espera, les prometí priorizar sus copias antes de tomar el nombre y número de una de ellas, asegurándole que le llamaría en cuanto estuvieran listas.

Puse en marcha la máquina, el zumbido de la fotocopiadora llenando el lugar, pero mi mente seguía centrada en la chica que sostenía el folleto. Había algo en ella, algo familiar, aunque no podía ubicarlo.

Cuando pasé el folleto del obituario y me preparé para devolverlo a la fotocopiadora, noté la fotografía. Una mujer sosteniendo a un bebé, un niño de pie junto a ella. La sonrisa de la mujer era cálida, sus ojos llenos de vida, aunque había una sombra en ellos que no podía identificar.

Entrecerré los ojos, acercándome más. Mi corazón dio un vuelco. Había visto a esa mujer antes. Su rostro, esos ojos. Por un segundo, estaba de nuevo en la Ciudad de México, al día siguiente de la masacre, mirando la foto que acababa de encontrar escondida entre las cosas de mi padre. La foto de mi madre sosteniéndome, Meño de pie junto a nosotras. Sentí que mi pulso se aceleraba.

Coloqué la foto sobre la fotocopiadora, empujando todos los pensamientos de mi pasado hacia el fondo de mi mente. El dolor en la habitación, su pérdida, me resultaba familiar. La madre en la foto me

213

había abandonado, la villana en la historia de mi padre, y en ocasiones, en la mía propia. Pero para esas dos chicas que habían llegado a mi tienda solo unos minutos antes, Aurora parecía haber sido alguien completamente diferente. Para ellas, ella era una madre, una protectora, alguien a quien valía la pena recordar. Supe por la manera en que sostenían el folleto, lo tierna que era su forma de hablar de ella, que Aurora era alguien muy especial para ellas.

Un par de horas después, mientras les entregaba las copias, me resultó casi imposible no decir algo, no forzar las respuestas a toda una vida de preguntas a salir de ellas como el contenido de una piñata. Quería preguntar quién era realmente, saber si había más de ella en mí de lo que jamás imaginé. Pero no pude. Ellas eran tan jóvenes, y no necesitaban que yo añadiera más peso a su dolor. No tenía el corazón para hacer su día aún más difícil.

Me dieron las gracias y se fueron, y no pude evitar preguntarme si, durante todo este tiempo, mi madre había estado más cerca de lo que jamás imaginé. Si, tal vez, nos habíamos cruzado, intercambiando miradas fugaces, ajenas a la verdad más profunda oculta detrás de los ojos que nos miraban.

❀❖❀❖❀

Esa tarde, después de que Julio, mi sobrino, había ido a recoger a Zuri, me senté detrás del mostrador, enderezando cuidadosamente las plumas y cuadernos, mis manos moviéndose solas mientras mi mente divagaba. Las paredes, antes vacías, ahora estaban llenas de postales, sets de papelería y los pequeños recuerdos que había coleccionado a lo largo de los años, un vínculo con los hermosos momentos que compartí con mis amigas cuando éramos adolescentes, hojeando revistas y haciendo *scrapbooks* de nuestros sueños para el futuro. Mi papelería se había convertido en algo más que una tienda. Había llegado a ser una especie de hogar, un lugar que, aunque pequeño y humilde, se sentía como algo mío.

La luz del sol se filtraba a través de la ventana, proyectando largas sombras sobre el piso de madera desgastado. Me detuve un momento, pasé la mano por el borde del mostrador y pensé en lo lejos que había llegado. El pasado todavía tenía una forma de aparecer en mi mente, pero mientras me encontraba allí, en la tienda que había trabajado tanto por construir, me sentía... contenta.

Pensé en mi madre biológica, en cómo crecí extrañándola, en cuánto deseaba la ternura que nunca me mostró. Su ausencia me había formado de maneras que no siempre comprendía, dejando un vacío en mi pecho. Durante años, cargué con ese peso, creyendo que me definiría. Pero en ese momento, allí de pie, en mi pequeña tienda, me di cuenta de que extrañarla de alguna manera había dejado espacio para algo más, algo que nunca habría imaginado cuando era más joven.

Hubo días en los que me preguntaba cómo habría sido mi vida si no hubiera crecido con la clase de ausencia que conocí. ¿Qué pasaría si hubiera tenido el tipo de madre que me hacía taquito en las cobijas por la noche, que me tranquilizaba cuando tenía miedo? ¿Y si mi padre hubiera sido diferente, más presente, en lugar de distante y frío?

Pero entonces miré alrededor, a las paredes llenas de tarjetas coloridas y libros, y lo comprendí. Si mi vida hubiera comenzado de manera diferente. Si mi pasado no hubiera estado tan lleno de vacíos, no estaría allí ahora, al frente de esa tienda, rodeada de una vida que era mía. No me habría acercado a la familia que había elegido. La familia que me había elegido a mí.

El día en que Ofelia y yo llegamos de vuelta a Tijuana después del funeral de mi padre y nuestro reencuentro con Julia, fui directamente a mi cuarto para buscar a Mary. La sostuve cerca de mi pecho durante un largo rato mientras dejaba escapar todas las lágrimas que había guardado toda mi vida. Las lágrimas por todos los "si hubiera" y los "y si" que me habían pesado tanto. Al liberar esas lágrimas, también me liberaba de las incertidumbres de mi pasado que no me habían dejado avanzar. Al menos no completamente.

—Quiero que la tengas tú —le dije a Ofelia—. Sé que no parece mucho, pero todos estos años ha sido el único lazo físico con mi madre. Tú eres mi familia ahora, quiero darte algo tan significativo como lo que tú y tu familia me han dado a mí.

Ella dudó al principio, pero usé las palabras que ella misma me había dicho una vez:

—Sabes que esto realmente no es una elección, ¿verdad?

Ofelia sonrió, supongo que recordando el día de su Quinceañera.

—Va a pensar que la rechazas por su calvicie —dije, y con eso, la agarró con una sonrisa de oreja a oreja.

—¡Ay, jamás! Si te quiero a ti —dijo de manera juguetona, señalándome en círculos—, claro que puedo querer a esta belleza, con su calvicie y todo.

Ambas nos reímos, nos abrazamos y dejamos escapar algunas lágrimas de alegría.

—Te la voy a cuidar muy bien, Pili, y si alguna vez la quieres de vuelta, no dudes en pedírmela.

Sin todo el dolor, no habría hecho las amigas que tenía, como Ofelia, que había estado a mi lado desde el principio, y Julia, que seguía siendo una constante en nuestras vidas a pesar de la distancia física entre nosotras. Las tres nos habíamos convertido no solo en amigas, sino en hermanas. Habíamos compartido nuestros sueños, nuestras luchas y ahora, nuestros éxitos.

A veces, cuando cerraba la tienda por la tarde, me sentaba en silencio en el fondo y pensaba en todo lo que tenía. Nunca me casé, pero sabía que no necesitaba un esposo para completarme. Tenía a mi hermano, Meño, y a sus hijos, mis sobrinos y sobrinas, y ahora incluso a sus nietos. Ellos eran mi familia. Mi corazón.

No era solo su tía; los quería como si fueran míos. Yo era la tía que siempre estaría allí para escuchar, para reír, para consentirlos con chuchulucos y para ofrecer un espacio seguro siempre que lo necesitaran. Y también amaba mi negocio. Mi pequeña papelería ahora era una parte de mí, al igual que ellos.

—La familia no solo se lleva en la sangre —pensé para mí misma, con una sonrisa suave en los labios—. Es la gente que decide estar a tu lado, que llena los huecos donde el mundo te dejó vacío.

Ofelia y Julia, además de sus respectivos maridos e hijos, habían encontrado familia en nosotras, y sus negocios habían prosperado. Me sentía orgullosa de ser parte de su camino, así como ellas habían sido parte del mío. Ofelia tenía su boutique en Tijuana, y Julia le enviaba ropa desde la Ciudad de México, mientras Ofelia correspondía enviándole ropa estadounidense para vender en México. No se trataba solo del negocio, sino de la confianza que teníamos una en la otra, del lazo que habíamos forjado a lo largo de años de amistad.

Miré por la ventana, observando a la gente pasar por la calle. Era una vida pequeña, tranquila, pero era la mía. La tienda, las risas de los hijos de Meño, los hijos de Ofelia, las comidas compartidas con mi familia elegida. Todo era suficiente. Había construido esta vida desde cero, y de muchas maneras, estaba agradecida por el camino que había tomado, aunque hubiera sido uno pedregoso.

—Soy feliz —susurré para mí misma, un pensamiento que había llegado lentamente, pero que ahora se sentía completamente cierto.

LA SANGRE LLAMA

FER

Han pasado dos meses y seis días desde el funeral. Algunos días son un borrón, otros, como si estuviera atrapada en cámara lenta. Pienso en mi abue todos los días, pero los viernes son los peores. Ese fue el día en que recibí la noticia, la que detuvo mi mundo en seco y lo puso patas arriba. De alguna manera, aún siento que acaba de suceder; la pérdida sigue fresca en mi pecho. Sin embargo, todos los otros aspectos de mi vida parecen ir cayendo en su lugar. El Día de Acción de Gracias se acerca también, pero esta noche estoy celebrando mi aniversario con Alex. Decidimos mantenerlo sencillo. Nada elegante, solo nosotras dos en el sillón con bocadillos y una película.

Y, por supuesto, Charlie. Porque… pues es Charlie. Ha estado algo achicopalado después de una ruptura reciente, y aunque le damos carrilla de que es un mal tercio, lo queremos demasiado como para rechazarlo, incluso en nuestro aniversario. Así que está con nosotras en el sofá tratando de no estar deprimido.

—Tengo derecho de antigüedad sobre Alex —me recuerda.

Tratamos de convencerlo de que se una a nosotras para celebrar con "nuestra bebida" y nos sorprende admitiendo que siempre le ha sabido horrible, pero que seguía haciéndola porque parecía que a nosotras nos gustaba tanto. Todos nos reímos cuando le confesamos que a nosotras tampoco nos gusta, y nos damos cuenta de que todos hemos estado sufriendo tragos de esa cosa horripilante sin razón alguna, más que por el amor que nos tenemos. Termino llevando toda la jarra de café a la mesa de centro. Porque así es como estamos afrontando las cosas: café y distracciones.

Este año no voy a San Francisco con Alex para Acción de Gracias. Charlie va a hacer el viaje con ella, "para olvidarse de todo", como él lo dice, y me parece bien. He decidido pasar el feriado con mis padres. Las cosas no están perfectas con mi papá, pero estamos trabajando en ello, y eso ya es un paso adelante. Acepté pasar la Navidad en San Francisco con Alex, y ella va a pasar el Año Nuevo con mi familia en Tijuana, en la casa que era de mi abue y que ahora pertenece a mis tías y a mi mamá. Hay algo de consuelo en saber que la casa sigue siendo parte de la familia y sigue siendo un punto de reuniones constantes.

Estamos a la mitad de *Clueless* (que me encanta, porque seamos realistas, Paul Rudd) cuando suena mi teléfono. El código de área es de Tijuana, y no estoy segura de qué pensar, así que me excuso y me voy al cuarto para contestar.

—Hola, ¿puedo hablar con Fer?

—Ella es. ¿Quién habla?

—Hola, Fer, esto puede sonar extraño, y espero no ser inapropiada, pero soy Pilar de la Papelería Pili. Estuviste aquí hace un par de meses.

—¡Ay, claro, qué pena! ¿Olvidé pagar? Perdón, estaba, eh, bastante distraída en ese momento. Qué vergüenza.

—¡No, no! ¡Nada de eso! —se ríe, cálida y paciente—. En realidad, te llamo por el folleto que trajiste para las copias. Había una foto dentro, y cuando la vi, algo simplemente... hizo clic. Creo que nuestras familias podrían estar conectadas de alguna manera. No quiero hacer suposiciones, pero si estás abierta a ello, me encantaría encontrarnos y hablar. Sé que esto no fue para lo que me diste tu número, y realmente espero no estar cruzando una línea, pero... significaría mucho para mí.

Alejo un poco el teléfono, atónita. ¿Pilar, de la papelería? Apenas recuerdo esa visita; estaba tan consumida por todo lo que sucedía en ese momento. ¿Pero una foto? ¿Una conexión? Se me hace un enredo en la cabeza. ¿Qué podría significar esto?

Lo pienso por un momento, luego acepto encontrarme con ella en su papelería. Y decido pedirle a mi mamá que me acompañe. Aun no sé que signifique esta cita, solo sé que no quiero llegar sola. Si estos dos años me han enseñado algo, es que los momentos más inesperados pueden cambiarlo todo, y enfrentarlos con las personas que amas a tu lado, hace toda la diferencia.

Epílogo

Arreglo el cordón de mi birrete, un pequeño gesto de triunfo mientras tomo mi lugar entre el resto de los graduados. La magnitud de todo esto me llega de una manera que no esperaba. He esperado tanto por este día, y ahora que finalmente ha llegado, parece casi irreal. Lo logré. Soy la primera de mi familia en graduarme de la universidad. Es un logro que apenas puedo procesar.

El auditorio vibra con emoción mientras llaman los nombres, pero me tomo un momento para mirar hacia las gradas, donde está mi familia. Están ondeando un cartel con mi nombre, y por un instante, siento que estoy en una película. Primero veo a Alex, su sonrisa radiante iluminando a la multitud. Ella ha estado conmigo en las buenas y en las malas, y ver su rostro, orgulloso y lleno de amor, hace que el momento sea aún más real. A su lado está Charly, quien, al igual que Alex, se graduó el año pasado pero ha seguido siendo uno de mis mayores apoyos. Su prometido está sentado orgulloso junto a él, la única otra persona en todo San Diego que puede hacerle competencia a lo guapo que es Charly y su encanto natural.

Luego, veo a Pilar, mi tía, sentada justo detrás de ellos. No puedo creer que hayan pasado dos años desde ese día fatídico en que mamá y yo nos encontramos con Pilar. Desde el día, poco después, en que mi mamá le dio el diario de Abue, una parte de la madre que nunca llegó a conocer. Una parte de Abue que finalmente pudo llamar suya.

—No lo hemos leído —le dijo mi mamá—. Pensamos que al menos te merecías esto, para que lo llames tuyo. Esperamos que encuentres en él algunas de las respuestas que seguramente has estado buscando.

Tía Pilar nos ha hablado de su hermano Meño, él aún no se siente listo para conocernos, pero hemos conocido a sus hijos y nietos. Aunque al principio fue lento que nos conociéramos, nos hemos ido acercando más a tía Pilar durante el último año. Ella ha estado con nosotros en todos los eventos familiares importantes, y ahora puedo ver en su rostro, en la forma en que sus ojos brillan de orgullo, que nuestro lazo solo se fortalecerá.

Y luego están mis padres. Divorciados desde hace un año; por decisión de mi mamá, pero aún sentados uno junto al otro, por mí. Por este momento. Ambos aplauden, sus rostros suaves con algo que no logro describir. Junto a ellos, mi tía abuela Pepi, lo más cercano que Abue tuvo a una hermana, sostiene la mano de mi tío abuelo Segundo en el aire para saludarme, como si su brazo fuera una extensión de su propio cuerpo.

Al ver a mi tío abuelo Segundo, me aprieta un nudo en la garganta. Mi abuelo Paco no está aquí. Al menos, no físicamente.

Han pasado años desde que lo perdimos, pero todavía hay momentos—momentos tranquilos, inesperados—en los que siento el peso de su ausencia presionando contra mí como una mano sobre mi hombro. Hoy es uno de esos momentos.

Durante mucho tiempo, después de descubrir nuestra verdadera línea de sangre, mamá y yo luchamos con lo que eso significaba—lo que significaba para nosotras, para nuestra historia, para todo lo que creíamos saber sobre nuestro lugar en el mundo. Pero sin importar lo que revelara la verdad, algo nunca cambió: mi abuelo Paco siempre estuvo allí.

A través de rodillas raspadas y cuentos susurrados antes de dormir. A través de largas tardes arreglando cosas en la casa. A través de cada cumpleaños, cada desamor, cada momento importante. No estaba conectado con nosotras por la sangre, pero nunca dudó en reclamarnos como suyas. Nunca nos trató como nada menos que familia.

Esa fue la parte con la que tuvimos que hacer las paces; no el descubrimiento de nuestra ascendencia, sino la realización de que el amor nunca ha sido dictado por el ADN. Mi abuelo Paco no era el padre de mamá por nacimiento, era su padre por elección. ¿Y qué amor más grande hay que el que se elige, una y otra vez?

Respiro hondo, estabilizándome, parpadeando contra el escozor en mis ojos.

Ver a toda esta gente que amo reunida aquí por mí, me hace darme cuenta de que los sueños que llevo no son solo míos—son los susurros de aquellos que creyeron en mí mucho antes de que yo supiera cómo creer en mí misma.

Mi garganta se aprieta, una mezcla de gratitud y algo más, algo agridulce. Cómo quisiera que mi abue estuviera aquí para ver esto. La siento conmigo, su voz en mi cabeza, diciéndome que siga adelante, que siga luchando por lo que quiero. Que recuerde los sueños que ella tenía para mí. Siempre me decía que estaba destinada a algo grande. La forma en que logró cumplir su sueño de convertirse en enfermera ya bien entrada en sus cincuentas ha sido un recordatorio constante de que vale la pena perseguir nuestros sueños, y aunque ella ya no esté, esto es tanto para ella como para mí.

Antes de darme cuenta, la ceremonia ha terminado, y estoy de pie con mis compañeros de clase, birrete en mano. La multitud se pone de pie, aplaudiendo y vitoreando, pero ya estoy escaneando las gradas nuevamente. Lanzo mi birrete al aire, viéndolo girar como un reguilete. Cuando vuelve al suelo, sé que lo he logrado. Que lo hemos logrado.

Vuelvo a mirar a mi familia una vez más, y a pesar de todo el ruido, toda la emoción girando a mi alrededor, hay una quietud tranquila en mi corazón. Lo logré. Este momento es mío. Y sé exactamente para quién lo hago.

Tiro de la trenza que reposa sobre mi hombro, una trenza igual a la que mi abue solía tejer cariñosamente con flores en mi cabello cuando era niña. Pienso en cómo ella solía pasar sus dedos por mi cabello, trenzando cada hebra como si estuviera tejiendo las historias de nuestra familia: los sacrificios de quienes abrieron el camino para nosotras, las decisiones valientes de quienes encontraron nuevas rutas, y las flores que ahora florecen como el fruto de todo lo que hemos plantado. Cada giro y nudo es parte de nosotras. Una trenza que no solo une el pasado, sino que impulsa el futuro.

En ese momento, sé que he pasado tanto tiempo juzgando la manera en que mi familia hace las cosas; cuestionando sus decisiones, intentando tanto ser diferente, encontrar mi propio camino. Quería separarme, crear algo mío, pero ahora entiendo algo más profundo. Aunque todavía creo en encontrar mi voz, me doy cuenta de que hay un poder en abrazar los lazos que nos conectan. Mis raíces no solo me anclan, me han sacado adelante, moldeando quién soy y quién estaba destinada a ser siempre. El amor, los sacrificios, las lecciones, todo me ha moldeado.

Así que decoré mi birrete con la frase "De tal palo, tal astilla" y justo debajo, la traducción más cercana que pude pensar en inglés, "From the stem, the same bloom." Es un homenaje a todas las mujeres que vinieron antes que yo, a todo lo que hicieron para llegar hasta este punto. Fuertes, resilientes, y orgullosas.

—Esto es gracias a ti, abue. —susurro para mis adentros, y en ese momento, casi puedo escucharla riendo a mi lado. Sonrío, sabiendo que los hilos de su amor siguen tejidos a través de mí, a través de todo lo que he hecho, y todo lo que haré.

AGRADECIMIENTOS

No hubo un segundo, mientras escribía esta novela, en que no pensara en mi abuelita María. No solo es el corazón de esta historia, sino que cuando me llegaban esos pensamientos intrusivos de "¿quién me creo, escribiendo un libro?", me recordaba a mí misma que ella hubiera sido mi fan y porrista número uno durante todo este proceso. Así que, abuelita, esta historia es gracias a usted.

Gracias también a la familia y amigos que fueron mi apoyo desde el inicio. Soy tan afortunada de estar rodeada de personas que creyeron en mí incluso antes de que empezara a creer en mí misma. Que dedicaron su valioso tiempo a leer las versiones que yo creía ser "la versión final"… hasta que *otra vez* hacía cambios. Gracias en especial a mi amiga Lorena, quien fue la primera en leer la versión en español.

Gracias infinitas a mis padres. Esta historia nació en inglés, y junto con Fer, fui descubriendo que tengo unos padres maravillosos. Que a pesar de que nuestra familia no sea perfecta, porque ninguna lo es, su prioridad siempre ha sido darme mejores oportunidades de las que ellos tuvieron. El simple hecho de que yo haya sido capaz de escribir este libro en inglés y hacer mi propia traducción al español, es un reflejo de los sacrificios que ambos, como inmigrantes, han hecho para darme tantas oportunidades.

Por último, pero no menos importante, gracias a la gran comunidad de apoyo que he encontrado en otros lectores y escritores. Y gracias a ti, que entre millones de libros, decidiste ayudarme a darle voz a esta historia.